# PRA te VER MELHOR

# PRA te VER MELHOR

## GINA BLAXILL

*Tradução*
Marcia Blasques

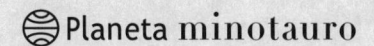

🌐 Planeta minotauro

Copyright © Gina Blaxill, 2021
Copyright © Editora Planeta do Brasil, 2023
Copyright da tradução © Marcia Blasques
Todos os direitos reservados.
Título original: *All the Better to See You*

*Preparação*: Marcela Prada Neublum
*Revisão*: Tamiris Sene e Ricardo Liberal
*Projeto gráfico e diagramação*: Márcia Matos
*Adaptação de capa*: Renata Vidal
*Ilustrações de capa*: Scholastic, 2021

Dados Internacionais de Catalogação na Publicação (CIP)
Angélica Ilacqua CRB-8/7057

---

Blaxill, Gina
  Pra te ver melhor / Gina Blaxill; tradução de Marcia Blasques. - São Paulo: Planeta do Brasil, 2023.
  320 p.

ISBN 978-85-422-2159-6
Título original: All the Better to See You

1. Ficção inglesa 2. Contos de fadas I. Título II. Blasques, Marcia

23-2407                                                    CDD 823

---

Índice para catálogo sistemático:
1. Ficção inglesa

Ao escolher este livro, você está apoiando o manejo responsável das florestas do mundo

2023
Todos os direitos desta edição reservados à
EDITORA PLANETA DO BRASIL LTDA.
Rua Bela Cintra, 986 – 4º andar
01415-002 – Consolação
São Paulo/SP
www.planetadelivros.com.br
faleconosco@editoraplaneta.com.br

Para Guy, quem espero que sempre goste de ler

# PRÓLOGO

— Me conte uma história. — A voz da criança era sonolenta.

— Sou médica, não contadora de histórias. — Mas a médica ficou com pena do garoto febril e puxou um banquinho para perto da cama. O quarto envelhecido era iluminado por uma única vela posicionada no parapeito da janela e, agora que o vento havia parado, parecia aquecido e aconchegante. — Vou contar uma história curta. A história de que eu mais gostava quando criança era sobre um lobo, mas não é nada reconfortante. Você já ouviu falar do lobo de Aramor?

— Meus pais dizem que o lobo mau é só uma lenda.

— Não no lugar de onde eu vim. Era real, bem real. O lobo manteve toda a vila prisioneira, não apenas por um longo e amargo inverno, mas por dois. Ele morava nas profundezas da antiga floresta, aparecendo somente à noite. Então, ele saía para caçar uma presa. Uma presa humana.

A médica fez uma pausa, observando o menino com atenção. O garotinho parecia mais concentrado do que antes e até um pouco menos febril. No fim das contas, talvez aquela fosse a história certa para contar.

Assim, a médica prosseguiu:

— Ao crescer, fomos ensinados a ser vigilantes. A ficar atentos. A permanecer em segurança. Nunca, jamais ir até a floresta. Caso fosse necessário, deveríamos nos manter nas trilhas. Outros lobos viviam na floresta de Aramor, mas nenhum como aquele. Alguns acreditavam que fosse um fantasma conjurado por um feiticeiro maligno. Aqueles que o viram e continuaram vivos (e eram poucos) descreviam-no como uma fera enorme e repugnante, com espessa pelagem negra. Olhos quase vermelhos. Para te ver melhor. Orelhas imensas e pontiagudas. Para te ouvir melhor. E o mais assustador e mortal de tudo: dentes grandes e afiados. Para te comer melhor!

A criança rapidamente se sentou, os olhos arregalados. Depois de um momento, sorriu e se recostou no travesseiro. A médica também sorriu.

— Estou assustando você? Eu gostava de ter medo quando criança, embora os outros dissessem que isso me tornava estranha.

— Quem o lobo comeu? O que aconteceu? Você estava lá?

A médica fechou os olhos. Mesmo anos depois, era doloroso se lembrar dos invernos do lobo. Cada ataque – as cicatrizes, o sangue, o pânico – estava gravado bem fundo na mente de todos em Aramor. O pior era o medo. Não saber em quem confiar ou de quem suspeitar.

Depois de um tempo, a médica disse:

— Sim, eu estava lá. Embora ainda não soubesse a verdade sobre tudo o que aconteceu, sei que não é como as pessoas pensam. É uma história um tanto sombria e longa demais para esta noite, mas acho que posso lhe contar um pouco. Então... — A médica sorriu de novo. — O lobo mau e a Chapeuzinho Vermelho.

— Quem é ela?

— Vou chegar lá. Era uma vez, na antiga floresta de Aramor...

---

A garota estava de volta. Sua capa com capuz se destacava entre os troncos finos e os galhos nus das árvores. Ela saltitava pela trilha que levava para as profundezas da floresta, às vezes vagando pelo mato lamacento para inspecionar um arbusto ou parando para esticar o pescoço ao ouvir o piado de uma coruja. Ao contrário daqueles que ousavam se aventurar tão longe, a jovem nunca parecia ter medo, nem mesmo no escuro.

O lobo mostrou os dentes e se esgueirou por entre a folhagem, observando a garota sem fazer barulho. O cheiro delicioso dela pairava no ar. A boca do lobo se encheu d'água ao lembrar-se de sua última presa humana. A saliva escorria por sua mandíbula. Se o lobo quisesse, seria fácil saltar dos arbustos, derrubá-la e cravar os dentes afiados em sua pele jovem e macia. Ela não teria tempo de gritar ou de lutar. Uma menina daquele tamanho forneceria alimento por dias. Carne crua e firme.

Fome, tanta fome. E tanto frio. O lobo choramingou. Flocos congelados caíam do céu e se acumulavam nas ranhuras da lama endurecida. Os dias de inverno eram difíceis e vazios, uma luta pela sobrevivência.

O lobo precisava se alimentar. Precisava de uma presa. Precisava de carne.

E logo.

# CHAPEUZINHO

Alguma coisa estalou bem atrás dela. Chapeuzinho parou, passando o pacote que carregava de um braço para o outro. Será que tinha alguém ali?

Mas tudo o que conseguia ouvir eram os sons habituais da floresta no fim da tarde: o barulho suave dos galhos que balançavam de um lado para o outro, o piado abafado de um passarinho. Chapeuzinho voltou a caminhar e pensou que era uma pena que o medo generalizado impedisse que as outras pessoas vissem a floresta de Aramor como ela via. Na verdade, era bem bonita. Árvores altas e elegantes com manchas prateadas nos troncos, folhas de um verde exuberante no verão, o pequeno riacho com um gotejar suave e vários passarinhos diferentes, muito dóceis, que saltavam nos pés de Chapeuzinho quando ela lhes jogava migalhas de pão. No inverno, as árvores nuas eram um pouco sinistras, mas ainda havia certa beleza no brilho do gelo na água e na brancura reluzente e imaculada da neve.

Havia o lobo, é claro, mas Chapeuzinho ouvia histórias assustadoras sobre a criatura com tanta frequência que havia muito tinha parado de prestar atenção nelas. Parecia bobagem que homens e mulheres adultas tivessem medo de um animal que não era visto havia cinco anos. Chapeuzinho se lembrava vagamente do que as pessoas ainda chamavam de "o inverno do lobo". Vários habitantes da vila, em geral lenhadores e comerciantes que atravessavam a floresta para cortar caminho até a estrada que levava à cidade, foram arrastados e devorados. Aquele inverno, escondidos em casa, com as portas trancadas e as janelas travadas com firmeza, durou uma eternidade.

Naquela época, ela ainda era uma criança, livre para passar os dias vagando pela floresta, colhendo flores e molhando os pés no riacho. Provavelmente, o lobo mau estava morto havia muito tempo. Chapeuzinho jamais o vira e fugia para a floresta sempre que podia, para desespero de sua mãe.

Chapeuzinho sorriu. No entanto, ao se lembrar do que aconteceu mais cedo, sua expressão mudou.

Quando a vela que a Vovó colocava todas as noites na janela da frente de seu chalé apareceu, estava totalmente escuro. A Mamãe não ficaria feliz por ela estar fora de casa tão tarde. Chapeuzinho apressou o passo e bateu com força na porta.

— Sou eu — chamou. Teve que esperar alguns minutos antes de ouvir o barulho da trava que indicava que a Vovó estava destrancando a porta.

— Cheguei em um mau momento? — perguntou quando a porta se abriu e a Vovó, embrulhada em um grosso xale de lã de ovelha e, apesar da idade, com a postura ereta, apareceu. O sorriso dela fez seus olhos castanhos brilharem.

— Nunca é um mau momento para ver minha neta. — Ela pareceu um pouco sem fôlego ao ajustar a touca ligeiramente torta. Em geral, a Vovó nunca estava tão desgrenhada assim. — Olhe para suas bochechas rosadas! Venha se aquecer. Espero que tenha permanecido na trilha, como uma boa garota. Você não sabe como a floresta é perigosa?

Chapeuzinho deu uma risadinha.

— A voz da Mamãe não é nem de longe tão estridente.

— Melhor assim? — a Vovó perguntou, engrossando a voz, e Chapeuzinho riu de novo.

— Ficou pior! Você está bem, Vovó? Você parece um pouco...

— Velha e devagar? — A Vovó deu uma gargalhada, e Chapeuzinho decidiu deixar para lá. Deve ter atrapalhado a soneca da Vovó.

— Você nunca vai parecer velha para mim, Vovó. Mas está certa — suspirou. — Tenho certeza de que a Mamãe vai me dar uma bronca quando eu chegar em casa. Ela não quer que eu venha visitá-la se estiver escurecendo, mas, se eu não fizer isso, nunca vou conseguir ver você. Na maior parte do tempo, não consigo sair da padaria antes do anoitecer, e agora os dias estão tão curtos.

A Vovó emitiu um ruído que demonstrava compreensão, pegando a capa de Chapeuzinho e pendurando-a ao lado da sua. Embora a Vovó raramente acendesse o fogo, preferindo se aquecer com as várias camadas de roupa, seu chalé em ruínas sempre parecia acolhedor para Chapeuzinho. Era minúsculo – um cômodo que servia de quarto e sala de estar, separados por uma cortina de tapeçaria, e depois uma cozinha tão apertada que Chapeuzinho sempre batia em alguma coisa quando se virava do armário para a mesa de madeira bamba onde a Vovó preparava as refeições. Embora nunca tivesse morado ali, a garota se sentia mais em casa no chalé do que na casa que dividia com a mãe.

— Falando na padaria, por acaso são pães de mel? — A Vovó pegou o pacote de Chapeuzinho e o colocou sobre os joelhos ao se sentar na cadeira de balanço. — Ah, frutas secas, que maravilha. Como vai tudo por lá?

Chapeuzinho se juntou a ela, puxando um banquinho. A Vovó disfarçava, mas sua vista já não era a mesma havia um ano.

— Ainda odeio. Imagino que não seja o pior lugar para se trabalhar, mas, honestamente, sou ruim em tudo. Sovar a massa exige muita força e, embora meus braços já não sejam tão fininhos como costumavam ser, é um trabalho pesado. Também não sou muito boa em cozinhar as frutas ou as carnes para as tortas... sempre corto errado ou queimo alguma coisa. E não tenho o olho da Martha para confeitaria, não que ela me deixe ajudá-la com seus preciosos biscoitos gelados, mesmo se eu fosse boa nisso.

— Ela é muito frágil para o trabalho pesado, não é?

— Algo assim. — Chapeuzinho brincou com o punho de seu vestido, que tinha uma crosta de massa seca. — Ela vai gritar comigo amanhã porque confundi os pedidos de pão. Os pais dela já me avisaram que, se eu cometer mais um erro, terei de encontrar outro emprego, mas Martha também vai querer dar seu pitaco. — Ela esfregou a têmpora. — Foi minha culpa. Eu estava distraída. Talvez eu seja uma inútil.

— Você não é inútil e não vai ser levada a se sentir assim por uma garota sem graça como Martha Baker. — A voz da Vovó era cortante. — A padaria não é o lugar certo para seus talentos, é só isso.

— E qual é o lugar certo, então? — Chapeuzinho se sentia impotente. — Tentei trabalhar como costureira, como a Mamãe, mas fico tão inquieta trabalhando com uma agulha, e ninguém me contrataria como empregada doméstica. De algum modo, sempre acabo dizendo a coisa errada.

*Apenas um dos motivos pelos quais não tenho amigos*, pensou Chapeuzinho, mas não disse nada.

— Meu amor... — diz Vovó segurando os ombros de Chapeuzinho, os olhos astutos e bondosos. — Sei que a vida não tem sido fácil. Mas não há nada de errado em ser diferente. Por mais que as outras garotas a façam se sentir assim. Elas se sentem ameaçadas porque você faz com que olhem para si mesmas, é só isso.

Chapeuzinho não conseguia imaginar que Martha Baker, com seus cabelos castanho-avermelhados brilhantes e seus bons modos, pudesse se sentir ameaçada por ela, e Martha nem era a pior delas. Ainda bem que Chapeuzinho quase não via Sabine Forrester ultimamente. Suas provocações queimavam a memória de Chapeuzinho como uma marca na pele.

— A única coisa pela qual se sentem ameaçadas é o lobo.

— Aquela velha história assustadora?

— As pessoas voltaram a falar nisso. O galinheiro dos Miller foi invadido. Encontraram rastros de penas até a beira da floresta. E algumas pessoas afirmam ter visto o lobo. — Chapeuzinho se inclinou para a frente, segurando a mão da Vovó. Parecia mais ossuda do que costumava ser. Mais frágil também. — Vovó, você está em segurança aqui? Às vezes me preocupa que esteja tão longe da vila, e sozinha.

A Vovó deu uma gargalhada.

— Ainda não fui devorada.

— Vovó, estou falando sério. Talvez pudesse passar o inverno conosco.

— Se tivesse que dividir a casa com sua mãe, eu ficaria louca, e isso é muito mais assustador do que um animal que pode ou não existir. Você não tem medo, tem?

Chapeuzinho hesitou. Será que tinha medo?

— Os outros têm, e isso me faz pensar que eu também deveria ter.

— Não deveria. Os habitantes da vila estão obcecados por esse animal. Sempre houve matilhas de lobos na floresta. São criaturas tímidas, com mais medo de nós do que nós deles.

Suavizando a voz, Vovó continua:

— Minha linda netinha... uma vida de medo não é vida. Ande com a cabeça erguida e não duvide de si mesma. Se quer saber, a vila é o lugar realmente perigoso.

— O que quer dizer?

— Deixa para lá. O que estou dizendo é para não dar ouvidos às pessoas. A única coisa que deve ouvir é o seu coração.

Ela fazia aquilo parecer tão simples. Embora não tivesse certeza de que a Vovó estava certa, Chapeuzinho se sentiu, ainda que por um segundo, poderosa.

— Eu gostaria de ser mais como você.

— Somos mais parecidas do que imagina, Chapeuzinho Vermelho. Vamos experimentar esses pãezinhos e falar sobre coisas mais alegres, que tal?

Chapeuzinho sorriu ao ouvir o apelido de infância enquanto se levantava para pegar uma faca.

— Como quiser, Vovó. Afinal, quem tem medo do lobo mau?

fácil. Mas não há nada de errado em ser diferente. Por mais que as outras garotas a façam se sentir assim. Elas se sentem ameaçadas porque você faz com que olhem para si mesmas, é só isso.

Chapeuzinho não conseguia imaginar que Martha Baker, com seus cabelos castanho-avermelhados brilhantes e seus bons modos, pudesse se sentir ameaçada por ela, e Martha nem era a pior delas. Ainda bem que Chapeuzinho quase não via Sabine Forrester ultimamente. Suas provocações queimavam a memória de Chapeuzinho como uma marca na pele.

— A única coisa pela qual se sentem ameaçadas é o lobo.

— Aquela velha história assustadora?

— As pessoas voltaram a falar nisso. O galinheiro dos Miller foi invadido. Encontraram rastros de penas até a beira da floresta. E algumas pessoas afirmam ter visto o lobo. — Chapeuzinho se inclinou para a frente, segurando a mão da Vovó. Parecia mais ossuda do que costumava ser. Mais frágil também. — Vovó, você está em segurança aqui? Às vezes me preocupa que esteja tão longe da vila, e sozinha.

A Vovó deu uma gargalhada.

— Ainda não fui devorada.

— Vovó, estou falando sério. Talvez pudesse passar o inverno conosco.

— Se tivesse que dividir a casa com sua mãe, eu ficaria louca, e isso é muito mais assustador do que um animal que pode ou não existir. Você não tem medo, tem?

Chapeuzinho hesitou. Será que tinha medo?

— Os outros têm, e isso me faz pensar que eu também deveria ter.

— Não deveria. Os habitantes da vila estão obcecados por esse animal. Sempre houve matilhas de lobos na floresta. São criaturas tímidas, com mais medo de nós do que nós deles.

Suavizando a voz, Vovó continua:

— Minha linda netinha... uma vida de medo não é vida. Ande com a cabeça erguida e não duvide de si mesma. Se quer saber, a vila é o lugar realmente perigoso.

— O que quer dizer?

— Deixa para lá. O que estou dizendo é para não dar ouvidos às pessoas. A única coisa que deve ouvir é o seu coração.

Ela fazia aquilo parecer tão simples. Embora não tivesse certeza de que a Vovó estava certa, Chapeuzinho se sentiu, ainda que por um segundo, poderosa.

— Eu gostaria de ser mais como você.

— Somos mais parecidas do que imagina, Chapeuzinho Vermelho. Vamos experimentar esses pãezinhos e falar sobre coisas mais alegres, que tal?

Chapeuzinho sorriu ao ouvir o apelido de infância enquanto se levantava para pegar uma faca.

— Como quiser, Vovó. Afinal, quem tem medo do lobo mau?

# ELLIS

Não há dúvidas, pensou Ellis. O galinheiro tinha sido arrombado. A grande questão era quem teria sido o responsável.

— É inveja, pura e simples — dizia o pai de Ellis, pelo que parecia ser a centésima vez. O senhor e a senhora Miller estavam dentro de casa, bem ao lado do moinho, mas a porta da frente estava entreaberta, e Ellis conseguia ouvir a conversa mesmo estando do lado de fora. — As pessoas se ressentem de nós. Veem nossos sapatos novos e casacos quentes e presumem que tudo é fácil. Querem nos ver sofrer como elas.

— Elas não tiveram as mesmas oportunidades que nós. — Ellis achou que a voz da mãe parecia fria e carregada. Então ouviu o barulho de algo sendo arrastado. Imaginou o pai se aproximando da mãe, colocando o braço em volta dela.

— Fizemos o que tínhamos que fazer, meu amor. Isso foi há muito tempo. Precisávamos nos proteger, preservar nosso futuro.

O que quer que sua mãe tenha dito na sequência, Ellis não entendeu. A voz seguinte foi de seu pai, clara e enérgica:

— Tive uma discussão desagradável na vila, mais cedo. Acusado de cobrar demais pela farinha. Amos Baker ficou bem agressivo.

E aquela mulher está mais uma vez enfiando o nariz em coisas que não lhe dizem respeito.

— Às vezes acho que ela sabe. Ou, pelo menos, suspeita.

Que mulher? Ellis hesitou e então se aproximou da porta.

— Você se preocupa demais, Tamasin. — Mesmo assim, a voz do pai era cautelosa. — Ninguém sabe.

— Mas e se alguém souber?

Uma súbita rajada de vento fechou a porta, fazendo Ellis dar um pulo. Ele esfregou a lateral do nariz, sentindo-se um pouco mal por escutar a conversa. Os pais falando mal dos vizinhos não era novidade nem algo interessante, mas nos últimos tempos estavam tendo várias conversas vagas e ameaçadoras e paravam de falar no instante em que Ellis ou os irmãos apareciam. Ellis não conseguia imaginar seus pais, tão honestos, fazendo algo que precisasse ser mantido em segredo, ou mentindo. Mesmo assim, se questionava...

Nenhum deles diria nada, então não fazia sentido perguntar. Com quase quinze anos, ainda era tratado como criança. E ele tinha coisas melhores nas quais pensar. Como no torneio de tiro com arco que estava planejando com outros garotos. Falaria sobre isso com Martha quando entregasse farinha na padaria amanhã. Ela certamente iria animá-lo.

— Uma das coisas de que gosto em você é que você é melhor do que os outros garotos em absolutamente tudo — dissera outro dia, e, embora Ellis tivesse dado risada e protestado, dizendo que ela estava exagerando, era verdade que várias coisas eram fáceis para ele. Talvez seus pais até aparecessem para assisti-lo desta vez.

Ellis inspecionou o galinheiro mais uma vez. Não seria muito difícil consertá-lo com madeira resistente e as ferramentas certas. Ele sempre fora bom em trabalhos assim, e também gostava deles, embora tivesse deixado ficar um pouco tarde para terminá-lo hoje. Era fácil esquecer a rapidez com que a escuridão descia no inverno.

De canto de olho, notou um ponto vermelho.

Ellis franziu o cenho, secando as palmas das mãos sujas na calça. A floresta não ficava muito distante do moinho. Embora raramente tivesse tempo, entre ajudar os pais e ficar de olho nos irmãos mais novos, às vezes, nos finais de tarde quentes e iluminados, caminhava até as árvores e inalava o cheiro fresco de terra, sentindo a paz e o silêncio. Não chegava a entrar, claro. Não era tão estúpido. De todo modo, tudo com o que se importava estava na vila.

Chapeuzinho...

É claro. A garota da padaria, aquela que Martha disse ser estranha e desajeitada. Ela sempre usava uma capa vermelha com capuz. O jeito como o encarava quando ele entregava farinha, como se ele fosse algum tipo de animal exótico, era inquietante. Ellis não conseguia se lembrar do nome verdadeiro dela.

Deveria correr até lá e gritar para ela ir embora. Era provável que não tivesse ouvido falar sobre as galinhas. Pelo que sabia, vivia em um mundo de sonhos. Ou talvez fosse ingênua. Estranha ou não, não queria que fosse atacada.

Ele correu pelo campo na direção de onde vira o ponto vermelho.

— Ei! Pare!

Muito devagar... tudo o que podia ver era a escuridão. Ellis afastou o cabelo ruivo claro dos olhos, pensando no que fazer. Poderia ir atrás dela ou dar de ombros e voltar para casa – afinal, tinha muito o que fazer, e, se fosse devorada, a culpa seria dela, em primeiro lugar, por ser estúpida. Além disso, tinha quase certeza de que ela não havia seguido pela trilha. O caminho fazia uma curva para o sul, e Chapeuzinho estava indo na direção sudoeste.

Deveria ir atrás dela. Era a coisa certa a se fazer, mesmo que seus amigos fossem rir dele por se preocupar com o que poderia acontecer com uma garota como Chapeuzinho. Ele estaria seguro o suficiente – ainda tinha um machado na mão, e ninguém trabalhava em um moinho sem desenvolver uma bela força na parte superior do corpo.

Por um instante, Ellis se imaginou correndo atrás de Chapeuzinho, alcançando-a bem no momento em que o lobo saía de trás das árvores, pronto para atacar... Um golpe certeiro, e estaria tudo acabado. Livrar Aramor do lobo mau com certeza deixaria seus pais muito orgulhosos dele.

*E agora eu que fui estúpido*, ele pensou, *porque, enquanto fiquei imaginando algo que jamais vai acontecer, ela realmente se foi.* Os ombros dele caíram. Era infantil se imaginar como algum tipo de herói, o tipo de devaneio do qual já devia ter se livrado. Sentindo-se um pouco culpado, Ellis voltou para casa.

Chapeuzinho teria que correr o risco.

# SABINE

A PADARIA ESTAVA SEMPRE QUENTE, MESMO QUANDO FECHAda, e Sabine gostava de como o lugar cheirava – tão mais agradável que sua própria casa, onde o ar espesso vinha de um jantar terrível feito às pressas e do grito zangado de uma ou outra criança. Sete crianças e dois adultos em um chalé apertado não compunham um lar tranquilo. Em um tempo passado, quando cortar madeira era uma profissão mais lucrativa, tudo teria sido diferente. Nenhum dia se passara sem que ela não agradecesse por estar fora de lá. Comparado com dividir a cama com uma irmã que roncava e se mexia, chutando Sabine com os pés gelados, seu pequeno quarto no sótão da mansão era divino.

— E então o que aconteceu? — Sabine arrancou um pedaço de um pão que não havia sido vendido. Não estava prestando muita atenção à história de Martha, sobre como tinha conseguido ficar cinco minutos a sós no jardim com Ellis Miller e como ele acariciara seu cabelo e lhe dissera que era da cor de um pão maltado. Como se pães maltados fossem românticos! O cabelo de Sabine era castanho-avermelhado, e ela preferia deixá-lo bem preso para trás, para que não a distraísse.

— É isso, fim da história. — Martha lhe lançou um olhar de reprovação. — Você não estava me ouvindo, estava?

— Todas as suas histórias com Ellis são iguais. Você realmente o acha tão especial ou gosta que as outras garotas fiquem com ciúmes de você?

Martha sorriu e enrolou um de seus cachos; era a segunda opção, então.

— Você não é nada romântica. Por que tudo tem que ter outro motivo? Ele gosta de mim, eu gosto dele, simples assim.

— Imagino.

— Ele gosta de mim, sim. Sempre se demora quando entrega farinha, pergunta como estou e se podemos caminhar juntos. Faz o dia valer a pena. A maioria das pessoas o considera muito bonito, você sabe. A mãe dele era a mais bonita da vila quando tinha a nossa idade. Acho que você está com ciúmes.

— Estou cansada de falar sobre ele, é só isso.

— Por acaso prefere falar sobre o lobo? — Martha zombou, mas Sabine sorriu e colocou o último pedaço de pão na boca.

— É um milhão de vezes mais emocionante do que um garoto sem graça que fica distribuindo elogios inexpressivos.

— Ele não é sem graça! — Martha replicou, e Sabine riu.

— Não fique chateada! Estou brincando. — Ela abaixou a voz. — A última vez que o lobo ameaçou a vila, isso começou com as galinhas também... Quanto tempo até que passe para pessoas? Tenho a impressão de que será um longo inverno. Escondidas em casa depois de escurecer, morrendo de susto a cada rangido ou passo, imaginando quem será atacado a seguir...

— Isso foi há anos. De todo modo, Ellis acha que um dos vizinhos roubou as galinhas.

— Isso é o que ele diz. Ele não quer que você se preocupe.

A incerteza brilhou nos olhos de Martha.

— Por que você acha isso?

— Ele parece o tipo de garoto sem imaginação que acha que precisa proteger as pessoas. — Sabine se inclinou para a frente, a voz agora um sussurro. — Você não acha estranho? Um inverno inteiro morrendo de medo, então a primavera chega e o lobo desaparece, do nada. Quase… mágica. Ninguém o viu desde então.

— Porque ele está morto. Os lobos não vivem mais do que alguns anos. Vivem?

— Há histórias sobre o lobo desde que nossos avós eram pequenos…

— Não é o mesmo lobo — disse Martha. — Isso é impossível.

— É mesmo? Todas as descrições são iguais. Pelo negro opaco, olhos de um brilho quase artificial… não é um lobo comum. Com certeza não é um dos lobos cinzentos que os lenhadores às vezes veem correndo em matilhas, embora haja menos agora. Talvez o lobo mau tenha devorado todos eles também.

— Sabine. Não. É só um animal. Certamente não é feito de… disso.

— Feitiçaria?

— Pare. — Martha recuou, com o rosto corado. Olhou por sobre o ombro. — Não deveríamos falar sobre isso. Se alguém escutar…

Sabine sempre se surpreendia com o poder que aquela palavra tinha sobre todos. *Feitiçaria*. Era patético como as pessoas tinham medo do que não podiam explicar.

— Tudo o que estou dizendo é que não é natural. Aposto que é o mesmo lobo. Espero que sim, pelo menos.

Uma tábua do assoalho rangeu no andar de cima. As duas garotas pularam de susto. Martha desceu do banquinho.

— É melhor você ir. Aquela estúpida da Chapeuzinho confundiu os pedidos hoje, então amanhã teremos de fazer mais pão. Não me importaria se ela fosse uma companhia decente, mas, na maioria dos dias, não fala nada o dia todo. Literalmente nada.

— Nada que ela tenha a dizer valeria a pena ouvir. — Os lábios de Sabine se curvaram enquanto imaginava Chapeuzinho, desengonçada e brusca, com os braços e pernas desajeitados, e os olhos perplexos quase escondidos sob os cabelos escuros embaraçados que nunca parecia pentear. Sabine tinha vontade de rir toda vez que lembrava que o nome de Chapeuzinho era Grace. Tão inadequado! — Você não consegue arrumar um jeito de se livrar da Chapeuzinho? São erros demais para seus pais tolerarem, certo?

— Não quero me meter em encrenca.

Sabine revirou os olhos enquanto puxava o capuz da capa por sobre a cabeça. O que Martha realmente queria dizer era que Chapeuzinho não era uma concorrente pela atenção de Ellis, enquanto outra garota poderia ser. Ela era tão previsível. A maioria das pessoas era.

Mas não Chapeuzinho.

Estúpida e estranha Chapeuzinho.

Do lado de fora, o frio a fez acelerar o passo. O caminho até a mansão era curto, e Sabine poderia fazê-lo de olhos fechados. Atravessar os estabelecimentos dos comerciantes – alfaiates, donos de mercearias, açougueiros. Cruzar a praça da vila onde, uma vez por semana, os mercadores das vilas próximas montavam barracas com o que havia sobrado da última incursão à cidade. Passar pelas casas mais altas e mais ricas até a trilha que cruzava o rio, fazendo uma reverência se encontrasse um guarda em patrulha. Dez minutos depois, a mansão apareceria, e Sabine seria engolida pela vida confortável de Lorde Josiah e Lady Katherine. Havia lugares piores nos quais trabalhar, e ser ama de uma senhora era uma posição excepcionalmente boa para uma camponesa, como sua mãe com frequência a lembrava, mas, na maioria dos dias, Sabine jurava que conseguia sentir seu cérebro encolher.

Quatorze anos, e não tinha ido a lugar algum, e não havia feito nada.

Patético, realmente. Era bom que o lobo tivesse voltado ou então ela acabaria morta de algo muito mais assustador – tédio.

# CHAPEUZINHO

Quando saiu da floresta — o rosto quente, e as pontas das botas escurecidas com a umidade da neve –, Chapeuzinho estava sem fôlego. Por que tinha ficado tanto tempo com a Vovó? Sua pretensão inicial fora deixar os pãezinhos, dividir uma tigela de sopa e voltar para casa, mas, como sempre, se distraíra com as histórias da Vovó, e, de repente, o mundo lá fora havia escurecido. Não escurecendo, mas totalmente escuro. O tipo de escuridão na qual algo poderia se esgueirar até você sem ser visto...

A porta da frente do chalé se abriu antes que Chapeuzinho pudesse alcançá-la. Sua mãe estava parada ali, com os braços magros cruzados.

— Onde você esteve? — ela exclamou. — Você saiu da padaria há horas!

Chapeuzinho umedeceu os lábios.

— Com a Vovó.

— E isso deveria me deixar menos preocupada?

— Eu sinto muito.

— Isso não é resposta. — Sua mãe entrou em casa, e Chapeuzinho segurou a porta antes que ela batesse. Por dentro, o chalé era o oposto da casa da Vovó: impecavelmente limpo e arrumado, com pilhas de bordados empilhados e organizados e um leve cheiro de lenha. — Grace, você precisa parar de fazer isso, por favor.

— Visitar a Vovó?

— Não! Sair sozinha depois de escurecer. Não é seguro. Ainda mais agora. Por que é tão difícil para você entender? Nenhuma das outras garotas sai vagando pela floresta.

O rosto de Chapeuzinho ficou da cor de seu capuz. Aquelas palavras de novo: *nenhuma das outras garotas.*

— Nunca me aconteceu nada lá.

— Mas poderia. Esse é o ponto. Você nem sequer segue pelas trilhas, não é?

Chapeuzinho queria dizer "as trilhas nem sempre vão aonde eu quero ir", mas tinha a impressão de que não era uma boa ideia.

— Vou me esforçar mais.

— Você já disse isso antes — a mãe replicou, mas agora parecia impotente, além de irritada. Ela olhou ao redor do aposento. *Aposto que está se perguntando por que sua filha é a única coisa que não pode ser organizada*, pensou Chapeuzinho.

— Eu não quero aborrecer você, Mamãe.

— Às vezes não é isso que parece.

— A Vovó diz que eu não deveria ter medo.

— A Vovó deveria ser mais esperta do que isso. Tudo bem para ela fazer exatamente o que lhe dá na telha, ela já teve sua época, mas não deveria encorajar você — suspirou Mamãe, o corpo cedendo. Sua testa estava enrugada de um jeito que Chapeuzinho jurava que não estava no ano anterior, o cabelo ainda mais grisalho. — Ah, Grace. Por que você não pode ser como todo mundo? Fiz o melhor que pude, mas está começando a parecer que fracassei... Tudo o que eu quero para você é uma vida tranquila e em segurança, mas você torna tudo tão difícil. E nunca me escuta.

— Eu escuto, sim. E tento me dar bem com as pessoas e fazer o que precisa ser feito, mesmo que você pense o contrário. É só que... é difícil.

— Nenhum rapaz jamais vai se interessar por você se continuar desse jeito.

Chapeuzinho se virou para que a mãe não pudesse ver o quanto aquelas palavras doíam. Ela pensou em como Ellis Miller estava naquela manhã, parado na porta dos fundos da padaria, com o sorriso fácil e genuíno, olhos verdes vívidos e ombros largos, um saco de farinha sob o braço como se não pesasse nada. Garotos como ele não queriam garotas que diziam coisas erradas e que sabiam sobre plantas, árvores e pássaros. Eles gostavam de garotas como Martha, que sabiam como mantê-los interessados e fazê-los se sentirem importantes.

A humilhação fervia. Pela primeira vez, Chapeuzinho estava contente que o aposento fosse iluminado por uma única vela. Imaginava como Sabine e Martha ririam se notassem como ela olhava para Ellis. Sabine já tinha zombado dela antes, falando que Chapeuzinho estava fadada a acabar como uma velha sozinha e triste, sendo apedrejada pelas crianças pequenas sempre que ousasse sair de casa. E Chapeuzinho temia que ela estivesse certa.

A Mamãe trancou a porta e deu uma volta na casa para verificar se as janelas estavam fechadas. Chapeuzinho fechou os olhos, obrigando-se a respirar fundo e a se acalmar. Ficar trancada em casa, sem ar fresco, sempre a deixava nervosa.

— Não podemos deixar uma janela aberta, só uma fresta? — ela perguntou.

— Não. Não é seguro.

Então ela também tinha ouvido falar das galinhas dos Miller.

— O lobo nunca se aproxima tanto assim da vila. Acho que vamos ficar bem.

— Não vou correr esse risco.

— Então vamos nos sentar à luz de velas neste aposento todas as noites, esperando o inverno passar?

— Se é o que precisamos fazer para atravessar tudo isso, sim.

Sua mãe entrou na cozinha, onde uma panela fervia sobre o fogão. As mãos dela tremiam quando pegou a concha e cheirou o cozido. Chapeuzinho sabia que deveria abraçá-la e pedir desculpas, mas começava a parecer que tudo o que dizia para a mãe era "sinto muito", e aquilo não mudava nada. De algum modo, nada do que fazia era certo. Talvez fosse apenas ela que não era "certa".

Então, em vez disso, Chapeuzinho tirou a capa – a vermelha, que fazia a Vovó chamá-la carinhosamente de Chapeuzinho Vermelho – e foi limpar a sujeira do dia do rosto e se preparar para outra noite miserável de silêncio.

# ELLIS

A manhã seguinte era um daqueles dias frescos e brilhantes que tornavam fácil esquecer o frio cortante no ar e as garras da geada nos campos. Ellis empilhou os sacos de farinha na carroça do moinho, assobiando para si mesmo. As entregas – que, na maior parte dos dias, seus pais ficavam felizes em deixá-lo fazer – eram algo do qual gostava. Moer o trigo podia ser bem monótono, sem contar barulhento.

— Vamos lá — disse para Dorothy, a égua cinzenta mal-humorada dos pais, e, com um puxão na rédea, ela se pôs em marcha. Ellis sentia seu ânimo melhorar conforme passavam pelas fazendas nos arredores da vila. Saudou com alegria os trabalhadores que chegavam para a labuta e parou para conversar com algumas das tecelãs mais velhas, que sempre faziam festa para Dorothy e perguntavam por sua família. Seus pais estavam errados. Nem todos se ressentiam deles, algo que eles descobririam se fizessem esse caminho mais vezes.

Quando se aproximou da vila, Ellis encontrou Stephen, um de seus amigos, que o cumprimentou tirando a boina de maneira zombeteira. Ele levava um arco e uma aljava de flechas. Ellis sorriu.

— Está treinando bastante? É quase como se estivesse preocupado em não vencer.

— É você quem deveria se preocupar, Miller. Aqui. Vê a parte nodosa da árvore, embaixo daquele galho? Aposto que você não consegue acertar.

— Não consigo? — Ellis desceu da carroça e pegou o arco de Stephen. Escolheu uma flecha, puxou a corda e a soltou. No segundo seguinte, a flecha entrou no tronco, bem no alvo.

— O que estava dizendo? — Ellis fez uma reverência brincalhona enquanto devolvia o arco para o amigo.

— Às vezes é tão tentador odiá-lo. Um dia vou descobrir algo em que você não é bom e vou garantir que jamais esquecerá. E a garota mais bonita em Aramor só tem olhos para você! Talvez eu o odeie mesmo, no fim das contas.

— Parte meu coração ouvi-lo falar assim, Stephen.

— É bem provável que Martha esteja agora mesmo sentada na frente da padaria, esperando por você. — Stephen piscou os olhos e apertou o peito, gemendo o nome de Ellis. Ellis revirou os olhos enquanto voltava a subir na carroça.

— Isso é assustador. Nunca mais faça isso, por favor.

Stephen imediatamente fez de novo, gemendo ainda mais alto. Desviou-se de um punhado de farinha que Ellis jogou nele. Os dois caíram na gargalhada enquanto se separavam. A alegria de Stephen era do que Ellis mais gostava nele. Era pequeno para a idade, muitas vezes alvo das zombarias dos outros garotos, mas lidava com tudo com bom humor, embora Ellis soubesse que, por trás daquele sorriso, o amigo nem sempre se sentia tão seguro de si.

Decidido a começar as entregas do outro lado da cidade, para depois voltar, Ellis incitou Dorothy a seguir em frente, cruzando a praça do mercado. Na bomba-d'água do outro lado, estava a senhora Forrester. Ao notar que ela estava com dificuldades para retirar água, o jovem parou a carroça.

— Posso ajudá-la?

A senhora Forrester sorriu, enfiando os cabelos soltos embaixo da touca. Era provável que a touca estivesse limpa, mas parecia encardida; lavada e reparada várias vezes, sem dúvida. Ellis desceu de um pulo. Esperava que a alavanca da bomba estivesse emperrada, mas, para sua surpresa, se moveu sem nenhum rangido. Estranho. Ele estava ciente do olhar da mulher enquanto a água jorrava no balde. Como a filha, Sabine, a senhora Forrester não era muito alta e tinha o nariz e queixo pontudos, além das maçãs do rosto salientes. Embora ele fosse bem mais alto do que ela, de algum modo ela o fazia se sentir pequeno.

— Como vão as coisas no moinho, Ellis? — O tom de voz dela era agradável, informal. — Ouvi do alfaiate que todos vocês compraram roupas novas e grossas para o inverno. É muito bom que possam se dar a esse luxo. Seus pais devem estar se saindo bem. Mas é que vocês começaram a fornecer farinha para as outras vilas também, não é?

Maravilha: fofoca. Ellis emitiu um ruído para se esquivar da conversa e se concentrou na bomba. A senhora Forrester se inclinou para mais perto. Ele sentia o hálito dela em seu rosto.

— Ouvi dizer que Lorde Josiah tem sido muito solidário com seus pais. Nem todo mundo ficaria feliz em alugar mais terra, como ele fez, ou em permitir que o moinho se expanda. Segundo minha Sabine, ele não costuma ser muito gentil. E ouvi dizer que ele visita seus pais de tempos em tempos para conversar?

Ela claramente sabia, então Ellis não tinha ideia de por que ela se incomodava em perguntar para ele. Ele desejou ter fingido não tê-la visto.

— Você não está muito falante esta manhã — ela comentou. — Espero que não tenha nada de errado. Se precisar de algum... conselho maternal, ficarei feliz em ouvi-lo. Seus pais... bem. Sei que não são as pessoas mais carinhosas.

Desta vez, Ellis não pode deixar de estremecer.

— Está tudo bem.

— Tem certeza? — Os olhos dela transbordavam simpatia. Quase simpatia demais. Ellis se perguntou de repente por que a senhora Forrester estava nesta bomba, quando havia outra muito mais perto de sua casa.

— Tenho trabalho a fazer — disse ele, e tirou a boina para cumprimentá-la.

A senhora Forrester o observou voltar para a carroça, sem pressa de se mexer. Então ela riu.

— É engraçado.

— O quê?

— Você ser tão loirinho. Seus irmãos são todos morenos. Eu costumava sorrir ao ver sua mãe andar pela vila com você pequenininho. Era quase como se ela tivesse pegado a criança errada.

Ellis semicerrou os olhos. Ela o encarou. Havia algo calculado na expressão da mulher que ele não gostou. Era a mesma expressão que Sabine fazia com frequência. Como se estivesse analisando você. Então a senhora Forrester se virou e ergueu o balde como se não pesasse nada.

Ela realmente estava fingindo ter dificuldades com a bomba.

Ellis retomou seu caminho. Os cascos de Dorothy estalavam no chão de paralelepípedo. Algumas pessoas acenaram, mas Ellis não respondeu. Estava com a cara amarrada, relembrando os últimos cinco minutos.

Aquele comentário sobre seu cabelo... fora proposital. E, pelo que ouvira sobre a senhora Forrester, ela nunca fazia nada por acaso. Ellis esfregou o queixo, e então desejou não ter feito isso – seus dedos estavam sujos com a poeira da bomba. Agora tinha de encontrar algum lugar para lavar o rosto antes de parar para cumprimentar Martha, ou então ela torceria o nariz e reclamaria.

Será que a senhora Forrester estava fazendo algum joguinho? Ela era uma fofoqueira bem conhecida, mas nunca havia pensado nela como algo além disso. E mulheres com sete filhos não tem tempo para joguinhos, certo? Ellis sabia que não parecia muito com o resto de sua família. Aparentemente, lembrava o pai de sua mãe, que morrera antes de ele nascer. E, até onde sabia, sua mãe e a senhora Forrester nunca tinham sido amigas.

E aquele sorriso.

Havia algo feroz naquele sorriso.

# CHAPEUZINHO

— Você tem algo a dizer? — questionou Martha. Chapeuzinho pressionou os dedos nas têmporas. Será que estavam latejando? Jogou a massa na mesa. A mistura se esparramou para os lados. Estava úmida demais. Ela nem sequer conseguia fazer a receita básica direito.

— Eu disse que sinto muito por ter cometido um erro ontem.

— Não foi o que perguntei.

Chapeuzinho se sentia cansada, e não era só pela noite mal dormida. Já tinha levado bronca dos pais de Martha. Sabia que era basicamente uma inútil. O que mais Martha queria? Um pedido de desculpas por existir? Enquanto isso, havia pãezinhos de levedura esperando para ser racionados e modelados e um lote de pães pretos para colocar para esfriar.

A discussão da noite anterior com a Mamãe continuava pairando em sua cabeça. Chapeuzinho se sentia tão segura de si quando conversava com a Vovó. Mas agora tinha dúvidas. Talvez sua mãe estivesse certa, e Vovó estivesse errada. Afinal, a Vovó não precisava morar na vila, não é? E ela não tinha quatorze anos, com toda uma vida pela frente.

*Fique quieta*, ela pensou. *Não seja estranha. Talvez assim as pessoas a deixem em paz.*

— Não, nada, Martha.

Martha pareceu surpresa com o tom manso de Chapeuzinho. Abriu a boca, mas, em vez de dizer algo, voltou a atenção para a arrumação das cestas de pequenos pães de queijo que seriam colocadas na vitrine do estabelecimento. Uma mecha de cabelo escapou de sua trança. Tinha um brilho castanho-avermelhado bonito sob a luz. Chapeuzinho sentiu uma pontada de inveja. Se pelo menos fosse bonita e delicada, sua vida seria muito mais fácil.

As garotas trabalharam em silêncio pelos dez minutos seguintes, interrompidas apenas pela senhora Baker que veio verificar o forno. *Odeio pão*, pensou Chapeuzinho, e, enquanto sovava a massa na mesa, o pensamento ficava cada vez mais alto. *Odeio pão. Odeio pão. Odeio pão.*

— Eu odeio pão.

— Como é? — Martha arregalou os olhos. Chapeuzinho tinha falado aquilo em voz alta? Socorro, ela tinha. Naquele momento, houve uma batida forte na porta. No segundo seguinte, Ellis colocou a cabeça para dentro. Chapeuzinho soltou a respiração. Bem na hora!

— Dois sacos da melhor e mais fresca farinha — Ellis anunciou. Ele estava sorrindo, como sempre, mas a expressão não chegava aos seus olhos. Será que tinha acontecido alguma coisa? — Onde você quer que eu os coloque?

— Onde você acha? — Martha ronronou, e Chapeuzinho fez uma careta, sabendo muito bem o que aquilo queria dizer.

Ela ainda sentia vergonha quando se lembrava da vez que fora ver se Ellis e Martha precisavam de ajuda na despensa, depois que os dois tinham desaparecido por um tempo estranhamente longo.

Os dois se afastaram antes que ela aparecesse na porta, mas o rubor nas bochechas de Martha e os cabelos desgrenhados de Ellis ficaram gravados em seu cérebro. Ela se sentia uma tola ingênua por não perceber que eles estavam se beijando – e quanto aquilo a incomodava.

— É claro. — Chapeuzinho odiava o jeito como Ellis olhava para Martha, como se ela fosse um daqueles pãezinhos maltados dos quais ele tanto gostava. Martha umedeceu os lábios, olhando para Chapeuzinho.

— Fique aí e me avise se meus pais chamarem.

Chapeuzinho sovou a massa em resposta. Martha passou a mão pela cintura de Ellis. Mas o garoto estava olhando para Chapeuzinho.

— O que a fez entrar na floresta na noite passada? Eu vi você do moinho. Achei que talvez estivesse perdida. Mas, quando me aproximei o bastante para avisá-la, você tinha sumido.

O coração dela deu um salto esquisito e parou de bater por um momento. Ellis Miller a notara?

— Minha avó vive lá.

— Ah! Eu não sabia que vocês eram parentes. Por que ela vive tão distante? Não é solitário?

— Ela diz que não.

— Entendo. — Ellis parecia em dúvida. Não conseguia nem imaginar ficar sozinho. As pessoas se amontoavam ao seu redor como abelhas no mel. — De todo modo, fico feliz que nada de ruim tenha acontecido. Talvez não seja uma boa ideia ir lá sozinha neste momento.

Ele estava dizendo isso porque se importava? Ou porque era o tipo de pessoa que gostava de ser amigável com todo mundo?

— Chapeuzinho faz muitas coisas estúpidas — disse Martha, impaciente. — Ela acaba de dizer que odeia pão.

Ellis deu uma gargalhada. Mas não foi uma risada maldosa. E então se inclinou para a frente – na direção de Chapeuzinho.

— Às vezes acho que odeio farinha — sussurrou ele. — Mas não conte isso para meus pais. Se perguntarem, amo farinha mais do que a própria vida. Sonho com ela. Maravilhosa, adorável farinha.

Chapeuzinho deu uma risadinha, e Ellis sorriu.

— Seu nome não é Chapeuzinho, é?

— É Grace. Mas minha avó me fez uma capa vermelha quando eu era criança, e todo mundo começou a me chamar de Chapeuzinho Vermelho. O apelido pegou.

— E você ainda usa capas vermelhas. Não a mesma, suponho.

— Aquela ficou um pouco pequena.

— A maioria das coisas são pequenas demais para você, não são, Chapeuzinho? — Martha interrompeu, e Chapeuzinho imediatamente ficou envergonhada de suas mãos e pés grandes, com as botas feitas sob medida, que não pareciam de um tamanho diferente das de Ellis. Antes que pudesse responder, alguém esbravejou em frente à padaria. Martha pegou as cestas que estava arrumando, fazendo cara feia. Chapeuzinho abriu a porta para o corredor que levava à frente, fechando-a assim que a garota saiu. Ellis levou os sacos de farinha para a despensa. Depois ficou andando de um lado para o outro. Chapeuzinho tentou fingir que ele não estava ali. Minutos se passaram. Então Ellis suspirou.

— É melhor eu ir embora. Não posso esperar por Martha. Tempo é dinheiro, dizem meus pais.

— Está tudo bem?

Ellis pareceu surpreso, e Chapeuzinho desejou não ter dito nada. Agora ele sabia que ela o estava observando.

— Por que não estaria?

— Você parece diferente, é só isso. É por causa das galinhas?

Ele hesitou.

— Mais ou menos. Não as galinhas em si... temos galinhas novas que vão chegar hoje... mas... bem. Meus pais parecem convencidos de que alguém quer fazer mal para eles. O jeito como estavam falando, é como...

— Como o quê?

— Como se houvesse algum tipo de segredo. Alguma coisa que fizeram. E talvez seja por isso que as pessoas não gostam deles... — diz Ellis, dando um sorriso curto. — Não sei por que estou contando isso para você. É provável que seja coisa da minha cabeça. Todo mundo está perturbado, é só isso. Parece que isso me inclui também.

E seu sorriso habitual voltou. Chapeuzinho não estava enganada. *Perturbado*. Era um bom jeito de descrever o clima ultimamente. Chapeuzinho se lembrou de sua caminhada até a padaria. À primeira vista, estava tudo normal – as lojas abrindo as portas, as criancinhas jogando gravetos para os cães, donas de casa jogando baldes de lixo nos esgotos. Mesmo assim, havia uma atmosfera obscura: janelas trancadas, cochichos, cenhos franzidos...

— Por que todo mundo se importa tanto com o lobo? — Ela deixou escapar. — Ele devorou algumas pessoas há cinco anos. Foi horrível, claro que foi, mas é só um animal. Poderia ser caçado, se as pessoas realmente estivessem com medo. Agora já deve estar velho. Não acredito nas histórias que dizem que ele está por aí há décadas e que é, de algum modo, sobrenatural.

Ellis estremeceu, e Chapeuzinho parou de falar.

— Me ignore. Eu perco o controle às vezes. Sinto muito que esteja preocupado com seus pais.

— Eu só quero uma vida simples — disse Ellis depois de um tempo. — Eu não quero... não importa.

Ele seguiu para a porta no mesmo momento que Chapeuzinho. Seus braços roçaram um no outro. A garota estremeceu – mas não de um jeito bom. Uma sensação súbita de algo sinistro surgiu dentro dela...

Ela abriu a boca para dizer "espere". Então fechou-a. *Não aja de um jeito estranho.* Em vez disso, observou Ellis subir na carroça. Segundos depois, ouviu o som dos cascos.

Perturbado. *Não é só que as pessoas estejam preocupadas*, pensou Chapeuzinho. Elas estavam esperando que alguma coisa acontecesse, quer percebessem, quer não.

Algo ruim.

# ELLIS

Um grito agudo arrancou Ellis do sono. Ele se sentou rapidamente, desorientado e com a respiração ofegante. Em seus sonhos, estava deslizando sobre o gelo, tentando puxar o fio do seu arco, sem conseguir. Seus pais gritavam para ele recolher as galinhas, como se fosse um cão pastor, mas Ellis havia perdido o controle dos membros e não conseguia parar de rodopiar, girando sem parar.

Seu quarto estava escuro, exceto pela luz da lua que entrava por uma fresta da persiana. Ele devia ter dormido umas duas horas. Será que tinha imaginado o barulho? Ou era só um sonho perturbador? Quando voltou da cidade, as galinhas haviam sido repostas. Seus pais não falaram sobre nada além disso durante a tarde e à noite, então talvez...

Ele ouviu um barulho abafado. Gritos. Cacarejos. Mais barulhos. Ellis pulou da cama, vestiu a calça, o gibão e as botas, agarrou a capa pendurada atrás da porta e desceu correndo a escada de madeira até a porta dos fundos. Lá, pegou o machado que usava para cortar lenha. Quem quer que tivesse roubado o primeiro lote de galinhas ia se arrepender de ter voltado! Como se atreviam a fazer isso com sua família?

Do lado de fora, o gelo estalava baixinho sob seus pés, enquanto Ellis se esgueirava pela lateral do chalé em direção ao galinheiro. As galinhas estavam frenéticas, batendo as asas e gritando. Então ouviu um barulho de algo sendo rasgado. O galinheiro sendo arrombado. O ladrão não estava tentando esconder o que estava fazendo.

Ellis contou até três e saiu sob a luz da lua segurando o machado.

— Como você ousa...

No instante seguinte, suas costas foram esmagadas contra a lateral da casa, deixando-o sem fôlego. O machado caiu no chão. Alguma coisa o rasgou. Uma dor selvagem irrompeu de seu ombro. Ellis gritou em agonia. Olhos brilhantes apareceram diante dele. Só havia garras, dentes e sangue.

# SABINE

**S**ABINE SE AGACHOU, SEGURANDO A VELA SOBRE A HORTA E fazendo o possível para ignorar o frio do ar noturno. Sua respiração formava uma névoa fina. Ali estava – camomila. Apoiando a vela na relva, arrancou um punhado da planta cheia de florezinhas brancas e guardou tudo na bolsa de musselina. Sabine não se lembrava de quando descobrira que camomila a ajudava a dormir ou quando começara a fazer experimentos moendo e misturando ervas. Combinada com a raiz verde sem nome que crescia à beira do rio, na parte sul da vila, a camomila ficava ainda mais potente.

Sabine sabia o que as pessoas diriam se vissem sua coleção de ervas. Como era absurdo que considerassem aquilo perigoso. Ninguém nem sequer pestanejava quando o médico de Lorde Josiah e Lady Katherine prescrevia cataplasmas ou poções, mas claro que ele era um homem elegante, com anos de prática e estudos.

Era melhor se apressar. Visitar a horta abertamente era arriscado. Confiante de que ninguém a vira ou a ouvira sair, Sabine pegou a vela, segurou as saias e se preparou para entrar de fininho pela porta lateral.

E então ouviu um grito.

Ela se virou, pronta para se esconder atrás da árvore mais próxima. Um pequeno vulto subia pela trilha que vinha da cidade, girando os braços. Sabine apertou os olhos. Uma criança? Ela olhou por sobre o ombro. Se não podia vê-lo direito, então ele tampouco conseguiria vê-la. Será que deveria voltar para casa? Envolver-se nos problemas dos outros a deixava cautelosa.

A criança gritou de novo. E Sabine conseguiu entender o que dizia. *Socorro.*

Sabine xingou baixinho. Martha costumava brincar, dizendo que ela era fria, mas não era *tão* fria assim. Quando conseguiu alcançar o portão, a criança tinha dobrado o corpo e ofegava. Era um dos meninos mais novos dos Miller. Sabine se agachou ao lado dele.

— Qual é o problema?

A criança arfava, lutando para recuperar o fôlego. Sabine não conseguia entender todas as palavras. Mas duas delas se destacaram. *Médico.* E *lobo.*

---

O médico de Lorde Josiah passou do sono para um estado de alerta em questão de segundos quando Sabine bateu em sua porta, na ala sul da mansão. De imediato, pegou vários utensílios e frascos do armário no canto do quarto. O doutor Ambrose era surpreendentemente ágil para um homem velho. Sabine o observou, sabendo que deveria se retirar para seu quarto, mas secretamente intrigada.

— Atacado, você diz? — Ambrose quis saber. — E o rapaz não consegue mover o braço ou o ombro?

— Algo assim. O irmão dele ainda está lá fora. Ele já deve ter recuperado o fôlego a essa altura.

— Não importa. — O médico enfiou a maioria das coisas que estavam na prateleira do meio em sua bolsa de lona e colocou um par de óculos grossos no nariz. — De qualquer maneira, vou precisar de ajuda. Pegue roupas mais quentes. Rápido, agora!

— Eu?

— Não vejo mais ninguém aqui, você vê? Meu assistente está doente. E você está aqui.

Sabine abriu a boca, depois a fechou e correu para seu quarto, subindo os degraus de dois em dois. Certa emoção se agitava dentro dela.

Um cavalariço de aparência sonolenta trazia um cavalo e uma charrete até o portão quando Sabine saiu. Os dentes do garoto Miller tilintavam enquanto ele abraçava o próprio corpo. Parecia prestes a desabar, embora sua capa de lã aparentasse ser grossa e nova. Quanto tempo ele tinha levado para correr do moinho até ali? Vinte minutos? O boticário da vila ficava muito mais perto.

Sabine subiu na charrete, instruindo o garoto a se sentar ao seu lado.

— Espero que seus deveres para com sua senhoria não sejam urgentes amanhã. — O doutor Ambrose se juntou a eles, dando um puxão firme nas rédeas. — Vamos demorar algum tempo.

Isso era muito mais emocionante do que ouvir Lady Katherine ruminar sobre qualquer que fosse o livro entediante que estava estudando ou do que caminhar pelo jardim, mas Sabine manteve a opinião para si. Até a trilha que saía da mansão parecia diferente na calada da noite, com o som do vento nas árvores e o feixe de luar guiando o caminho deles.

— Foi mesmo um ataque de lobo? — ela perguntou.

— O garoto descreve cortes profundos e sangrentos — disse Ambrose. — Provavelmente garras, em vez de dentes. Suspeito também de um braço ou ombro quebrados, é possível que ambos. Ellis murmurou algo sobre ser arremessado contra uma parede.

No dia anterior, Sabine e Martha conversavam sobre o fato de Ellis ter tudo. *Não mais*, Sabine pensou.

— A família dele interrompeu o ataque?

— Não. Ellis acordou todo mundo com seus gritos. É provável que tenha ficado inconsciente por um tempo.

— Então não pode ser o lobo. Ele não teria deixado uma refeição perfeitamente boa largada ali.

— Então Ellis Miller é uma refeição? — O médico arqueou uma sobrancelha espessa. Sabine ergueu as suas em resposta.

— Para o lobo, é.

— Bem observado. Aqui está outra coisa sobre a qual você pode refletir: mais uma vez o galinheiro está vazio.

Então será que o lobo – presumindo que era o lobo mau, e não um dos cinzentos mais tímidos – havia se banqueteado com as galinhas? Sabine fez uma careta para si mesma. Aquilo não fazia sentido.

— Para que você precisa da minha ajuda?

— Você vai descobrir.

⚜

O senhor Miller saiu correndo do moinho no instante em que a carroça parou do lado de fora.

— Venham — disse ele, tenso. Ambrose desceu, segurando o chapéu por causa do vento, e Sabine o seguiu. A porta principal dava para a cozinha, com uma lareira ampla e uma parede de pedra coberta por prateleiras contendo panelas, tigelas, canecas e utensílios. O irmão de doze anos de Ellis atiçava o fogo que se extinguia. A senhora Miller estava agachada ao lado de Ellis, esparramado em uma das cadeiras de jantar. Ele murmurava e se contorcia, com os olhos fechados. O sangue cobria o ombro e o peito de seu gibão. Só de olhar, Sabine soube que havia algo errado na forma como o braço dele pendia solto ao lado do corpo. Ambrose avançou correndo, ordenando que a senhora Miller se afastasse para que pudesse examinar o paciente.

— Vela — pediu Ambrose. Sabine pegou a primeira que encontrou e a segurou perto. Ambrose apalpou o ombro de Ellis, soltou o gibão e o tirou. Sabine prendeu a respiração. Marcas de garra! Raivosas, vermelhas e inconfundíveis, cruzavam o ombro de Ellis, parando no meio do peito.

— Parecem piores do que são — garantiu Ambrose. Sabine achou incrível que o médico pudesse dizer aquilo só de olhar. — Não será preciso dar pontos. Isso, no entanto... Não é bom. — Ele roçou o polegar em uma protuberância no ombro de Ellis. Sabine olhou com mais atenção.

— Isso é um osso?

— Sim. O ombro está deslocado. Também parece meio quadrado... outro sinal revelador. E este... — Ambrose inspecionou o braço de Ellis. — Quebrado. Possivelmente em mais de um lugar. Ellis?

Os olhos de Ellis estremeceram, mas não se abriram. Sua mãe se inclinou para mais perto.

— Acorde, meu amor. O médico está aqui.

Não houve resposta. Ambrose ajeitou os óculos no nariz.

— Sabine, arrume bandagens e panos e consiga uma jarra de água. Despeje um pouco em uma tigela, quanto maior, melhor.

— Você consegue colocar o braço dele no lugar? — perguntou Sabine, lembrando-se de um ferimento semelhante sobre o qual ouvira o pai falar certa vez.

Ambrose assentiu com a cabeça.

— Exatamente isso. Sinto muito, meu jovem. Isso vai doer.

Ele segurou o braço de Ellis e o puxou para trás com habilidade. Ellis soltou um grito, assustando Sabine, e depois desmaiou. O osso saltado desapareceu. Sabine sorriu.

— Impressionante.

— Estou feliz com sua aprovação, senhorita Forrester — o médico comentou. — Deve ter sido doloroso; ele está desmaiado. Provavelmente é melhor assim.

Sabine se ocupou esvaziando a bolsa do médico, colocando tudo de modo organizado na mesa da cozinha, e então pegou água da bomba que o irmão de Ellis lhe indicou. Umedeceu os panos para que Ambrose pudesse limpar as marcas de garra e então os enxaguou na tigela. Não lhe ocorreu sentir repulsa ou ficar enjoada. Concentrar-se em algo assim, algo importante, fazia a garota se sentir inteligente e ousada, em especial quando Ambrose lhe pediu que abrisse uma garrafa com um líquido escuro, no qual dava para sentir cheiro de cravo e tanaceto. Então eles entorpeciam a dor. Ela teria que se lembrar daquilo.

E pensar que no dia anterior estava preocupada em morrer de tédio!

*Obrigada, lobo*, pensou Sabine, enquanto enchia uma segunda jarra. De repente, a vida era interessante de novo. E misteriosa também.

Por que o lobo não havia matado Ellis?

# ELLIS

Todo garoto se mete em brigas, algumas mais sérias do que outras. Ellis nunca fora muito brigão. Meninos populares não precisavam bater nas pessoas para serem ouvidos. A única vez em que levara uma surra – anos atrás, de dois garotos mais velhos, por algum motivo do qual Ellis já não se lembrava – foi como se tivesse que arrastar o corpo machucado durante dias.

Desta vez, ele se sentia muito, muito pior.

A primeira coisa que notou foi seu braço direito. Estava amarrado ao peito, imóvel. E seu ombro parecia que tinha sido martelado repetidas vezes e depois torcido. Ellis gemeu. Uma voz que não reconheceu disse:

— Ah, ele está voltando a si. Pano, por favor.

Algo frio e úmido foi pressionado contra sua testa. As pálpebras de Ellis estavam pesadas. Ele lutou para abri-las. Estava em seu quarto, apoiado na cama, embaixo de um cobertor. O rosto enrugado do médico de Lorde Josiah apareceu diante dele.

— Bom dia, Ellis. Do que você se lembra?

Fragmentos da noite passada voltaram à sua mente. Gritos e cacarejos. Fúria. O machado. Ser arremessado para trás. Dentes, garras. Dor. *O lobo?*

— O que você fez com meu braço?

— Você é um rapaz muito agradecido, hein? Eu, meu jovem, fiz tudo o que era possível para salvar seu braço. A pergunta é o que o lobo fez com ele.

Sua mãe estava parada atrás do doutor Ambrose, a pele pálida e os lábios pressionados em uma linha fina. Também presente – Ellis apertou os olhos, perguntando-se se aquilo era um sonho – estava Sabine, com o cabelo preso no alto da cabeça e as mangas enroladas até os cotovelos. O vestido dela estava manchado de sangue. O sangue dele.

Sentiu o medo balançar suas entranhas.

— Por que não consigo mexer o braço? Não está quebrado, está?

— Muito — disse Ambrose. — Fiz o que foi possível; você vai ter de deixá-lo imobilizado por, pelo menos, seis semanas, talvez mais, mas não posso prever neste momento como ele ficará depois de curado. Também há muitos hematomas ao redor de seu ombro, além de lesões musculares. Você vai ficar com belas cicatrizes onde as garras o acertaram, mas ouso dizer que as garotas vão considerá-las excitantes. Agora, sente-se e descanse.

O pânico tomou conta dele.

— O que quer dizer com "como ele vai ficar"? Preciso do meu braço!

— Assim como a maioria das pessoas — falou Sabine, seca.

Ellis fez uma careta.

— Estou falando do moinho. Não posso levantar sacas do celeiro ou erguer a pedra de moagem com um braço só. E tem o torneiro de tiro com arco...

— Você não pode fazer nada neste momento. Vamos nos preocupar com o futuro mais tarde.

Ellis parou de prestar atenção enquanto o médico falava sobre cataplasmas e frascos que ia deixar para cuidar dos ferimentos e com que frequência seus curativos tinham que ser trocados. Ellis sentia calor e frio ao mesmo tempo, como se não estivesse inteiramente ali. Todas as coisas que não podia fazer de repente atravessaram sua mente.

— Mas vai sarar? — perguntou, de supetão.

O médico parou de amarrar a capa.

— Você está falando do braço ou das marcas de garra?

— Do braço. Não me importo com cicatrizes.

— Então, sim. Você vai ficar melhor. Mas seu braço talvez não volte a ser tão forte quanto antes, mesmo depois que começar a usá-lo de novo. — A voz dele se suavizou. — Não dá para ter certeza neste momento.

Ellis o encarou. Tiro com arco. Arremesso de machado. Luta livre. Tudo perdido para ele. Não para sempre. Mas, com certeza, não seria mais o melhor.

— Não. Isso não pode acontecer.

— Pode ser que não. Estou apenas avisando que existe essa possibilidade. Tente não insistir nisso. Volto em breve para ver como você está. — O médico olhou para a mãe de Ellis. — Não hesite em me chamar se ele piorar. Estou... — Ele tossiu delicadamente. — Ciente da situação.

*Que situação?* A mãe de Ellis não olhou Ambrose nos olhos ao balançar a cabeça, concordando. O médico olhou para a mulher de um jeito que, para o garoto, parecia esquadrinhá-la, e então partiu, seguido por Sabine. Dava para ver pelas frestas da persiana que ainda estava escuro, mas a luz se aproximava. Então ainda estava amanhecendo. Ellis fechou os olhos. Normalmente, estaria tomando café da manhã agora – pão e queijo, com uma maçã, se houvesse alguma –, seguiria para o celeiro para verificar os animais e varreria a farinha do chão do moinho para prepará-lo para um dia de trabalho duro.

Mas ele não faria nada daquilo hoje, nem faria as entregas, nem subiria e desceria escadas ou descarregaria os carrinhos de milho ou grãos, nem mesmo operaria a roldana que ia do celeiro até o porão.

Tudo o que considerava normal havia desaparecido em um instante.

Seus pais poderiam contratar outro empregado no moinho. Mas quem quer que encontrassem não saberia tanto quanto Ellis. O trabalho seria mais lento. Dinheiro seria perdido. Seus pais se ressentiriam disso e o culpariam.

E o que aconteceria se depois de seis semanas seu braço ainda não estivesse bom?

O colchão afundou quando sua mãe se sentou ao seu lado. A expressão nos olhos dela dizia que estava zangada, embora tentasse disfarçar, ainda que o jeito como afastou os cabelos de sua testa tenha parecido estranhamente carinhoso.

— Você perdeu e recuperou a consciência várias vezes desde o acontecido — disse ela. — Foi um trabalho e tanto trazê-lo da cozinha até aqui. Ellis, você entende a sorte que teve? Ninguém jamais foi atacado pelo lobo e sobreviveu. Ninguém.

Ellis não se sentia tão sortudo assim.

— Eu estava com um machado — ele murmurou. — Achei que conseguiria lidar com o que quer que estivesse ali. Nem por um instante esperei que fosse o lobo. A senhora e meu pai tinham tanta certeza de que fossem os vizinhos, e eu estava zangado.

— Mesmo assim, você não deveria ter sido tão imprudente!

— Eu sinto muito. Eu só queria...

As palavras *que a senhora e meu pai tivessem orgulho de mim* ficaram presas na garganta de Ellis. Pareciam tão tolas e infantis. Não dava para dizer que seus pais fossem duros ou indelicados. Por que provar que ele era digno ainda importava tanto? Deveria ter deixado de se importar com isso há anos.

Ellis fungou, sentindo-se de repente como uma criança. Sua mãe ficou sentada, observando-o. Seus olhos estavam tristes e cansados.

— Talvez você devesse saber... — Ela se deteve. — Não importa. Agora não é hora. Apenas descanse.

Ela partiu. Ellis tentou levantar o braço amarrado. A dor irradiou de seu ombro, descendo pela lateral do corpo.

Lágrimas se acumularam em seus olhos. Ele queria secá-las, mas era tão estranho usar a mão esquerda que aquilo só fez com que chorasse ainda mais. Pelo menos não havia ninguém ali para rir dele.

Fora estúpido, impulsivo e decepcionara sua família.

E o famoso e temido lobo da lenda estava de volta.

# CHAPEUZINHO

Ela corria o mais rápido possível. Galhos nus passavam ao seu lado conforme avançava nas profundezas da floresta. Não havia trilhas ou flores, apenas um sem-fim de árvores. Lágrimas escorriam por seu rosto. Sua garganta rugia de sede.

Em seu encalço, estava a escuridão. Uma nuvem negra como breu. Por mais que corresse rápido, Chapeuzinho não conseguia deixá-la para trás. Um tentáculo agarrou sua perna, outro, seu braço. Ela caiu no chão da floresta. Quando tentou rastejar, uma força invisível a segurou. E mesmo assim a escuridão sufocante chegou...

— Chapeuzinho. Chapeuzinho. — Era sua mãe.

Chapeuzinho se sentou de supetão, lutando para recuperar o fôlego.

— Não consigo escapar...

— Calma. Você está tendo um pesadelo.

Levou um tempo até que Chapeuzinho percebesse que estava em sua cama. A primeira luz tentava abrir caminho pelas persianas. Ela colocou a mão na testa.

— O quê?

— Deve ter sido um sonho muito ruim. Você se arranhou de novo.

Era verdade, havia arranhões nos dois antebraços. Pelo menos dava para esconder sob o vestido. Chapeuzinho se perguntou se era normal ter sonhos tão vívidos, e sempre na floresta. Aparentemente, mesmo dormindo ela era estranha.

Chapeuzinho se trocou com rapidez, vestindo as roupas de baixo, a pesada túnica de inverno, e calçou botas de couro resistentes. O sapato tinha sido feito especialmente para ela, por um sapateiro na cidade, para acomodar seus pés grandes, um gasto que na época fora um verdadeiro esforço. Foi uma das três únicas vezes que Chapeuzinho se aventurou para fora de Aramor. A agitação da cidade, com seu ritmo acelerado e multidões e cores por todos os lados, a sufocara. Ser invisível para variar foi libertador, mas a experiência como um todo foi tão... barulhenta. Ela decidira que não tinha sido feita para a vida na cidade – ou talvez nem sequer para a vida em uma vila maior que a sua. A Vovó provavelmente estava certa em viver uma solidão reconfortante.

Mas não havia tempo para divagações agora. Chapeuzinho prendeu os cabelos grossos e escuros, pegou a capa e saiu de casa.

Talvez fosse sua imaginação – em geral era sua imaginação –, mas os caminhos familiares pareciam diferentes naquela manhã. Não que estivessem mais inquietos – era mais do que isso. A tensão pairava no ar, tão pesada quanto a neblina no início da manhã. Era como se o mundo tivesse mudado da noite para o dia. Um fazendeiro que Chapeuzinho encontrava quase todos os dias passou sem fazer contato visual. Ela o observou desaparecer na neblina. A tocha dele iluminou uma mulher parada no fim do caminho, com uma longa capa que balançava suavemente ao redor dos tornozelos. Chapeuzinho franziu o cenho. Aquela não era a mãe da Sabine? Era esquisito alguém como ela estar na rua essa hora.

*Isso não tem nada a ver comigo*, pensou Chapeuzinho, e apertou a própria capa de encontro ao corpo.

Quando Chapeuzinho entrou na padaria, Martha estava andando pela cozinha, o cabelo solto, e abraçando a si mesma. Seu rosto estava tenso e os olhos, vermelhos.

— O lobo atacou Ellis.

O primeiro pensamento de Chapeuzinho foi que devia ser uma brincadeira. Não seria a primeira vez. Ela sabia que as outras garotas a achavam ingênua. Mas Martha não era uma atriz tão boa assim e fingir que estava chorando era um pouco demais. E ela não tinha ideia de como Chapeuzinho se sentia em relação a Ellis.

Portanto, era verdade. Um calafrio atravessou Chapeuzinho. Ela não sabia o que fazer ou dizer. Martha não iria querer sua empatia. E ela não podia correr o risco de parecer muito interessada.

— O que aconteceu?

— Essa é a questão. Ele não se lembra. — Chapeuzinho deu um pulo. Sabine estava sentada em um banquinho perto do forno aceso, as botas sujas de lama e o vestido imundo. Nos melhores dias, ela tinha uma pele pálida, mas hoje parecia definitivamente lívida. Estava com olheiras escuras, mas seus olhos se moviam de um jeito que deixou Chapeuzinho desconfiada. — Há marcas de garras que não consigo imaginar sendo feitas por nenhuma outra coisa.

— Ele está bem?

— E você se importa?

Chapeuzinho hesitou, sem ter certeza se era uma pegadinha. Por sorte, Martha falou:

— Eu me importo. Precisamos ir vê-lo. Não posso acreditar que você gostou mesmo de ajudar o doutor Ambrose! Todo aquele sangue.

Sabine deu de ombros.

— Sangue é algo natural. Achei fascinante ver o médico trabalhar. O que também é fascinante é o motivo pelo qual ele estava no moinho, antes de mais nada.

— O que quer dizer? — perguntou Chapeuzinho.

Sabine sorriu.

— Em geral, o doutor Ambrose não atende aos camponeses ralés, como nós. Seria muito mais natural que os Miller mandassem chamar o boticário. Mais barato e mais perto.

— Mas menos habilidoso.

— De fato. Eu me pergunto se os Miller vão pagar o doutor Ambrose ou não. Minha mãe diz... Não importa. — Sabine se virou para Chapeuzinho. — Você está o tempo todo na floresta. Já viu algum sinal do lobo?

Chapeuzinho se esforçou para se lembrar da última vez que Sabine fora tão... bem, não amigável exatamente, mas não hostil.

— Uma vez achei ter visto, há alguns meses. Avistei algo se esgueirando por entre as árvores. Tinha pelo escuro, então não poderia ser um dos lobos que caçam em matilhas. Eles são cinzentos. E parecem estar morrendo. Não é incomum ver suas carcaças.

— Os lobos cinzentos não importam. O que aconteceu?

— Ele atacou alguma coisa. Não sei o quê... talvez uma cobra? Há muitas delas no outono... são animais desagradáveis, venenosos. De todo modo, ouvi um rosnado descomunal, e eu... bem, eu fugi.

— E você não ficou com medo de voltar depois?

Sabine havia piscado? Ela certamente estava ouvindo com atenção. E as pessoas achavam que Chapeuzinho era estranha.

— Não. Animais atacam uns aos outros, não atacam? Eu não me senti ameaçada. — Chapeuzinho fez uma pausa. — Na verdade, lá não é um lugar assustador. A floresta é, em grande parte, silenciosa.

Não era há alguns anos, quando minha avó se mudou para lá. Havia mais pássaros, coelhos e até veados. Nos últimos anos... não sei. Os animais parecem ter desaparecido.

— Hum — disse Sabine. — Talvez seja por isso que o lobo mau voltou. Não há nada para comer...

Houve um barulho abafado na mesa. Martha havia largado uma tigela pesada, olhando feio para as outras garotas.

— Eu não me importo com o maldito lobo e gostaria que vocês parassem de falar sobre isso! Às vezes acho que vocês querem que ele esteja espreitando por aí, roendo braços e pernas e atacando as pessoas. O que me importa é Ellis. Ele quase morreu.

— Não, não foi nada disso — falou Sabine. — E isso é o mais interessante de tudo. — Ela olhou para Chapeuzinho, com um pequeno sorriso brincando nos lábios. Percebendo o significado daquilo, Chapeuzinho enrijeceu.

— Ah.

Seus olhos se encontraram por um momento, os claros azuis-esverdeados nos castanhos-terrosos. Então uma batida na porta dos fundos fez ambas pularem de susto. Duas garotas que Chapeuzinho via com frequência rindo com Martha e Sabine apareceram, os rostos corados.

— É verdade?

Sabine contou a história mais uma vez. Quando mencionou que Chapeuzinho havia visto o lobo, os olhos das garotas se arregalaram.

Elas pareciam sentir repulsa, mas também estavam ansiosas, então Chapeuzinho descreveu o que havia testemunhado.

— Eu teria ficado apavorada — sussurrou a primeira garota. — Você é corajosa só por colocar os pés naquele lugar, Chapeuzinho.

Aquilo era um insulto? Mas tudo o que Chapeuzinho via nos olhos das garotas era admiração. Algo pouco comum cresceu em seu peito: orgulho. Martha ofereceu alguns cookies recém-saídos do forno para as garotas. As cinco se sentaram ao redor da lareira, comendo e conversando. Ninguém pediu para Chapeuzinho ir embora ou disse que ela não deveria estar ali. Chapeuzinho sentiu-se quente por dentro. Então pensou em Ellis com o braço em frangalhos e se sentiu mal.

Elas foram interrompidas pela senhora Baker, que lhes disse ironicamente que o pão não ia assar sozinho. No entanto, deu permissão para Martha sair mais cedo naquela tarde para visitar Ellis.

— Leve alguma coisa para ele — sugeriu. A senhora Baker era uma mulher esbelta, com cabelos que ficaram brancos cedo e nunca pareciam crescer além dos ombros. — Não gosto dos pais dele, mas Ellis é um bom rapaz. — Ela abaixou a voz. — Mas não deixe seu pai saber que eu falei isso, Martha. E leve Chapeuzinho com você.

Martha arregalou os olhos. Chapeuzinho ficou igualmente surpresa.

— Eu não... — ela começou a dizer, mas a senhora Baker levantou a mão.

— É mais seguro se forem vocês duas. Ou três. Suponho que também vá, Sabine? Tenho certeza de que sua mãe está morrendo de curiosidade de ouvir todos os detalhes. — Sabine inclinou a cabeça, mas não respondeu. — Não dá para dizer que o moinho seja um lugar remoto, mas ainda é fora da vila. Voltem antes do anoitecer, por favor.

Quando a porta se fechou atrás de sua mãe, Martha disse:

— Ela não pode estar com medo de que o lobo nos ataque enquanto andamos até lá, pode? Mesmo cinco anos atrás, ele mal se aventurava para fora da floresta, e só à noite.

— E isso quer dizer que ele vai fazer o mesmo agora? — A pergunta de Sabine ficou sem resposta.

# SABINE

Sabine não se sentia cansada, mesmo depois de ter ficado acordada a noite toda, mas se ficasse muito mais tempo na padaria, seria esperado que ajudasse. Sabine sempre odiara a textura grudenta da massa, em especial debaixo das unhas, e como formava crostas depois que secava. E tinha os próprios deveres a cumprir, embora o doutor Ambrose tivesse lhe assegurado que faria Lady Katherine saber que ela precisava descansar depois da longa noite. Ao caminhar de volta para a mansão, Sabine percebeu um murmúrio curioso. Os comerciantes mantinham a cabeça baixa enquanto montavam as barracas no mercado. Mães seguravam firme nas mãos de seus filhos ao passarem apressadas. Ao que parecia, todo mundo já estava sabendo. Ninguém parou Sabine. Seu papel na história devia ter passado despercebido. Aquilo lhe dava vontade de ouvir os fragmentos de fofoca, consciente de que sabia mais do que qualquer outra pessoa da vila.

De volta à mansão, seguiu até os aposentos de Lady Katherine. Sua senhoria andava de um lado para o outro do quarto, os livros sem abrir na mesa ao lado da janela e o bordado abandonado na cadeira confortável. Seu vestido acolchoado – naquele dia, cinza, combinando com seu cabelo loiro e a pele clara e sardenta – farfalhava baixinho ao roçar no tapete. Os cachorros de sua senhoria – dois grandes cães de caça, e o terceiro era uma criatura enorme e escura, com olhos amendoados e inteligentes – estavam parados ao lado do fogo observando a dona, com as orelhas em pé. Pela primeira vez, Lady Katherine não prestava atenção neles. Em geral, ela os tratava como filhos, talvez porque não tivesse tido nenhum e, já chegando perto dos quarenta anos, era improvável que tivesse. Era uma pena – Katherine era exatamente o tipo de pessoa que Sabine podia imaginar tendo conversas profundas com as filhas durante passeios pelos jardins bem cuidados ou ensinando de modo paciente os jovens filhos a jogar xadrez.

Lady Katherine balançou a cabeça quando Sabine perguntou se precisava de alguma coisa.

— Vou cuidar de mim mesma. Você vai desmaiar de cansaço em pouco tempo. O doutor Ambrose está acostumado a ter suas noites interrompidas, mas os jovens precisam dormir. Por que estava lá fora tão tarde? Ele diz que você estava no jardim.

Sabine já estava preparada para responder.

— Eu não conseguia dormir, senhora. Descobri que caminhar acalma minha mente.

— Então vá descansar agora. — Lady Katherine colocou a mão esbelta no ombro de Sabine, apertando-o. Sabine olhou para as unhas lisas, sem lascas, e, por um momento, viu a mão de sua mãe, com a pele dura e os nós dos dedos ressecados.

— Obrigada. — Era difícil se ressentir de Lady Katherine por seu estilo de vida rico e confortável quando ela era tão gentil. Sua senhoria a soltou, dando-lhe um empurrãozinho delicado. Sabine subiu a escada rangente até seu quarto no sótão. Assim que entrou em seus aposentos e viu a cama desfeita, uma onda de cansaço a atingiu e se despir foi tudo o que conseguiu fazer antes de entrar embaixo das cobertas.

Uma criada a acordou na hora do almoço. A refeição era apenas pão de centeio e um guisado leve de cordeiro do qual Sabine não gostava muito, mas hoje cada bocado estava cheio de sabor. Lady Katherine não apareceu, então Sabine presumiu que não seria necessária e saiu discretamente por uma porta lateral. Se descobrisse que Sabine estava escapulindo, sua mãe ficaria muito furiosa. A senhora Forrester tinha orgulho de si mesma por garantir uma posição tão prestigiosa para Sabine, um nível acima da criada que ela poderia ter sido. Como sua mãe conseguira isso era um mistério até para Sabine. Sempre que perguntava, a senhora Forrester apenas sorria e batia na lateral do nariz, daquele jeito irritante que tinha.

— Espero que você aproveite ao máximo, Sabine, meu amor — havia dito. — Isso cria oportunidades não apenas para você, mas para o resto da família também. Se for esperta e conquistar o carinho e a confiança da sua senhoria, ela pode ser generosa, e talvez possamos até nos mudar dessa espelunca. Não podemos mais contar com seu pai, então depende de nós.

Havia maldade naquela última parte. Outro motivo para estar feliz por não viver mais naquela casa. O pai de Sabine não era inútil – Sabine sentia raiva quando ele era chamado assim – e seu trabalho como lenhador era estável, ainda que não muito bem pago. Era verdade que passava grande parte do tempo sentado em casa, em uma espécie de melancolia, mas havia boas razões para isso. *Talvez*, Sabine pensou, *possa perguntar ao doutor Ambrose se poderia prescrever alguma coisa para levantar o ânimo do meu pai.* Ela não se atrevia a tentar apresentar ao pai uma de suas próprias misturas de ervas.

Martha e Chapeuzinho estavam esperando por ela na praça da vila, ao lado da bomba-d'água. Martha segurava uma cesta e havia trocado de roupa, colocado um bonito vestido azul que combinava com seus olhos, como se aquilo fosse fazer Ellis magicamente se sentir melhor. Chapeuzinho mordia o lábio, os ombros inclinados. Com frequência mordia os lábios quando estava nervosa, e algo nisso enlouquecia Sabine. Ela semicerrou os olhos, pensando em mandar Chapeuzinho embora, mas decidiu que era melhor deixar para lá.

As garotas não conversaram muito enquanto deixavam a vila para trás e seguiam pela estrada de terra até o moinho. Sabine podia ver as marcas das rodas da carroça dos Miller na lama, assim como as pegadas dos trabalhadores da fazenda. A trilha não parecia tão serena na noite anterior. Ela fechou os olhos por um segundo e estava de volta à charrete com o doutor Ambrose, sacudindo para cima e para baixo enquanto avançavam pela escuridão, os nervos formigando. Mesmo a lembrança daquele momento era emocionante. Nada tão excitante lhe acontecera antes.

O moinho parecia o mesmo de sempre, exceto pelo galinheiro vazio. A grande roda-d'água presa na lateral do alto edifício de pedra girava, e o barulho e o movimento do rio eram tão ensurdecedores que as meninas foram obrigadas a erguer a voz. Quase escondia o ruído constante e pesado da pedra de moer. Sabine se perguntou como os Miller podiam aguentar aquilo.

— Olá? — Sabine bateu na porta do chalé ao lado do moinho, onde a família morava. Ninguém respondeu. Não estava trancada, então as garotas entraram, abaixando os capuzes. De repente, tudo pareceu muito quieto, e o único som era o dos saltos delas no chão de pedra áspero.

— Deveríamos fazer isso? — sussurrou Martha. — Eles podem não gostar se entrarmos sem pedir.

— Eu pensei que Ellis era seu namorado e que você estivesse desesperada para vê-lo — comentou Sabine.

Martha hesitou. Segurava a cesta com tanta força que os nós de seus dedos estavam brancos.

— Tudo o que quis dizer é que estamos invadindo.

Sabine fez sinal com a cabeça.

— Fique aqui, então. Chapeuzinho e eu iremos. Não é mesmo, Chapeuzinho?

Chapeuzinho arregalou os olhos. Um tom rosado tingiu suas bochechas enquanto ela concordava com a cabeça. *Patética*, pensou Sabine. *Ela acredita mesmo que somos amigas agora. É realmente ingênua.*

Sabine seguiu na frente pela escadaria estreita e um tanto irregular até o quarto do qual se lembrava da noite anterior. Ellis estava sentado na cama, usando uma camisa folgada, parecendo um tanto pálido. Quando viu as garotas, ficou mais pálido ainda. Era difícil distinguir na escuridão – a janela estreita deixava entrar pouca luz, mesmo no verão –, mas Sabine achou que a testa dele estava suada, embora o quarto não estivesse quente. O doutor Ambrose tinha avisado que ele poderia ter febre.

Houve um silêncio esquisito e constrangedor. Então Martha empurrou a cesta na direção dele.

— Trouxemos biscoitos para você. Eu mesma coloquei as coberturas. Você está com muita dor?

— Sim, dói. — A voz de Ellis soou grave. — Tentei me levantar, mas senti tontura. Estou feliz que você tenha vindo. Feliz de verdade. Mas eu gostaria que não precisasse me ver assim.

Martha não falou nada. Ellis apontou para a cadeira ao lado de sua cama com a mão boa, sem tirar os olhos dela. Quando Martha não se mexeu, Sabine lhe deu um chute com força na canela. De má vontade, sua amiga se empoleirou na beirada da cadeira. Ellis estendeu a mão para ela. Martha deixou-a no ar antes de aceitá-la com relutância.

— Eu me sinto tão inútil deitado aqui — ele murmurou. — Eu deveria estar trabalhando ou treinando para o torneio... É tão chato. — Ele esperou, mas ninguém falou nada. — Suponho que é melhor eu me acostumar com isso. Já que você está aqui... será que se importa em me ajudar a trocar o curativo? Não consigo fazer sozinho.

Ele olhou para Martha. Ela engoliu em seco.

— Eu não saberia o que fazer.

— Por favor?

Já quase sem paciência, Sabine abriu a boca para dizer que faria, se Martha era delicada demais para sujar as mãos. Então viu Chapeuzinho. O jeito como Chapeuzinho olhava para Ellis e Martha, o olhar melancólico, recuando para não atrair atenção para si...

Aquilo era interessante.

Sabine hesitou. Então disse:

— Chapeuzinho pode ajudar se for demais para você, Martha. Não pode, Chapeuzinho?

# CHAPEUZINHO

Um choque percorreu o corpo de Chapeuzinho.

— O quê? Eu?

Martha e Ellis ficaram olhando para ela. Chapeuzinho não tinha certeza se Ellis havia percebido que ela estava no quarto até aquele momento. Sabine sorria de um jeito franco e amistoso que Chapeuzinho imediatamente percebeu não ser genuíno. Ela deu um leve puxão no braço de Chapeuzinho.

— Parece que Martha não gosta de sangue. Tenho certeza de que você não tem esse problema. Sua amada vovó era parteira, não era? Tantas habilidades são passadas de geração em geração.

— Isso não quer dizer que eu saiba alguma coisa. — O pânico começou a crescer dentro de Chapeuzinho. — Eu não quero. Eu...

— Alguém precisa trocar esses curativos. Você ouviu Ellis, ele não consegue fazer isso sozinho. E eu imagino que os pais dele estejam ocupados. Eu poderia, é claro, mas achei que talvez você gostasse de fazer.

Chapeuzinho começou a suar. Como Sabine sabia como se sentia em relação a Ellis? Chapeuzinho não havia contado para ninguém, nem para a Vovó, e sempre tomava cuidado para não mudar seu comportamento perto dele. Não, Sabine não tinha como saber, estava só fazendo o que sempre fazia, cutucando e alfinetando as pessoas até que dançassem como marionetes. Era mais fácil fazer como ela queria – mesmo se isso significasse chamar a atenção de Ellis.

Ela se aproximou da cama, evitando olhá-lo nos olhos.

— Farei o meu melhor. Por favor, me diga se eu machucar você.

Com cuidado, enrolou a manga da camisa dele e então percebeu que não dava para erguê-la o suficiente. Atrás dela, Sabine falou:

— Acho que você vai ter que tirar a camisa dele, Chapeuzinho.

Parecia que ela estava se controlando para não rir. Ellis percebeu o desconforto de Chapeuzinho.

— Eu não devia ter pedido — ele disse. — Pode deixar. Logo minha mãe vem e cuida disso.

O fato de Ellis ser gentil tornava tudo ainda pior. Agora ela podia sentir seu rosto arder.

— Não, eu faço.

A ferida tinha um cheiro sufocante de perto. Definitivamente, precisava ser lavada. Chapeuzinho não conseguia se lembrar de muita coisa que a Vovó contara da época como parteira, o que incluía noções básicas de cuidado, mas lembrava-se da vez que a mãe cortara a ponta do dedo cozinhando. A Vovó ia todos os dias ao chalé para lavar e refazer o curativo do ferimento, ignorando os protestos da mãe de Chapeuzinho.

Fazendo o possível para ignorar Sabine e Martha – e para silenciar sua mente gritando que estava tocando em um garoto e, basicamente, o despindo –, Chapeuzinho ajudou Ellis a tirar a camisa e então tirou a atadura que cobria seu ombro e o braço. Ela respirou fundo. De repente, não estava mais no quarto de Ellis, mas do lado de fora, com uma lua crescente no céu. Ela viu um galinheiro, ouviu a porta batendo enquanto Ellis saia de casa, zangado e pronto para fazer justiça. Então o corpo dele sendo arremessado para trás, acertando com força a parede, e depois garras e rosnados...

Chapeuzinho estremeceu e se obrigou a voltar ao presente. Agora não era hora de deixar sua imaginação correr solta. Ela se concentrou nas marcas de garra. Não eram nem de perto tão graves quanto esperava. E, como Sabine dissera, aquilo era estranho. Será que o lobo tinha se controlado por algum motivo? Ele não tinha sido interrompido pela família de Ellis. Ou será que outra pessoa havia atrapalhado? Neste caso, por que outra pessoa além dos Miller estaria do lado de fora do moinho no meio da noite?

Usando um dos panos que estava no parapeito da janela e o jarro de água ao lado, Chapeuzinho limpou o ferimento. Ellis respirou fundo.

— Dói? — ela perguntou.

— Um pouco.

Provavelmente doía bastante, só que Ellis não queria passar vergonha. Chapeuzinho procurou o bálsamo que o médico havia deixado.

— Acho que é aquele ali — Ellis apontou. — No frasco azul.

Chapeuzinho destampou o frasco e molhou o pano com um líquido de cheiro forte.

— O ferimento não é muito bonito, não é? — comentou Ellis, quando ela pressionou o pano em sua pele. Chapeuzinho emitiu um ruído para se esquivar da conversa, concentrando-se no que estava fazendo.

— O que aconteceu com você não é muito bonito. Não se preocupe, isso não me incomoda.

— Você está deixando Martha envergonhada, Chapeuzinho — disse Sabine. — Então você viu o lobo, Ellis? Você não dizia coisa com coisa noite passada.

— Não sei — respondeu Ellis. — Minha memória não está clara. Eu achei que tivesse visto, mas...

— E os rumores são verdadeiros? — pressionou Sabine. — Os olhos vermelhos e o pelo negro? É realmente o mesmo lobo de cinco anos atrás? É o que todo mundo quer saber.

*Não, é o que você quer saber*, pensou Chapeuzinho, mas ficou quieta. Ela sentiu Ellis ficar tenso.

— O que estão dizendo na vila?

— Só fofoca. É verdade, então?

— Era forte. A força com que me lançou contra a parede... Eu não tive nem chance de levantar o machado, muito menos de balançá-lo.

— Tenho certeza de que você foi muito corajoso. — A voz de Martha tremeu. Ela ainda estava no quarto, então.

— Não fui nada. Eu não fiz nada. Ai.

— Tudo pronto. — Chapeuzinho secou as mãos, colocou um curativo novo em Ellis. — Desculpe se não está muito bem--feito.

— Isso não importa. Obrigado, Chapeuzinho.

Ele disse o nome dela. Pela primeira vez. O nome dela, nos lábios dele. Apesar de se encolher por dentro, Chapeuzinho sentiu um pequeno lampejo de felicidade.

— Você deveria dormir agora — Martha sugeriu. — Precisamos ir embora.

— Eu não faço nada além de dormir — reclamou Ellis. — Você pode ficar e conversar comigo, Martha?

O lampejo de alegria de Chapeuzinho desapareceu. Ellis não se importava com ela. Só tinha olhos para Martha, mesmo que ela mal fosse capaz de olhar para ele.

A raiva com quão injusto era tudo aquilo borbulhou dentro dela.

— Na verdade, não precisamos ir ainda.

Imediatamente soube que aquilo era um erro. O rosto de Martha se contorceu. De repente, não parecia nada bonita.

— Sim, precisamos. Minha mãe quer que voltemos juntas, lembra?

Chapeuzinho percebeu a ameaça velada. Sem olhar para as outras garotas, ajudou Ellis a se vestir de novo e então deu meia-volta e saiu sem dizer uma palavra.

⁂

Do lado de fora, Sabine quebrou o silêncio pela primeira vez.

— Bem. Aquilo não foi interessante?

— Foi nojento — Martha retrucou. — Aqueles ferimentos fediam. E Chapeuzinho é nojenta por tocar neles. Não que já não soubéssemos disso. — Chapeuzinho se encolheu. — Aquelas cicatrizes, eca! Ele nem se machucou tentando lutar.

*Não diga nada*, pensou Chapeuzinho. Mas as palavras saíram mesmo assim:

— Por que isso teria feito alguma diferença?

— Lutar teria sido algo impressionante. Corajoso. Valeria a pena quebrar o braço por isso. Ele sempre seria o garoto que lutou com o lobo. É quem eu achava que ele fosse. Agora, bem. Não sei o que ele é. — Ela torceu o nariz. — O lobo não o machucou tanto assim. Talvez haja algo de errado com ele, e o lobo sentiu que...

Sabine caiu na gargalhada.

— Você está sugerindo que Ellis Miller é algum tipo de bruxo?

— Eu já falei para não dizer essa palavra! — Martha sibilou. Chapeuzinho também estava chocada: Sabine soltara um *bruxo* no meio da conversa de forma tão casual, quase como se aquilo a divertisse. — E, não, não estou sugerindo isso. Só estou dizendo que é estranho e que não gosto disso.

— Você está falando como se preferisse que ele estivesse morto — comentou Chapeuzinho.

— As pessoas vão começar a falar. Não consigo mais vê-lo andando pela vila brincando com todo mundo, ou ensinando seus filhos a atirar com o arco, ou mesmo levando farinha para a casa das pessoas. Se souberem que ele está me cortejando...

— E o que todo mundo pensa importa tanto assim? — Chapeuzinho mal podia acreditar no que estava escutando. — Eu pensei que você gostasse dele.

Martha semicerrou os olhos.

— Ah, fique quieta, Chapeuzinho. Você não entende.

— Se é assim que você se sente, então não vai se importar se ele começar a cortejar Chapeuzinho. — A voz de Sabine parecia feita de mel. Ela cutucou Chapeuzinho. — Isso a faria feliz, não é? Me diga que estou certa, Chapeuzinho. Eu vi você olhando para Ellis. Você claramente estava gostando de colocar as mãos nele...

O estômago de Chapeuzinho se revirou de um jeito assustador.

— Me deixe em paz.

— Eu estava tentando ajudar.

— Não, você estava zombando de mim. — Chapeuzinho se surpreendeu por retrucar. — Você gosta de causar problemas, assim como sua mãe. E não é como se você fosse tão respeitável e normal assim, falando sobre o lobo o tempo todo. E tem mais, eu vi você se esgueirando na beira da floresta, colhendo plantas...

Sabine voou para cima de Chapeuzinho, prendendo-a contra a árvore mais próxima. Chapeuzinho arfou quando o ar saiu de seus pulmões.

— Vá embora, Chapeuzinho. Estou cansada de você nos acompanhar. Aposto que, por dentro, você está feliz por isso ter acontecido com Ellis. É mais fácil passar despercebida quando se tem companhia. Funcionou bem para você, não é? Eu teria cuidado se fosse você. As pessoas são pouco gentis quando estão assustadas.

De perto, os olhos de Sabine eram frios e duros. Chapeuzinho perdeu a vontade de lutar. Como havia esquecido o poder que essa garota tinha de machucá-la? De agora em diante não haveria apenas piadas sobre a falta de jeito de Chapeuzinho ou sobre seu cabelo emaranhado. Sabine e ela tinham cruzado uma linha em direção a algo muito mais sério.

Sabine soltou Chapeuzinho, dando-lhe as costas.

— Vamos, Martha. Deixe Chapeuzinho. Eu não me preocuparia com o lobo devorando-a. — Sob o desprezo havia uma nota de satisfação na voz de Sabine. Uma nota que dizia que gostava de colocar Chapeuzinho em seu lugar. — Provavelmente ele vai achar que tem algo de estranho na Chapeuzinho. Uma pena. Seria mais fácil para todo mundo se ela fosse devorada. A mãe dela poderia começar a sorrir de verdade, em vez de parecer tão triste o tempo todo.

Chapeuzinho afundou contra o tronco da árvore, as mãos sobre o rosto. Ouviu o barulho das botas ficar mais baixo conforme Sabine e Martha se afastavam. Ela era estúpida, tão estúpida. Por alguns instantes, enfrentar Sabine foi bom. A Vovó teria ficado orgulhosa. Mas isso só fizera com que Sabine revidasse, com mais crueldade e dureza do que antes. Como Sabine sabia das discussões que Chapeuzinho tinha com sua mãe, do tanto que Chapeuzinho tentava agradá-la, e como sempre, sempre, fracassava, e quanto aquilo doía? Sua mãe ficava bonita quando sorria – ela não era tão velha, e Chapeuzinho percebia como o alfaiate viúvo encontrava desculpas para ir até o chalé e ficar papeando. Talvez realmente fosse melhor se Chapeuzinho sumisse. Sua mãe poderia se casar de novo e esquecer que um dia teve uma filha que lhe causava tanta vergonha...

Chapeuzinho se levantou com as pernas trêmulas, limpando o musgo e as folhas de sua capa. Ficou parada onde estava. A escuridão estava descendo. Deveria ir para casa. Em vez disso, virou-se na direção do moinho. Pronta para correr no segundo em que ouvisse passos, Chapeuzinho procurou e logo encontrou o galinheiro. O teto de madeira fora arrancado. Chapeuzinho franziu o cenho. Não conseguia decidir se aquilo era algo improvável para um animal de quatro patas fazer ou não, a menos que de fato tivesse uma força sobrenatural. Um humano, por outro lado...

Mas as marcas de garra em Ellis definitivamente pareciam de um animal.

Vozes soaram ali perto. Chapeuzinho correu até o esconderijo mais próximo – um arbusto perene. Amaldiçoando sua capa vermelha chamativa, Chapeuzinho se contorceu o máximo que pôde entre as plantas, esperando que a luz fraca ajudasse a escondê-la. Assim que se acomodou, um par de botas apareceu, e alguém se agachou ao seu lado, respirando pesado. Era Caleb, o irmão de doze anos de Ellis. Ele parecia tão surpreso em ver Chapeuzinho quanto ela em vê-lo. Chapeuzinho levou um dedo aos lábios. Caleb imitou seu gesto, assentindo com a cabeça.

— ... tentando nos atrair para fora. — A voz era do senhor Miller. — Deveríamos ter previsto isso. Fizemos muito bem em esconder a verdade todo esse tempo.

— Ninguém disse nada quando você foi até a vila? — perguntou a senhora Miller. — Bridget Forrester?

— Você se preocupa demais com aquela mulher. Não a vi. Tudo o que as pessoas estão falando é sobre o lobo.

— Todos acreditam que ele retornou?

— Você sabe como é Aramor. Todo mundo adora ficar histérico. Tudo o que me importa é nossa segurança. O que deu em Ellis para ir lá fora daquele jeito? Se tivesse se machucado mais ou tivesse sido morto... Ele está tão perto de fazer quinze anos e de tudo isso acabar.

— Ellis não é uma coisa para "acabar" — retrucou a senhora Miller. Seu marido suspirou.

— Me expressei mal. Peço desculpas. Isso também não é fácil para mim, Tamasin.

— Você me traiu.

— Eu estava tentando fazer o que era melhor.

As vozes dos Miller desapareceram. Agora Chapeuzinho tinha certeza de que eles tinham entrado em casa. Ela olhou para Caleb. Ele estava franzindo o cenho, como se estivesse intensamente concentrado.

— Eu não estive aqui — ela sussurrou.

— Nem eu — ele sussurrou de volta.

Tentando não prender as roupas no arbusto, Chapeuzinho rastejou para foram e correu o mais rápido que pôde para longe do moinho. Suas orelhas estavam formigando.

Então os pais de Ellis tinham um segredo. Um do qual pareciam ter medo de que a mãe de Sabine soubesse. Provavelmente, seria melhor para Chapeuzinho se esquecer de tudo aquilo. Ao mesmo tempo, a menina se perguntava o que poderia ser. Segredos – e o que as pessoas faziam para protegê-los – a deixavam com medo. A frieza nos olhos de Sabine, minutos atrás, lhe dizia isso.

# ELLIS

Depois de um dia, Ellis conseguiu se arrastar para fora da cama. Depois de dois dias, estava andando de um lado para o outro, incapaz de ficar parado ou de se concentrar em qualquer outra coisa que não fosse em quão enlouquecedor aquilo era. Ele odiava o jeito como seu braço ficava pendurado, imóvel e inútil. Era como se estivesse arrastando o resto do seu corpo com ele. Ellis sentia falta da dor saudável em seus ombros depois de um dia duro de trabalho, dos pés cansados e de estar ocupado. Depois de três dias, conseguiu subir a escada até o alto do moinho e varreu o chão, o que pelo menos lhe dava a sensação de estar fazendo alguma coisa. Mas era muito difícil ver os empregados do moinho trabalhando duro.

E, principalmente, sentia falta de carregar a carroça e seguir para a vila assim que o sol nascia, com os pássaros piando e as rodas girando. Ele fechou os olhos, imaginando os sorrisos e os acenos do pessoal da vila, as perguntas amistosas e os "como vai você?", o jeito como as criancinhas imploravam para dar uma volta na carroça, sabendo que Ellis cederia e as deixaria passear. Não havia sensação melhor no mundo do que o conforto de saber exatamente quem você era. E quem ele era agora?

Ellis ficou parado diante da carroça, avaliando os sacos de farinha que esperavam para ser carregados. Ainda era de manhã bem cedo, cinco dias depois do ataque, e já estava cansado de não fazer nada. Ellis endireitou o maxilar. Ia lutar. Surpreender todo mundo. Recuperar sua antiga vida, exatamente como era. Ele nunca se deparara com um desafio que não pudesse superar, não se tentasse com afinco suficiente.

Um dos sacos separado para ser transportado parecia menos cheio que os demais. Ellis segurou a parte de cima com a mão boa, mas não conseguiu levantá-lo do chão. Em vez disso, agachou-se, passando o braço ao redor do saco e puxando-o de encontro ao corpo. Suas pernas vacilaram quando ele se endireitou, os músculos se esticando...

*Clec.* O braço de Ellis cedeu. A farinha explodiu pelo chão de pedra em uma nuvem de neve. Quando a poeira baixou, o saco estava largado, meio vazio. Ellis praguejou enquanto se abaixava e tentava varrer a farinha, antes de perceber que não seria mais possível vender aquilo.

— Ellis! O que você está fazendo? — Claro que era o pai dele. Ellis se levantou.

— Eu estava tentando... eu quero ajudar.

O pai deu um suspiro, irritado.

— A coisa mais útil que você pode fazer é ficar fora do caminho de todo mundo.

— Eu posso levar a carroça. Dorothy é tranquila. Tenho certeza de que consigo guiá-la com uma mão.

— E como a farinha vai sair do carrinho e chegar à prateleira dos estabelecimentos?

— As pessoas poderiam...

— Carregar os próprios sacos? Não, Ellis. Não posso pedir para os clientes fazerem isso. E isso só o deixaria desconfortável.

Ellis imaginou Martha levando o imenso saco até a padaria enquanto ele segurava a porta para ela, e seus ombros caíram. Seu pai estava certo.

Mas ainda não estava disposto a desistir.

— E se eu levar Caleb? Ele pode cuidar dessa parte. Pode ser útil para ele ver como funcionam as entregas.

O senhor Miller suspirou, esfregando a testa.

— Não.

— É isso ou o senhor vai ter que ir de novo — pressionou Ellis. — E sei como o senhor não gosta de ir para a vila.

— Eu disse não. Sinto muito, Ellis. Mas brincar de herói foi uma coisa tola a fazer, e você só pode culpar a si mesmo.

Brincar de herói, como seus dois irmãos mais novos faziam, fingindo que seus bastões eram machados e espadas. Ellis se eriçou. Quase desejou que os pais gritassem com ele. De certa forma, toda a frustração e a irritação que permaneciam sem serem ditas eram piores. Mas esse sempre fora o jeito de seus pais. Ninguém de sua família falava sobre nada que realmente importava.

O senhor Miller foi para dentro, como se o assunto estivesse encerrado. Ellis desenhou um círculo na farinha que tinha estragado com o dedão do pé, morrendo de raiva. Ele olhou para o cavalo, selado e pronto para partir. Dorothy deu uma bufada, como se dissesse: *O que você está esperando? Vamos nos atrasar.* Ellis coçou atrás das orelhas da égua. Então entrou em casa, em busca de Caleb.

Não era tão ruim dirigir a carroça. Caleb estava sentado ao lado de Ellis, pronto para assumir as rédeas se necessário, mas Dorothy seguiu na direção da vila sem nenhum incentivo. Começou a chuviscar no meio do caminho, e eles tiveram que parar para cobrir a carga. O senhor Miller já devia ter descoberto que a carroça havia sumido. Ele saberia exatamente quem a pegou. Ellis se perguntou se o pai ficaria zangado. *Se ficar, ótimo*, pensou. Estava claro que o esforço para agradar os pais passava despercebido. Talvez a desobediência provocasse alguma reação.

Caleb olhou para ele por debaixo de sua franja escura e grossa. Aos doze anos, era naturalmente mais magro que Ellis, embora já estivesse ficando muito mais forte desde que começara a trabalhar no moinho, havia um ano. A aparência deles não era a única diferença – Caleb não tinha interesse em esporte algum e preferia sua própria companhia à dos demais. Muitas vezes, Ellis achava surpreendente que fossem próximos.

— Não deveríamos estar fazendo isso, não é? — Caleb perguntou. — A mãe e o pai concordaram que era melhor que você ficasse longe da vila por um tempo.

— Como você sabe que... escutando as conversas deles de novo?

— E você não faz isso também?

— Não de propósito.

— Então deveria. — Caleb olhou por sobre o ombro. — Tem alguma coisa acontecendo, Ellis. Eles estão assustados. E não acho que seja o lobo.

— O que mais poderia ser?

— É o que eu quero saber.

Uma sensação de nervosismo tomou conta de Ellis conforme eles se aproximavam dos limites da vila. Talvez fosse só o dia monótono e nublado, mas era como se a cidade estivesse encoberta e silenciosa. Será que aquela tinha sido uma boa ideia? As pessoas reagiriam ao vê-lo, naturalmente, mas ele havia imaginado uma simpatia bem-intencionada, talvez algumas perguntas. Todo mundo gostava dele, não gostava?

Ele respirou fundo.

— Vamos primeiro até o nosso ponto mais distante, e depois seguimos pelos arredores. Vamos...

Duas crianças que Ellis reconheceu correram para a estrada. Ambas o encararam com os olhos arregalados e as bocas fechadas. Ellis sorriu para elas.

— Gostariam de uma carona até a praça do mercado?

A menina se encolheu, cruzando os dedos como se para afastar o mal. O irmão dela saiu pulando pela rua, gritando animado. As persianas se fecharam uma após a outa. Ellis ficou boquiaberto. Uma mulher que estendia roupa guardou peça após peça em sua cesta e desapareceu. Mais alguém cruzou os dedos antes de se enfiar em uma viela.

— O que estão...

— Acho que este pode ser o motivo pelo qual o papai não queria que você viesse à vila — murmurou Caleb.

Ellis lhe entregou as rédeas.

— Ei! — ele chamou a garotinha. — Não tenha medo. Sou eu. Nada mudou, exceto isso. — Ele gesticulou para o braço. A menina recuou até uma parede, cantarolando a mesma palavra sem parar.

*Lobo.*

Ellis virou a cabeça. Uma multidão se aglomerava atrás da carroça. Homens, mulheres, crianças, até garotos que ele considerava seus amigos, todos observando-o com expressões fechadas e ombros tensos.

Estavam em silêncio. Então, de repente, todos começaram a gritar de uma só vez.

— Por que aquilo não matou você, Ellis?

— Você fez alguma barganha com ele, para salvar sua vida? Ou foram seus pais?

— Talvez seja por isso que Lorde Josiah os favorece tanto. Eles têm poder sobre ele também.

— É claro que não! — exclamou Ellis. — Escutem o que estão falando. Isso é tudo bobagem. Estamos todos assustados, sei disso, mas eu não fiz nada.

— Você não se lembra de como foi cinco invernos atrás. — A voz era de uma velha. — Bons homens sendo atacados ferozmente enquanto tentavam fazer seu trabalho, encolhidos de medo em casa temendo que seu filho ou seu amigo fosse o próximo. Eu sempre disse que aquele lobo era poderoso demais para ser deste mundo. Os outros lobos não têm a mesma sede selvagem por sangue! É um ser de maldade. De feitiçaria!

A multidão se encolheu. Uma mancha vermelha apareceu no canto do olho de Ellis. Uma garota estava parada na entrada do jardim da padaria, a quatro casas de distância, acenando: Chapeuzinho.

— Todo mundo precisa de farinha, com lobo ou sem lobo. — Ellis ficou horrorizado ao ouvir a própria voz tremendo. — Por favor, nos deixem passar.

A princípio, a multidão não se mexeu. Então, reclamando e praguejando, as pessoas começaram a se afastar, várias delas cruzando os dedos. Ellis estava suando ao guiar a carroça até o jardim. Chapeuzinho fechou o portão atrás deles.

— Vocês deveriam ficar um pouco aqui — sugeriu ela. — Deixem que esfriem a cabeça.

— Eu não entendo. — A cabeça de Ellis girava. — Eu conheço essas pessoas... os meninos são meus amigos. Achei que ficariam felizes em ver que eu estou bem. Não inventando que...

*O lobo é um animal sobrenatural e, de algum modo, fiz um acordo com ele porque estou vivo.* Não conseguiu dizer essas palavras. Ele sabia que as pessoas eram supersticiosas, mas ir tão longe assim, sem nenhum fundamento...

— Eles perderam o juízo. Perderam completamente o juízo. Todo mundo pensa desse jeito?

Chapeuzinho arrastou os pés.

— Eu não saberia dizer. Você precisa de alguma ajuda? Com a farinha, quero dizer.

— Podemos cuidar disso — Ellis retrucou, e se sentiu mal quando Chapeuzinho se encolheu. — Desculpe. Isso foi rude. É que eu...

— Eu entendo. Você se sente assustado quando as pessoas se voltam contra você dessa maneira. Não acho que as pessoas gostem de coisas que não entendem. Eu sei bem.

Lembranças vagas de seus amigos rindo de Chapeuzinho retornaram à mente de Ellis. Coisas sobre ela falar com pássaros na floresta, e as pegadinhas nas quais caía todas as vezes. Ellis nunca tinha prestado muita atenção, mas também jamais pedira que se calassem. Pela primeira vez, sentiu vergonha daquilo.

— Mas todo mundo gosta de mim. — Ele sabia que estava sendo insensível, mas era tão desconcertante. — Para me darem as costas com tanta rapidez... é como se estivessem possuídos.

— As pessoas podem mudar de ideia — disse Chapeuzinho, em um tom de voz que sugeria que isso não ia acontecer. Ellis olhou para Caleb.

— Sinto muito por ter arrastado você até aqui.

Caleb esfregou a lateral do nariz, ainda parecendo abalado.

— Eu achei que eles fossem nos atacar, nos perseguir para fora da vila.

— Não há outro lugar por perto onde consigam farinha. Eles sabem disso tão bem quanto nós. — O negócio deles ofereceria alguma segurança para Ellis e sua família. Ou pelo menos era o que ele esperava.

Lá fora tudo estava tranquilo. Tranquilo demais. Será que o povo furioso da vila tinha ido para casa esfriar a cabeça? Ou estava esperando? Ellis desceu, orientando Caleb sobre quais sacos entregar. Seu irmão saiu cambaleando na direção da padaria, carregando o saco maior, o rosto enrugado com o esforço. Ellis poderia ter carregado o dobro sem pensar duas vezes.

Ellis se virou.

— Martha está aqui?

— Onde mais estaria? — murmurou Chapeuzinho.

Ver Martha seria algo normal, pelo menos. Para ela, ele ainda poderia ser alguém forte. Ellis começou a ir em direção à porta, mas deu meia-volta de novo.

— Eu agradeci você? Não agradeci, não é? Foi uma coisa muito decente o que você acabou de fazer. Então, obrigado, Chapeuzinho.

Ela sorriu. Sua boca era larga, com um espaço entre os dentes da frente. O sorriso trazia uma vivacidade aos olhos castanhos dos quais ele gostava.

— Foi você quem trocou meu curativo no outro dia também? — ele perguntou. — Eu não me lembro daquilo muito bem.

Ela assentiu com a cabeça, mas também corou. Decidindo fingir que não havia notado, ele entrou na padaria. Martha estava dobrada sobre a mesa, decorando biscoitos de gengibre.

— Feche a porta, Chapeuzinho — ela disse, sem erguer os olhos. Ellis se aproximou, passou o braço em torno da cintura dela e deu um beijo no topo de sua cabeça. Martha se encolheu. Um biscoito caiu no chão e partiu ao meio. Ellis recuou, levantando a mão boa para mostrar que não pretendia fazer mal.

— Desculpe por entrar assim. Você parecia tão bonita que não pude resistir.

Ele esperou que ela risse ou que fingisse um ar arrogante para dizer que ele poderia arrumar algo melhor do que "bonita". Em vez disso, cruzou os braços.

— Então você já está de pé.

Ele sorriu.

— Eu queria ver você.

Ela se afastou dele.

— Não acho que meus pais ficarão felizes se encontrarem você aqui, Ellis.

— Vamos lá fora por alguns minutos, então. Não está tão frio. Me diga o que está acontecendo. Melhor ainda, vamos nos encontrar mais tarde em algum lugar, no rio, talvez. Se ainda estiver congelado, podemos patinar. Eu garanto seu retorno em segurança. Ainda tenho duas pernas que funcionam.

Ele esperava que isso a fizesse rir, mas Martha nem sequer reagiu.

— Eu realmente acho que você precisa ir.

Ellis franziu o cenho.

— Martha, o que é isso? Se está envergonhada por não gostar de ver sangue no outro dia, não fique. Aramor parece um lugar estranho hoje, mas isso não precisa mudar nada entre nós. Você não se importa com o que as pessoas dizem, não é?

O murmúrio de Martha foi inaudível. Antes que Ellis pudesse pedir para ela repetir, a porta se abriu. Chapeuzinho apareceu com um saco de farinha de centeio.

— Precisamos disso hoje, Martha? Eu achei que sua mãe...

— Coloque na mesa. — Martha olhou para além de Ellis. Não fizera contato visual nenhuma vez, ele percebeu. — Obrigada, Chapeuzinho.

Chapeuzinho parecia meio sem saber o que fazer, como se não estivesse acostumada à gentileza.

— Ah. Sim. Hum, Ellis, seu irmão já verificou lá fora. Todo mundo foi embora, então... não que eu queira que você vá embora ou algo assim...

Ela se calou. Mesmo alguém sem qualquer habilidade de observação teria percebido o clima. Ellis pigarreou.

— Precisamos ir. Tudo vai ser mais demorado hoje. — Ele esperou que Martha dissesse alguma coisa, mas ela ficou em silêncio. — Adeus, então.

Um vento frio o atingiu quando fechou a porta. Caleb estava curvado sobre a carroça, com os braços em volta do corpo. Também parecia infeliz. Provavelmente preocupado com o que o pai deles diria quando voltassem para casa, e se seria punido. Mais um erro que Ellis cometera.

Ellis bateu o calcanhar no chão com força. Doeu, mas nada comparado a dor que ele sentia por dentro.

## SABINE

*E NÃO É COMO SE VOCÊ FOSSE TÃO RESPEITÁVEL E NORMAL ASSIM, SE esgueirando na beira da floresta, colhendo plantas.*

Mesmo um dia depois, Sabine estava furiosa. Como Chapeuzinho ousava falar dela daquele jeito? Quase desejava ter sido mais dura ao colocar Chapeuzinho em seu lugar, mas agora era tarde demais.

*Sou perfeitamente respeitável e normal*, Sabine pensou, equilibrando a bandeja de madeira em uma mão enquanto colocava uma caneca cheia até a borda na mesa ao lado da cadeira onde Lady Katherine sempre se sentava. *Chapeuzinho é apenas amarga e invejosa.*

— Há mais alguma coisa que eu possa lhe trazer, minha senhora?

— Não, obrigada, Sabine. — Lady Katherine franziu o cenho para um pergaminho que pegou de modo despretensioso da escrivaninha onde seu marido estava lendo. — Josiah, este é um relatório do capitão da guarda? Costumava haver o dobro de guardas patrulhando Aramor, não é?

— Isso não é problema seu. — Lorde Josiah virou uma página. — Leve os cães para passear se não tem mais nada para fazer.

— Eu já desfrutei de uma longa caminhada. E o governo de Aramor é problema meu. Não temos dinheiro no cofre para tal guarda? Ou mesmo para as obras de reparo do portão sul? Aquele muro despencou já faz algum tempo. Se estamos precisando de dinheiro, não poderíamos alugar os campos que o fazendeiro Warner costumava arar?

— As finanças de Aramor estão perfeitamente bem. Recrutar mais guardas exige tempo e esforço, e é só isso, assim como organizar o trabalho de reparo.

— Então me deixe ajudar. Tenho tempo de sobra.

Lorde Josiah afundou o rosto no livro. Lady Katherine colocou as mãos nos quadris. Percebendo uma discussão, Sabine pegou uma pilha de livros da mesa, que mais cedo sua senhoria havia solicitado que devolvesse para o doutor Ambrose, e pediu licença. Enquanto andava, folheou o livro de cima. Ele tinha ilustrações de um corpo, de pessoas afligidas com várias doenças e de ervas que Sabine imaginou ser sugestões de tratamento. Aquilo era erva de São João? E camomila? Nunca vira aquela raiz laranja, mas a imagem indicava que era útil para abaixar febre...

Ah, se soubesse ler! E, se as pessoas não fossem tão mesquinhas, poderia fazer algo com o conhecimento que já tinha. Não era a primeira vez que Sabine se sentia frustrada. Ninguém que conhecia que soubesse ler perderia tempo para ensiná-la; ela havia tentado. Para a maioria, a ideia de uma camponesa aprendendo coisas assim era algo digno de riso. Nem mesmo Martha compreendia, dizendo de forma brusca para Sabine que os meninos não gostariam de uma garota que sabia coisas que eles não sabiam. Sabine odiava a ideia de se tornar motivo de piada.

O doutor Ambrose não respondeu quando ela bateu na porta. Mas seu aposento estava destrancado, então Sabine entrou e colocou os livros na grande mesa de madeira ao centro. Decidindo que

Lady Katherine não ficaria feliz se voltasse tão logo, Sabine folheou os outros livros. Dois também eram médicos, mas o último, encadernado em preto e meio caindo aos pedaços, era bem diferente. Na página inicial, havia uma impressão lúgubre de algum tipo de demônio, vermelho vivo, com uma cauda pontiaguda e olhos amarelos grotescos e arregalados. De cada lado dele, dois cães sentados, mordendo as mandíbulas que pingavam sangue.

Sabine ergueu as sobrancelhas. Em outra página, havia um réptil alado com cabeça de galo, que reconheceu como um basilisco, depois um terrível lobisomem, uma gárgula medonha e vários fantasmas. Será que ter um livro sobre criaturas sobrenaturais era uma heresia? Sabine supôs que não era pior do que assustar e provocar criancinhas com tais histórias depois do anoitecer, como todo mundo fazia.

Embora... Perto do final do livro, havia a imagem de uma velha enrugada parada sob uma árvore, com o que Sabine imaginou serem amuletos aos seus pés. Um demônio fantasmagórico espreitava atrás dela. Feitiçaria, de novo. *Porque é claro que as pessoas acreditam que velhas feias podem conjurar fantasmas*, pensou Sabine.

Sabendo que seria imprudente ser pega ali, fechou o livro e foi embora.

Ao fechar a porta, ouviu um rosnado baixo.

A poucos metros de distância, estava uma criatura de quatro patas, mostrando os dentes e com as orelhas em pé. *Lobo*. Sabine levou a mão ao peito antes de perceber que era o cão enorme e escuro de Lady Katherine.

— Você me assustou — ela retrucou.

O cão rosnou novamente. Estranho – em geral ele não era hostil. *Talvez saiba que eu estava bisbilhotando*, Sabine pensou, e quase deu uma gargalhada. Nem mesmo um cão bem treinado seria tão esperto.

O mais estranho era o fato de Lady Katherine estar olhando um livro desses. Que interesse ela poderia ter nessas coisas?

# CHAPEUZINHO

A ESCURIDÃO ANTES DO AMANHECER É DIFERENTE DA ESCURIDÃO *da noite*, pensou Chapeuzinho, ao sair do chalé da Vovó. Era raro que passasse a noite ali, mas, desde o ataque de Ellis, estava se sentindo inquieta e precisava de algum consolo. A Vovó ainda estava dormindo, enfiada embaixo de sua colcha de retalhos, com a touca de dormir bem enfiada na cabeça.

— Meu sono anda irregular ultimamente — dissera para Chapeuzinho na noite anterior. — Não se surpreenda se me escutar andando por aí à noite. Eu posso até sair para uma caminhada noturna.

A própria Chapeuzinho se sentia cansada. Todo seu lado esquerdo doía. Ela devia ter caído da cama de novo – o estrado no qual dormia na casa da Vovó era mais estreito do que sua cama em casa, e ela sempre se esforçava para ficar confortável. Mas no chalé conseguira esquecer de tudo pelo menos por uma noite.

Mesmo assim, outro longo dia a esperava. Mas, pela primeira vez, Chapeuzinho estava pensando em algo além do fato de sentir falta dos longos dias de verão, quando podia fugir para a floresta assim que a padaria fechava e permanecer lá por horas antes que a noite se esgueirasse. E esse algo era Ellis. Não que Chapeuzinho não pensasse muito em Ellis – talvez até demais –, mas aquilo era diferente. *Ele* estava diferente. Ontem, quando fechou os portões da padaria para a multidão hostil, ele lhe mostrara outro lado, mais incomodado, menos confiante, e ela queria saber mais. Será que tinha sido a primeira vez que ele questionara as pessoas ao seu redor, que encontrara alguma dificuldade? Era engraçado sentir pena de um garoto tão popular, com a habilidade de se destacar na maioria das atividades, mas ela não podia evitar.

Era difícil ver a própria vida mudar. Chapeuzinho sabia disso por experiência própria. Ela era jovem demais para se lembrar da morte de seu pai, e, de toda maneira, por ser marinheiro, ele não ficava muito em casa, mas ela vira o efeito que aquilo tivera em sua mãe e na Vovó. Nenhuma das duas tinha sido a mesma desde então.

Não que Ellis se importasse com a compaixão dela. Ele ainda queria Martha, Chapeuzinho podia ver, mesmo que Martha não tivesse feito nada além de se afastar dele desde o ataque, por motivos que Chapeuzinho considerava tolos. Desde então, aquilo a incomodava cada vez mais. Não era justo. Por que ele gostava tanto assim de Martha? Será que todos os garotos eram superficiais?

Quando Chapeuzinho se aproximou da padaria, começava a amanhecer. Ela limpou a lama das botas e esfregou as solas na grade do jardim. O simpático gato malhado que às vezes se sentava no muro, observando o mundo passar, desceu de um pulo e se esfregou em suas pernas, ronronando.

— Vou trazer algo para você comer — disse Chapeuzinho, fazendo carinho atrás das orelhas dele. — Fique aqui.

Ela abriu a porta – e na mesma hora se esqueceu do gato.

Alguém estava chorando. Mas imediatamente Chapeuzinho percebeu que não eram soluços normais.

Eram lágrimas de alguém que havia perdido tudo.

Chapeuzinho ficou arrepiada. De repente, todos os seus sentidos estavam despertos.

Algo não cheirava bem. Algo penetrante, quase metálico, cortava o calor suave. O ar estava frio, como se uma porta tivesse ficado aberta por muito tempo. E, ao entrar, ela arfou. A enorme mesa onde ela e Martha colocavam os pães e decoravam biscoitos estava virada. Uma cadeira estava quebrada. Facas, rolos de massa e outras ferramentas estavam espalhadas por toda parte. E então a fonte do cheiro penetrante apareceu.

Sangue.

Um tom avermelhado manchava a parede branca ao lado da porta. Algumas das marcas pareciam de mãos. A respiração de Chapeuzinho ficou mais rápida. Suas mãos se fecharam ao redor da arma mais próxima – uma faca largada no chão de pedra perto de seu pé. Ela seguiu até a porta que dava para a casa.

— Olá?

*Crek*. Chapeuzinho deu um pulo, quase derrubando a faca. O barulho vinha de cima. Se quem fez isso ainda estivesse ali, ela deveria ir embora. Mesmo assim, seus pés se moveram na direção da escada e a levaram até o segundo andar. Ela podia ouvir seu coração batendo forte.

— Olá?

O pai de Martha apareceu no corredor, o rosto cheio de fúria. Ele passou por Chapeuzinho como se ela não estivesse ali. Perplexa, ela abriu a boca para chamá-lo, mas mudou de ideia e se aproximou do quarto do qual ele saíra. Os soluços estavam mais altos agora.

Ela respirou fundo e espiou pela abertura da porta.

A pessoa chorando era a senhora Baker, com os ombros caídos, como se estivesse destruída. Ela apertava a mão da filha. Martha estava deitada na cama, se contorcendo e gemendo. A mãe dela estava bloqueando a visão de Chapeuzinho.

— O que aconteceu? — Chapeuzinho sussurrou, sem conseguir se conter.

A senhora Baker olhou para trás, os olhos vermelhos. Chapeuzinho mal percebeu. Seus olhos foram direto para Martha. E ela ficou boquiaberta.

— Ah. *Ah*.

Bandagens foram amarradas em todo o lado direito do rosto de Martha, sobre um olho e ao redor do pescoço. Na mesinha ao lado da cama, havia toalhas em uma tigela rasa ensopadas de sangue. As mãos de Martha estavam cheias de arranhões.

Era como se ela tivesse erguido as mãos para se defender.

Chapeuzinho gelou.

— Foi o...

A senhora Baker urrou. Como se aquelas duas simples palavras fossem a chave para uma inundação de dor. Chapeuzinho se aproximou para abraçá-la, mas a mulher se afastou.

— Vá para baixo! — ela gritou. — Não quero ninguém aqui.

Percebendo que ainda segurava a faca, Chapeuzinho a largou.

— Há algo que eu possa... Devo buscar o boticário?

— Ele já foi chamado. Não que possa ajudar!

— Mas ela... Martha... Ela vai ficar bem? Ela não está muito machucada...

— É fácil para você dizer. — A senhora Baker ficou em pé. As mãos estavam fechadas com força. — Por que não podia ter sido você?

Você nem sequer é bonita. Minha menina, minha linda Martha, com o rosto perfeito e tudo diante dela... estragada. Por aquele animal. Aqui também!

A cabeça de Chapeuzinho girou. O lobo espreitando na padaria, bem no meio da vila? Atacando Martha enquanto seus pais dormiam no andar de cima?

— A senhora tem certeza?

— Claro que tenho certeza! Martha o viu. O lobo está atacando as pessoas em suas próprias casas agora. Ninguém mais está seguro. Ninguém!

# ELLIS

— Martha foi atacada? — Ellis encarou seu amigo Stephen, que havia parado a carroça na metade do caminho entre o moinho e a vila. — Não é...

Stephen enxugou a testa, inclinando-se e apoiando as palmas das mãos nas coxas enquanto recuperava o fôlego.

— Foi o lobo mesmo. Entrou na padaria à noite e foi atrás dela. Devorou o rosto dela.

— O quê? Ela está bem?

— Ela está viva — disse Stephen, depois de uma longa pausa. — Não sei mais do que isso.

— Quando diz que devorou o rosto dela, você...

— Só estou repetindo o que ouvi. Mas ela não vai mais ser a beleza da vila, isso é certo. É melhor você seguir em frente, El.

Antes que soubesse o que estava fazendo, Ellis pulou da carroça e empurrou Stephen com sua mão boa, arremessando-o na lama.

— Cale a boca! — ele gritou. — Cale a boca!

Stephen protegeu o rosto com as mãos.

— Calma! Eu falei a coisa errada. Não quis tirar sarro.

— Pois foi o que pareceu. Não se atreva a falar dela desse jeito.

— Não vou, não vou! Eu só queria avisar você, sabe. Não queria que ouvisse isso de qualquer pessoa.

A névoa vermelha na mente de Ellis se dissipou. Ele ajudou Stephen a se levantar.

— Obrigado, Stephen.

Stephen se limpou, mas soou um pouco distante.

— Não sabia que você gostava tanto dela. Até parece que ela apoiou você.

Ellis grunhiu. Subiu novamente na carroça. Ele e Caleb se ajeitaram para abrir espaço para Stephen. Os três partiram em direção à vila. Ellis tinha o olhar fixo na estrada. O caminho desvaneceu e então desapareceu. Em seu lugar, viu dentes, garras, saliva e... Não. Ele fechou os olhos com força.

*Martha*. Ele a viu na sala dos fundos, preparando massa para a manhã, a farinha cobrindo seus antebraços, o cabelo preso em uma touca. A porta se abrindo com um rangido... Unhas arranhando o chão frio de pedra. Um rosnado baixo. Martha levantando a cabeça. Uma forma escura se lançando na direção dela, em uma explosão vermelho rubi...

— Ellis? — O rosto de Caleb apareceu. — Você está bem? Você ficou muito pálido.

Ellis não conseguia falar. *Devorou o rosto dela*. O que aquilo queria dizer? Literalmente havia comido o rosto dela? Nesse caso, estaria morta, ou quase. Será que havia sido apenas arranhada? Devia ser isso – os pais de Martha ouviram o barulho, e o lobo fugiu antes de ter a chance de arrancar um braço ou uma perna...

Ele pensou em seus curativos, nas cicatrizes com as quais teria que conviver para sempre. A marca do lobo. Agora que estavam sarando, ele não se incomodava com elas. Mas claro que as pessoas não olhavam para seu ombro todos os dias. Não como os olhares eram atraídos para o rosto de Martha, com as maçãs salientes, a pele lisa, uma leve camada de sardas e os lábios carnudos e rosados nos quais ele passava tanto tempo pensando...

— Você consegue cuidar das entregas sozinho? — perguntou para o irmão. — Vou lhe dizer o que precisa ser feito.

Caleb mordeu o lábio, olhando de relance para a carroça cheia.

— De tudo isso?

— Eu preciso vê-la, Caleb. Ela deve estar sofrendo, confusa e vai odiar todo mundo falando sobre ela. Preciso que ela saiba que eu entendo. Por favor, Caleb. Você consegue fazer isso, sei que consegue. É simples.

— E se... — Caleb parou de falar. Levantou o queixo, tentando endireitar os ombros. — Tudo bem. Eu consigo. É claro que consigo.

É claro que ele não conseguia. Era só a terceira vez que fazia aquilo. Até Dorothy estava olhando para Caleb com um leve desprezo nos olhos, sem fazer esforço para seguir em frente mesmo com Caleb puxando as rédeas. Stephen não podia ajudar – ele já saíra de seu caminho por causa de Ellis e, a julgar por seu silêncio, desejava não ter feito isso. Não, Ellis teria que ser um filho responsável, como sempre, porque tempo era dinheiro e a família era tudo...

Ou não. Ele já tinha desafiado os pais uma vez e poderia fazer isso de novo.

— As entregas podem esperar — disse ele. — Se as pessoas receberem a farinha com uma hora de atraso, não importa. Vamos lá.

---

A padaria estava fechada quando chegaram, mas o portão do jardim estava aberto. Enquanto guiava Dorothy para dentro, Ellis notou que a pequena carroça da padaria estava sob o abrigo, em vez de guardada em segurança no galpão ao lado do estábulo onde ficava o cavalo dos Baker. *Estranho*, pensou Ellis. Os Baker compraram a carroça havia apenas um ano e em geral eram muito cuidadosos com ela.

Ellis deixou Caleb pegando a farinha e se aventurou lá dentro. Parecia frio, sem nenhum dos cheiros habituais e envolventes. O forno nem sequer havia sido aceso. Chapeuzinho estava ajoelhada diante da parede, esfregando-a de modo sistemático. Ellis se agachou ao lado dela.

— Oi, Chapeuzinho. Ouvi falar do que aconteceu.

Chapeuzinho não ergueu o olhar.

— Você sabe o que estou limpando?

— Não...

— O sangue de Martha.

Um calafrio percorreu a espinha de Ellis.

— Ah. Você precisa de ajuda?

Chapeuzinho ficou imóvel. Então balançou a cabeça.

— Você deveria vê-la.

— Você está bem? Não estava aqui quando aconteceu?

A água espirrou pela lateral do balde quando Chapeuzinho mergulhou o pano. Tinha um tom rosado encardido, de sangue e sujeira.

— Não — respondeu, seca, e continuou esfregando. Ellis olhou para ela por um segundo, e então decidiu deixá-la em paz.

Tomando coragem, subiu as escadas. Ele seria calmo e acolhedor. Diria a Martha que entendia. E não eram palavras vazias para fazê-la se sentir melhor. Talvez isso servisse para aproximá-los, de um jeito que só os grandes acontecimentos fazem. Sempre houve algo um pouco evasivo em Martha, como se ela reprimisse seu verdadeiro eu. Alguns dias, nem sequer tinha certeza se ela ainda gostava muito dele.

Uma porta no primeiro andar estava aberta. Ele conseguia ver Martha quase escondida embaixo de um monte de cobertores.

— Martha? — Ele não sabia por que estava sussurrando. — Posso entrar?

Martha murmurou alguma coisa, os olhos fechados. Ellis entrou na ponta dos pés e se sentou na cadeira ao lado da cama. Pegou uma das mãos dela, acariciando gentilmente os arranhões com o polegar. Martha achava que ele tinha polegares feios. "Por que são tão largos e achatados?", perguntara certa vez. Ellis explicara que era algo que acontecia quando alguém trabalhava em um moinho, de tanto esfregar os grãos entre o polegar e o indicador, para verificar a qualidade e a textura. Ele tinha bastante orgulho de ter os polegares dos Miller, encarando-os como um sinal de pertencimento. Os de seu pai eram iguais.

— Eu soube o que aconteceu. — Ellis não tinha certeza se Martha estava acordada, mas o silêncio estava deixando-o inquieto. — Eu queria dizer que está tudo bem, que ainda vou gostar de você. As pessoas vão olhar e dizer coisas, e talvez você perca amigos... mas vai ficar tudo bem. Isso nos dá algo em comum. As duas únicas pessoas que sobreviveram a um ataque do lobo. Talvez um dia tenhamos orgulho disso, quem sabe?

O que mais poderia dizer? O curativo que cobria o rosto de Martha estava ensanguentado. Ele poderia trocá-lo. O doutor Ambrose fora bastante rigoroso sobre Ellis manter os curativos limpos. Mais tarde ele até poderia brincar com isso, de um jeito gentil, é claro – algo sobre como era bom que nem todo mundo tivesse medo de sangue. Talvez da próxima vez que viesse visitá-la, Ellis poderia trazer um pouco do bálsamo que o doutor Ambrose havia fornecido. Sem dúvida seria mais reconfortante do que qualquer coisa que estivesse nos frascos do boticário.

Pela primeira vez, Ellis se perguntou por que seus pais tinham mandado chamar o doutor Ambrose. Até onde sabia, o médico nunca tratava os habitantes da vila. A mãe de Ellis não gostava do boticário, mas ainda assim o chamara quando um de seus irmãos mais novos havia ficado doente no ano anterior.

*Estranho*, pensou. Com toda gentileza, Ellis tirou o curativo. O cheiro sufocante o fez lembrar carne crua. O que, para o lobo, é claro, era exatamente o que ele e Martha eram.

Os olhos de Martha se abriram. Estavam zangados e sem foco. Ellis ficou paralisado.

O grito dela foi incrivelmente alto.

— Saia de perto de mim!

Ellis deu um pulo para trás, derrubando a cadeira. O curativo caiu no chão. Os cortes se estendiam da testa até o queixo de Martha e cruzavam seu pescoço. Eram muito mais largos do que os cortes em seu peito, abertos e vazando. O estômago de Ellis se revirou, e não de um jeito bom. Martha caiu em lágrimas.

— Não olhe para mim! Não posso suportar.

— Está tudo bem. — Ele tentou parecer reconfortante. — Sei como você está se sentindo.

Ela o ignorou.

— As pessoas estão comentando, dizendo que estou contaminada, que vendi minha alma para o lobo. Se elas se afastarem de mim também... não sei o que vou fazer. É demais para mim.

— Martha, eu não me importo com...

— É claro que se importa. Eu nunca mais serei bonita. Os dentes e as garras... me rasgando inteira, como se quisessem fazer meu corpo todo em pedaços. Os olhos enlouquecidos e a imensa forma negra, e as árvores, árvores por todos os lados!

Aquele lugar é amaldiçoado. É um monstro. Uma besta do mal! Não é natural.

Alguém agarrou o ombro de Ellis, puxando-o para trás. No instante seguinte, o rosto redondo e barbudo do senhor Baker estava bem perto do dele, a veia da testa pulsando.

— Deixe minha filha em paz. Como você ousa? Vá embora, antes que eu o expulse daqui.

Ellis se soltou.

— Aqueles ferimentos precisam ser lavados e enfaixados. Eu poderia ver se o doutor Ambrose...

— Ele não se rebaixaria a vir até aqui.

— Ele cuidou de mim...

— Porque seus pais têm Lorde Josiah no bolso! Agora, vá embora!

Martha começou a gritar novamente, agora puxando os cabelos. A senhora Baker correu até ela, lutando para fazê-la se deitar de novo. Ellis recuou.

— Vou trazer um pouco do bálsamo que me deram.

— Não queremos você aqui! — O senhor Baker urrou. Percebendo que o pai de Martha estava prestes a perder a paciência, Ellis se retirou. Chapeuzinho estava no pé da escada, parada como se estivesse pronta para fugir ou para correr e ajudar. Ela disse alguma coisa, estendeu a mão, mas Ellis balançou a cabeça, cambaleando até o jardim, depois até a carroça, e foi embora.

⚘

— Talvez eles percebam que você tinha boas intenções — disse a mãe de Ellis naquela tarde. Ela parecia desaprovar, embora Ellis não soubesse dizer se ele ou os Baker. Deveria ser reconfortante voltar para casa, o som do moinho e o cheiro do guisado de frango e legumes, mas Ellis estava com dificuldade de se livrar da sensação de estar no limite. Os habitantes da vila não tinham cercado a carroça do moinho hoje, mas ficaram em silêncio enquanto ele passava, e alguém jogou uma grande pedra atrás dele. Será que tratariam Martha com o mesmo asco? Quanto tempo até se recusarem a comprar farinha? Quando essa desconfiança sufocante passaria? Na primavera, quando talvez o lobo pudesse ir embora? Ellis não estava confiante. O inverno estava só começando. E este ano o lobo estava muito mais ousado...

— E se Martha não quiser mais me ver? — perguntou.

— Dê um tempo para ela. Isso é cruel e difícil. Eu teria reagido da mesma maneira na idade dela. A beleza às vezes é uma maldição. — A senhora Miller deu um suspiro, parecendo triste por um momento. Ellis fez uma careta. Não queria imaginar sua mãe sendo cortejada por ninguém que não fosse seu pai. — Mas, se Martha se afastar de você, ela é uma garota mais tola do que pensei.

— Você acha que Martha é tola?

— Acho que Martha não é digna de você se sentir mal. Aramor tem muitas outras garotas com o coração mais gentil.

Ellis sentiu o desejo de defender Martha, mas algo na palavra *gentil* atingiu o alvo. Talvez sua mãe tivesse razão.

— Por favor, não conte para meu pai sobre hoje — pediu. — Ele já ficou zangado o suficiente por eu ter levado Caleb e a carroça antes.

A senhora Miller apertou os lábios.

— Seria uma boa lição para Amos Baker se parássemos de fornecer farinha para ele. A padaria não duraria muito tempo sem nós. Ele é um encrenqueiro, e sua esposa é cabeça-oca e ingênua. Agora eles sabem como é ter um filho sofrendo.

A nota perversa na voz dela pegou Ellis de surpresa. Será que ele tinha subestimado o rancor entre sua família e as demais? Ele observou a mãe ir até o fogão inspecionar o conteúdo da panela.

— Mãe... não é hora de deixarmos de lado todas essas discussões e mágoas? Se todos trabalharem juntos, podemos ter uma chance maior de lidar com esse lobo. Em vez disso, as pessoas estão se acusando de estarem envolvidas nisso ou em feitiçarias.

Sua mãe deu um sorrisinho.

— Você é muito doce, meu amor. Seria bom se a vida fosse assim.

— Por que não pode ser? Todo mundo se uniu há cinco anos.

— Aramor era diferente naquela época.

Mais bem governada e mais próspera, ela quis dizer. Ellis tinha lembranças dos guardas nas ruas, dos rápidos reparos das bombas-d'água quebradas e do vazamento do telhado da igreja, e do festival de verão, uma enxurrada de cores, música, dança e risos. Aramor parecia muito mais austera agora.

— Eu não quis desdenhar de você. — A panela retiniu quando a senhora Miller recolocou a tampa. — Tudo o que eu quis dizer é que você vê o melhor em todo mundo. Isso é bom. Mas também é ingênuo. O mundo pode ser um lugar sombrio, Ellis. Cheio de inveja. Nunca subestime a maldade das pessoas.

— Nem todo mundo é assim.

— Não. Mas a maioria de nós está tentando sobreviver.

E aquilo tornava as pessoas más? Ellis se lembrou do que Caleb disse sobre seus pais estarem assustados. Ele se aproximou dela, ao lado do fogão, abraçando-a como fazia quando era criança.

— Mãe. O que quer que esteja aborrecendo você... eu poderia ajudar, se me deixar. Mesmo se for só ouvindo.

Ela suspirou.

— Ah, Ellis. Você não pode. Eu gostaria que pudesse.

Então havia algo.

— Pelo menos poderia me dizer.

— Você vai descobrir em breve.

— Tem a ver com dinheiro? O pai da Martha disse que vocês têm Lorde Josiah no bolso.

Ela havia ficado tensa?

— Não tenho tempo para isso, Ellis.

— Mas estou perguntando.

— E eu estou ocupada. Amos Baker só diz essas coisas porque é ressentido. Se Bridget Forrester mencionar algo para você, ignore-a também. Ela é pior do que ele.

Ellis fez cara feia.

— Vou deixar para lá, então.

Ela segurou seu ombro bom. Sua expressão se suavizou.

— Ellis. Eu não queria me exaltar. Sinto muito. Estamos todos no limite.

Ela não precisava lembrá-lo disso.

# SABINE

A PADARIA JÁ ESTAVA LIMPA QUANDO SABINE CHEGOU. Ela estivera desesperada para escapar mais cedo, mas Lady Katherine estava extraordinariamente falante, ao ponto de Sabine pensar que seria obrigada a escapar na surdina e arriscar uma demissão.

*Preciso falar com Martha*, Sabine pensou. Escondida na bolsa pendurada em seu cinto, estava uma mistura de ervas que ela inventara e que, tinha quase certeza, era a mesma que vira no livro que devolvera ao doutor Ambrose. Se os pais de Martha lhes dessem um momento a sós, talvez pudesse persuadi-la a tomar um pouco.

As palmas de suas mãos estavam suadas quando bateu na porta do quarto de Martha. A senhora Baker ergueu os olhos.

— Ah, Sabine. Entre. Achei por um momento que era o garoto dos Miller de novo.

O estômago dela se revirou.

— Ele esteve aqui?

A mulher assentiu com a cabeça.

— Não sei por quanto tempo. Eu estava dormindo. Assim como Martha, até que ela acordou gritando.

— Ela falou alguma coisa para ele?

A senhora Miller pareceu surpresa com o tom de voz brusco de Sabine. A garota praguejou em silêncio. Ela *tinha* que manter a cabeça fria.

— Sobre...?

— O ataque.

— Não sei. Meu marido o expulsou.

— Ela contou alguma coisa para a senhora?

— Não. Sempre que perguntamos... — Uma lágrima rolou por seu rosto. — Não entendo por que Martha estava lá embaixo no meio da noite!

Até agora tudo bem, então. Sabine respirou fundo e se aproximou. Ela sabia o que esperar, mas mesmo assim ficou chocada ao ver o rosto de Martha. Não havia como aqueles cortes cicatrizarem completamente, por mais eficiente que fosse o médico. Uma sensação estranha apertou o peito de Sabine. Era a mesma sensação curiosa que ela havia experimentado na outra noite, correndo pela escuridão para tratar Ellis: emoção. Aquilo não a incomodara, então. Ellis não era alguém com quem se importava. Mas Martha...

Com Martha deveria ser diferente. As duas nasceram com um mês de diferença uma da outra, amigas a vida toda, discutindo com frequência, mas nunca se afastando. Sabine conhecia todos os constrangimentos e esperanças de Martha, e Martha sabia... bem, Martha não sabia o que Sabine queria de verdade, porque, mesmo quando era uma garotinha, Sabine evitava confiar, mas isso não as impediu de serem próximas...

Então por que Sabine se sentia tão... desconectada? Será que estava se protegendo, porque o que acontecera – o que realmente acontecera – era doloroso demais para ser encarado? A mãe de

Sabine sempre lhe dissera que as emoções eram confusas e que seria melhor que fossem ignoradas. Ou será que, no fundo, não se importava muito com Martha? *Não pode ser isso*, pensou Sabine, e a tensão aumentou. Talvez nem sempre fosse muito gentil, mas não era insensível. Ou era?

Com grande esforço, Sabine deixou as dúvidas de lado. Segurou a mão fria de Martha.

— Martha.

— Sabine. — Os olhos vazios de Martha a encararam. Sabine não conseguia saber se a amiga estava zangada ou não.

— Não posso acreditar que isso aconteceu — murmurou a senhora Baker. — Por que nós? Por que a padaria? Tão no meio da vila... Deveríamos estar em segurança. Aquela coisa nunca se aventurou tão longe da floresta cinco anos atrás. Os ataques foram todos contra comerciantes ou lenhadores.

— Eu sei. Meu pai perdeu amigos. — *E a si mesmo*, pensou Sabine.

— Eu entendia o lobo antes. Era inverno, e ele estava com fome. Mas isso... mutilar... — A voz da mãe de Martha se transformou em um sussurro. — Não faz sentido.

*Talvez não para você*, pensou Sabine. Era o ataque de Ellis que a incomodava. Era quase como se o lobo tivesse escolhido não comê-lo. Sabine se lembrava de sua conversa com o doutor Ambrose. Será que ela conseguiria planejar outro encontro com o médico e conduzir a conversa até o lobo? Ficava furiosa por não poder simplesmente entrar nos aposentos do médico e lhe perguntar, mesmo depois de ajudá-lo na outra noite, só porque não era algo que garotas como ela deveriam fazer.

— Martha estava no lugar errado, na hora errada. — Sabine olhou para a amiga. Martha não falou nada. Havia fechado os olhos.

A bola de tensão que tomava conta do estômago de Sabine desde que deixara a mansão diminuiu um pouco. Se as duas pudessem falar a sós. Sabine se ofereceu para fazer companhia para Martha enquanto sua mãe descansava, mas a senhora Baker pareceu nervosa e disse não ser uma boa ideia, que talvez fosse melhor Sabine ir embora.

Relutante, Sabine seguiu a senhora Baker até o corredor. A mãe de Martha parou no alto da escada.

— Por que o lobo veio aqui? — ela explodiu. — Essa é outra coisa que não entendo. Ele não conseguiria sentir o cheiro da carne das tortas, não à noite. E, de todo modo, todo mundo cozinha carne em casa. — Ela abaixou a voz. — Martha descreve isso com tanta vividez. Uma besta do mal. Estou com tanto medo... — Parecia lutar com as palavras. — Talvez só pareça um lobo. Talvez na realidade seja... um fantasma. E se foi convocado... alguém o está controlando.

— Ninguém tem motivo algum para pensar dessa forma — disse Sabine em seu tom mais firme. — Martha está em choque, com dor e dizendo coisas.

Mas a senhora Baker estava balançando a cabeça.

— De que outra maneira o lobo passaria por uma porta sólida e trancada? Ela não foi danificada. Sempre trancamos quando fechamos a cozinha. Meu marido se preocupa com ladrões.

— Talvez não tenha sido trancada na noite passada.

— Não. Certamente foi.

Uma gota de suor escorreu pela testa de Sabine. Maldita mãe da Martha! Em geral, ela nunca era tão segura de si desse jeito.

— De quem é a responsabilidade de trancar a porta?

— De Martha. Ela não esqueceria. Ela é sempre tão cuidadosa. Deve ter sido feitiçaria. Não pode haver outra explicação. Ah, não sei o que fazer ou para quem contar! Por que nós?

Sabine hesitou. Hesitou por um longo instante.

— Há outra explicação.

— Qual?

— Talvez alguém que não Martha, ou a senhora, ou seu marido tenha deixado a porta aberta.

Por um longo momento, a senhora Baker pareceu perplexa. Então seu rosto ficou tenso e ela desceu sem dizer uma palavra. Sabine secou a testa e esperou. Então veio o grito.

— Chapeuzinho! Venha aqui, agora!

# CHAPEUZINHO

O SOM DE SEU NOME FEZ COM QUE UM MAU PRESSENTIMENTO atravessasse cada centímetro do corpo de Chapeuzinho. Ela olhou de relance para a porta dos fundos, mas, antes que pudesse fugir, a senhora Baker entrou correndo, os olhos febris e a respiração ofegante.

— Você deixou a porta dos fundos aberta quando foi para casa noite passada. Como pôde? Como pôde!

O estômago de Chapeuzinho se revirou. Será que tinha feito isso?

— Eu...

— Por causa do seu descuido, Martha foi atacada. Eu ignorei tantos erros, mas este!

A cabeça de Chapeuzinho rodopiou.

— Eu não deixei... pelo menos, não acho que tenha feito isso...

— Mas você não tem certeza — disse uma nova voz, e o sangue de Chapeuzinho gelou. Sabine apareceu atrás da mãe da Martha. Ela parecia ainda mais cansada do que no outro dia, com olheiras profundas ao redor dos olhos. — Você já se esqueceu de trancar antes. Sei que sim. Martha me contou.

— Só uma vez, e aprendi minha lição. — Chapeuzinho revirou as lembranças do dia anterior, em busca de algo definitivo, e teve um branco. — Eu tenho me esforçado...

— Não o suficiente. — Sabine ficou bem diante de Chapeuzinho. Como podia estar tão composta? — Você destruiu a vida da Martha. Ninguém vai querer uma garota com o rosto arruinado.

Atrás delas, a senhora Baker arfou. Chapeuzinho sabia que tinha que se defender, ou isso ia dar muito errado.

— Eu não deixei a porta aberta. — Ela fez o possível para soar confiante. — Às vezes posso me esquecer de tirar as formas de pão do forno ou confundir um pedido, mas tenho cuidado sempre que Martha me pede para trancar a porta. Como sabemos que não foi a própria Martha que deixou aberta?

— Porque ela nunca fez isso antes, e você sim?

— Isso não quer dizer que fui eu! Agora me lembro de tê-la fechado, eu...

— E isso quer dizer que foi Martha? Depois de seu namorado ser mutilado de modo tão terrível e Martha não fazer outra coisa desde então além de permanecer segura? Acho que não.

— Não. Eu não deixei.

— Ninguém acredita em você, Chapeuzinho. — Sabine se aproximou. — E ninguém acreditará em uma única coisa que você disser daqui em diante. — A ameaça naquelas palavras fez um calafrio percorrer a espinha de Chapeuzinho. — O que aconteceu *é* culpa sua.

— Você não pode provar nada.

— Eu não preciso de provas. Não há outra maneira de ter acontecido isso.

— Não há? — Chapeuzinho estava atacando sabendo que estava perdendo, mas, para sua surpresa, Sabine se encolheu.

Por um segundo, sua compostura falhou, e Chapeuzinho viu algo mais naqueles olhos gelados. Medo. No instante seguinte, estavam duros como aço novamente. E zangados.

— Você vai acusar o senhor ou a senhora Baker de terem deixado a porta aberta?

— É claro que não!

— Então tem que ser você. Entendo por que você pode não ter percebido quão perigoso o lobo é, já que gosta de passear na floresta, mas...

— Eu não passeio. Eu visito minha avó. E nunca disse que não tenho medo do lobo. Acho que você está com inveja.

— Do quê? De você? — Sabine riu.

— Sim, de mim. Acho que é você quem gostaria de passear na floresta, mas tem medo demais, então, em vez disso, passa todo o tempo olhando para ela. Você certamente ficou bastante chateada com isso da última vez.

Sabine ergueu a mão. Mas, em vez de bater em Chapeuzinho, ela agarrou seu ombro, os dedos cravados.

— Não, Chapeuzinho. Os habitantes da vila não vão acreditar em nada do que você diz, lembra? Então pense duas vezes antes de sair fazendo acusações por aí. Ninguém gosta de mentirosos.

— E ninguém gosta de ser acusada de algo que não fez. — Chapeuzinho cerrou os dentes. — Você é uma pessoa fria. Está mesmo chateada por causa de Martha? Não parece.

Sabine deu as costas para Chapeuzinho. A mãe de Martha assistia à cena das garotas com a boca ligeiramente entreaberta.

— A senhora não vai deixar que ela continue trabalhando aqui, vai, senhora Baker? Seria um insulto para Martha.

A postura desafiadora de Chapeuzinho se fez em pedacinhos.

— Não! Por favor, senhora Baker. Eu juro que não fui eu. Não sei por que a porta estava aberta, mas estou implorando, acredite em mim. Não posso perder este trabalho, pelo bem da minha mãe. — A senhora Baker fungou e desviou o olhar. Tentando se agarrar a algo que pudesse salvá-la, Chapeuzinho disse: — Se Martha não conseguir trabalhar, a senhora vai precisar de alguém que saiba como a padaria funciona. Sei que não sou perfeita, mas farei o melhor pela senhora, eu prometo.

A senhora Baker parecia sobrecarregada. Estava balançando a cabeça, murmurando algo sobre seu marido ficar zangado. Sabine passou o braço em volta da mãe de Martha, dando tapinhas em seu braço, como se fossem elas contra Chapeuzinho. Chapeuzinho rangeu os dentes.

— Não fiz nada para você, Sabine. Por que não pode me deixar em paz?

— Porque você deixou a porta da padaria aberta, e minha melhor amiga foi atacada.

— Não. Você sempre me odiou. Por quê?

A porta da frente se fechou com força.

— Acho que é o pai de Martha — comentou Sabine. — Se eu fosse você, daria o fora antes que ele descubra o que você fez.

— Voltarei amanhã — Chapeuzinho falou para a senhora Baker, mas a mulher estava com as mãos sobre o rosto, e Chapeuzinho não teve certeza se ela tinha escutado. Chapeuzinho pegou sua capa e saiu. Só então percebeu que estava tremendo. Será que ainda teria um emprego depois daquilo? O desapontamento de sua mãe destruiria Chapeuzinho. Ela estava tão satisfeita por ter encontrado para a filha um trabalho que tinha a chance de manter, depois das tentativas fracassadas como costureira e na fazenda.

*Você deixou a porta da padaria aberta, e minha melhor amiga foi atacada.*

Do jeito que Sabine falou, era como se fosse um fato. E quanto mais ela falasse, mais todos acreditariam nessa história. Por um breve momento, a própria Chapeuzinho quase acreditara. Sabine era tão... fascinante, de certa forma. Como uma garota de quatorze anos – uma garota de origem humilde, sem educação ou influência – tinha tanto poder?

Os habitantes da vila acreditariam nela. Não demoraria muito para que não importasse mais se Chapeuzinho havia deixado ou não a porta aberta. E onde isso a deixaria, com a raiva e o medo crescentes que sentia toda vez que colocava os pés para fora de casa? Em especial agora, que havia rumores de que o lobo havia sido enfeitiçado...

— Estou tão encrencada — Chapeuzinho murmurou para si mesma.

## SABINE

Ela ouviu os Baker discutindo furiosos no corredor, do lado de fora do quarto de Martha, segurando o tempo todo a mão da amiga.

— Eu simplesmente não quero mais essa garota aqui! — O senhor Baker estava rouco de tanto gritar. — O descuido dela custou tudo para Martha. Tudo para nós se as pessoas resolverem achar que estamos amaldiçoados! É o que estão dizendo. Eu ouvi.

— Nós precisamos dela. — O tom da esposa era suplicante. — Pelo menos por enquanto. Não vamos conseguir de outra maneira. E devemos isso à família dela. Se não fosse pelas habilidades da avó dela, eu poderia não ter sobrevivido ao parto.

— Maldita seja essa avó! Ela não é normal. Ninguém vive sozinho na floresta. Ela devia ser expulsa, e todos estaríamos melhores assim.

*Crack*. Será que ele tinha chutado uma cadeira?

— Amos, acalme-se, por favor! Estou assustada. Se aquele animal realmente pode vagar pelas ruas sem ser percebido, pode fazer qualquer coisa. E se ele voltar?

— Se for realmente o lobo, deve estar velho e fraco agora. Deveríamos caçá-lo de uma vez por todas.

— Isso não deu certo da última vez. O que quer que o pai da Sabine tenha visto naquele dia... Ele nunca mais foi o mesmo homem.

Sabine sentiu como se tivesse levado um tapa. Apertou os olhos com força. De repente, tinha nove anos de novo, jogando os braços ao redor do pai, quando ele e mais quatro lenhadores se preparavam para se aventurar na floresta e caçar o lobo.

— O senhor vai voltar, não vai, papai? — perguntara, e ele a abraçara de volta, a barba grossa fazendo cócegas em sua bochecha.

— Eu prometo, Sabby.

E ela acreditara nele. Mais tarde, deitou-se na cama, abraçando a si mesma, e lembrou quão orgulhosa tinha se sentido naquele mesmo dia, quando o pai saltara na fonte da praça do mercado anunciando a caçada.

— Não voltaremos até que esteja morto — ele exclamou. — Logo Aramor estará livre novamente!

Os aplausos foram ensurdecedores. O machado de seu pai brilhara refletindo a rara luz do sol do inverno. Sabine quase explodira de orgulho. Ele parecia tão forte e poderoso. Um herói maior e melhor do que os das histórias. Havia até lágrimas nos olhos de sua mãe.

— Ninguém esquecerá isso — dissera a senhora Forrester. — Apenas um humilde lenhador, e todo mundo está gritando o nome dele! É assim, Sabine, que as pessoas mudam seu destino. A vida será diferente de agora em diante.

Quando a escuridão caiu e os homens partiram, os habitantes da vila se enfileiraram nas ruas para aplaudi-los ao longo do caminho. O pai de Sabine olhara por sob o ombro enquanto desaparecia por entre as árvores e sorrira direto para ela.

Ela daria qualquer coisa para ver o pai sorrir daquele jeito de novo.

Depois que os caçadores partiram, Aramor ficara estranhamente quieta. Sabine se sentara em sua cama, determinada a esperar pelo pai, mas o peso de suas pálpebras a dominara. Quando percebeu, já era de manhã.

Nenhum dos homens retornara.

Os habitantes da vila começaram a esperar. Alguns rumores falavam sobre enviar um grupo de busca, mas ninguém estava disposto a se voluntariar. Um boato circulou de que uivos foram ouvidos à noite.

Ao meio-dia, o pai de Sabine emergiu da floresta – sozinho.

O que de fato acontecera, ninguém jamais soube, mesmo anos mais tarde. Mas os outros homens estavam mortos, atacados pelo lobo. O pai de Sabine jamais contaria como havia sobrevivido, nem mesmo para a esposa.

Ninguém o culpou pelo fracasso da caçada nem o baniu por ele ter sido o único a voltar. O Lenhador – por algum motivo era assim que todos chamavam o pai da Sabine, ainda que fosse um entre vários lenhadores e silvicultores – não foi recebido como herói, exatamente, mas havia um apreço tácito pelo que ele tentara fazer, e ele tinha o respeito de todo mundo.

*Mas ele preferia que os amigos ainda estivessem vivos*, Sabine pensou. Ela abriu os olhos, que estavam úmidos. Às vezes quase desejava que o pai não tivesse retornado. Ele se fechara por completo desde o ocorrido, um homem que vivia no automático, sem aproveitar a vida. Sabine se agarrava à esperança de que o pai que ela tanto adorava ainda estivesse em algum lugar. Um dia, estava determinada, ela o traria de volta.

Sabine secou os olhos. As lágrimas teriam sido úteis antes, quando Chapeuzinho ousara insinuar que Sabine não se importava com

Martha. Ela olhou para a amiga adormecida. Os ferimentos eram realmente feios. Será que Martha seria forte o bastante para suportar os olhares e as zombarias? Não teria sido tão ruim se ela não se importasse tanto assim com sua aparência. Talvez se tornasse reclusa, uma velha estranha como a preciosa avó de Chapeuzinho. Às vezes Sabine achava que aquela não devia ser a pior das vidas. Pelo menos, se vivesse na floresta, poderia fazer o que quisesse e ainda se livraria da mãe.

As tábuas do piso do lado de fora do quarto rangeram. A mãe de Martha entrou.

— Sabine, você deveria ir embora. Não há nada que você possa fazer aqui.

— Tem certeza?

A mulher tentou sorrir.

— Martha vai precisar de bons amigos mais do que nunca. Você não vai abandoná-la, vai?

— É claro que não. — E Sabine falava sério, apesar da insinuação de Chapeuzinho. A senhora Baker segurou seu braço quando ela passou pela porta.

— Você estará em segurança voltando sozinha? Eu jamais me perdoaria...

— Vou até a casa dos meus pais, e então meu pai pode me acompanhar até a mansão.

— Ótimo. Seja rápida. E fique atenta.

Depois de ficar confinada no quarto de Martha, sentindo o odor das feridas frescas, o ar do lado de fora tinha um cheiro doce. Sabine ficou parada por um momento, desfrutando da atmosfera purificadora. Duas mulheres carregando cestas passaram correndo, apressando o passo diante da padaria. Como se o lobo ainda estivesse à espreita por ali. Sabine lutou contra a súbita vontade de rir.

Ela seguiu pela praça do mercado antes de dobrar a esquina em direção à sua casa. Alguns comerciantes estavam empacotando as mercadorias. Eles se moviam apressados, como se de repente percebessem que a escuridão estava perto e que tinham demorado demais. Outras barracas já estavam vazias, se é que tinham estado ocupadas em algum momento. O vento arrastava uma pequena cesta pelo chão de pedra.

Um cavalo de madeira estava abandonado ao lado da bomba-d'água, como se o dono o tivesse esquecido ali. Estava um pouco lascado e fora esculpido de forma tosca, talvez por um pai à luz de velas. O pai de Sabine esculpia animais de madeira quando ela era pequena. O favorito dela fora um lobo – o que agora parecia sombriamente engraçado. Ela o guardava embaixo do colchão, na mansão, com suas ervas. Em momentos mais tranquilos, ela se sentava e o acariciava, lembrando-se de como costumava correr pelos prados, fazendo o lobo saltar pelo ar, e como seu pai brincava com o fato de um animal tão cruel ser o brinquedo de uma garotinha.

Sabine pegou o cavalo de madeira. Talvez um de seus irmãos menores gostasse dele. Esculpir em madeira era uma das muitas coisas que seu pai não fazia mais. Ela seguiu na direção de casa.

Como sempre acontecia naqueles dias, seu humor azedou à primeira vista do chalé em ruínas que até pouco tempo havia sido seu lar.

— Sabine! Que surpresa boa. — Sua mãe abriu a porta e a envolveu em um abraço. Por sobre seu ombro, estava o caos de sempre. Crianças por toda a parte, algumas gritando, outras chorando, o pai com os olhos fechados na cadeira de balanço com o bebê da irmã mais velha de Sabine dormindo em seu peito. O fogo na lareira era patético, trazendo quase nenhum calor. Não era de se estranhar que alguém sempre estivesse fungando.

— Vou comer na mansão. — Sabine não tirou a capa. — Estive com Martha.

— Eu imaginei que estivesse lá. — Os olhos da senhora Forrester brilharam. Ela guiou Sabine até a porta que levava para os quartos, baixando a voz. — Então, o que aconteceu exatamente?

— Chapeuzinho deixou a porta dos fundos da padaria aberta, e Martha teve o azar de estar no andar de baixo quando o lobo entrou. — Sabine manteve a voz branda. Sua mãe apertou os lábios.

— Então essa coisa anda mesmo vagando pelas ruas à noite.

— Parece que sim.

— A esposa do açougueiro ouviu alguma coisa raspar em sua porta dos fundos na noite passada. E um dos amigos de seu pai jura que alguma coisa assustou seus cães.

Os lábios de Sabine se curvaram. A estupidez das pessoas realmente não a surpreendia mais.

— Imagino que sim.

— Qual foi a reação na mansão?

— Não sei. Quase não fiquei lá hoje.

— Não estou falando do ataque de Martha. O garoto dos Miller. Como eles reagiram ao que aconteceu com ele?

Sabine deu de ombros. A mãe agarrou seus braços, apertando com força.

— Sabine. Você sabe que preciso saber dessas coisas.

— Mãe, eu não reparei. De todo modo, mal vejo Lorde Josiah.

— E Lady Katherine?

Sabine deu de ombros de novo. Sua mãe a soltou.

— Observe com mais cuidado daqui para a frente. — A senhora Forrester lhe lançou um olhar longo e firme. — Você é uma garota de muita sorte por trabalhar para Lady Katherine. Eu consegui essa posição para você. Lembre-se disso se algum dia ficar tentada a virar as costas para mim. Não acho que você preferiria esfregar o chão, não é, meu amor?

Sabine não disse nada. No aposento principal da casa, um de seus irmãos gritou. Ganhou algum jogo, provavelmente. Às vezes era como se ela fosse uma peça em um tabuleiro, e sua mãe fosse a mestra do jogo.

— E como está Martha? — perguntou a mãe, como se tudo estivesse normal de novo.

— Por que está perguntando? A senhora já sabe. Mutilada.

— Uma pena. Pelo menos é uma garota bonita a menos para competir.

Competir pelo quê? Pelos jovens de Aramor? Sabine não tinha interesse em ser cortejada por nenhum deles. Ela emitiu um ruído de indiferença.

— Você não parece muito triste — comentou a senhora Forrester.

— A senhora me ensinou bem. — Sabine disse aquilo como um insulto, mas a mãe apenas sorriu.

— Não sou cruel, meu amor. Estou fazendo o melhor para mim e para minha família, como todo mundo. Se não tem nada de útil para me contar, pedirei para seu pai acompanhá-la até a mansão. — Ela deu um leve tapinha nas costas da filha. — Não queremos que o lobo devore você, não é?

De volta ao seu quarto na mansão, Sabine se encolheu sob as cobertas, sem nem tentar dormir. Não queria se render aos pesadelos, perder o controle. Nem mesmo acariciar o lobo de madeira em sua mão lhe oferecia conforto.

*Odeio este lugar*, pensou. *Odeio as pessoas, tudo.*

Pensou em Martha deitada sob o próprio cobertor. Ellis também estaria dormindo, do outro lado da vila. Será que Chapeuzinho estava acordada? Ou teria escapado até a floresta, quieta como um fantasma? Sabine já a vira emergir antes com ramos de belas flores silvestres e folhas no cabelo escuro. Outras vezes, saía com uma expressão de serenidade que fazia Sabine se sentir feroz e quente. Não era justo que Chapeuzinho tivesse um lugar no qual podia desaparecer e se esquecer de si mesma. Sabine não tinha esse luxo.

Em especial depois do que realmente acontecera na noite anterior.

# CHAPEUZINHO

Na manhã seguinte, Chapeuzinho abriu a porta de seu chalé e olhou para os dois lados da rua. Ninguém por perto. Talvez conseguisse chegar na padaria sem ser vista. Não havia recebido nenhum recado dos Baker dizendo que não era mais necessária, então arriscaria ir para o trabalho. Por dentro, estava agitada. A notícia do que supostamente havia feito já devia ter se espalhado. Na noite anterior, quase havia esperado que alguém batesse em sua porta, gritando insultos para ela, mas tudo estivera estranhamente silencioso desde o pôr do sol. Sua mãe, que estivera muito ocupada ontem e não saíra de casa, não sabia de nada, mas Chapeuzinho sabia que aquilo não ia durar. Pelo menos, fazer o jantar a distraíra de imaginar as garras rasgando o rosto de Martha. Imaginar o ataque de Ellis fora ruim o bastante.

Ela respirou fundo uma vez, e depois outra. Então saiu e começou a andar, mantendo a cabeça baixa. Se pudesse apenas...

Um par de botas robustas apareceu em seu caminho. Chapeuzinho deu um pulo para trás, evitando por pouco a colisão com o dono das botas. Ela o reconheceu como Bart, primo de Martha. Ele trabalhava no açougue e de vez em quando parava na padaria quando queria comer alguma coisa sem pagar.

— Ah! — exclamou ela. — Desculpe. Não vi você.

Devagar e deliberadamente, Bart se inclinou e cuspiu no rosto da Chapeuzinho.

— Eu me pergunto o que fez esse barulho — ele zombou. — Não vejo nada. Você vê?

— Nada que valha a pena ser visto — disse outra voz, e Chapeuzinho percebeu que Bart estava com um amigo. — Só sujeira.

Chapeuzinho limpou o cuspe com a manga e desviou deles antes que aquilo pudesse acontecer de novo. Enquanto fugia, Bart gritou:

— Você merece pagar pelo que fez! Deixe a vila, vá embora. Você não é mais bem-vinda aqui.

Chapeuzinho não parou de correr até ficar em segurança dentro da padaria, com a porta dos fundos e o portão fechados atrás dela. O ambiente parecia vazio sem Martha. Chapeuzinho fechou os olhos enquanto sua respiração desacelerava.

Já devia estar acostumada com aquilo. Não com o cuspe. Isso era novo, assim como a animosidade de Bart e dos garotos maiores que se consideravam importantes demais para prestar alguma atenção em pessoas como ela, mas não era a primeira vez que lhe diziam para desaparecer. A raiva irrompeu de dentro dela. Aquilo nem sequer era culpa sua! Bart e seu amigo apenas acreditavam cegamente em um boato. Ela deveria voltar e esclarecer tudo. Manter-se firme. Sabine não havia gostado quando Chapeuzinho lhe retrucou no dia anterior, não foi?

A mão de Chapeuzinho estava na maçaneta quando percebeu que Bart já devia ter ido embora havia muito tempo. E será que era inteligente sair arrumando briga quando ela só estava mantendo seu trabalho porque não havia mais ninguém para fazê-lo e porque a mãe da Martha tinha uma dívida antiga de gratidão com a

Vovó? Ela sempre achou Bart cabeça-dura e cheio de si, mas esta manhã ele também mostrara um lado bem desagradável. Nem ele nem qualquer outra pessoa daria ouvidos a ela. Todos esperavam que Chapeuzinho negasse tudo.

De repente, sentiu falta da Vovó. Ela sempre fazia com que Chapeuzinho sentisse que suas preocupações eram menos importantes do que pareciam ou ria delas de um jeito que fazia a neta querer rir também. Não dava para achar algo engraçado nessa situação, mas Chapeuzinho queria que alguém estivesse do seu lado ou que a escutasse.

*Vou visitá-la assim que terminar aqui*, decidiu ela, fosse perigoso ou não.

Chapeuzinho amarrou o avental na cintura e começou a preparar a primeira fornada de pão. Logo estava ocupada demais para pensar. Uma batida na porta a fez pular de susto. Era Ellis.

— Olá? Farinha.

No automático, Chapeuzinho afastou o cabelo da testa suada e então lembrou que sua mão estava coberta de farinha grudenta. Tarde demais! *Não importa*, pensou ela, enquanto Ellis voltava até a carroça. *Ele já me acha estranha, como todo mundo. E, assim que descobrir sobre a porta, vai me odiar também.*

Caleb oscilou, carregando um saco quase tão grande quanto ele, e tropeçou na escada. Se Chapeuzinho não estivesse ali para segurá-lo, teria caído no chão.

— Aqui. Deixe-me ajudar — ela ofereceu, passando as mãos por baixo do saco para tirar um pouco do peso de Caleb. Ele pareceu um pouco nervoso, mas não se esquivou. Juntos, colocaram o saco na prateleira e depois voltaram para a carroça para pegar os três sacos restantes. Ellis estava parado, coçando atrás da orelha do cavalo, fingindo não ver.

— Você não devia ter que fazer isso — disse ele, quando Chapeuzinho voltou pela última vez.

— Bem, eu fiz. — Ela cruzou os braços, consciente do rosto suado e do avental grudento. — Você vai entrar para vê-la?

— Só se ela quiser. Será que você poderia...?

Por que ele se preocupava com isso depois de ontem? Teimosia? Chapeuzinho não achava que Ellis fosse um desses garotos arrogantes que forçava sua presença em lugares onde não era desejado. Ela voltou para dentro e subiu as escadas até o quarto de Martha. Ela estava sozinha, a mãe estava na frente da padaria, e o pai, no mercado.

— Ellis quer ver você — Chapeuzinho anunciou.

— Diga para ele ir embora.

— Diga você mesma.

Martha se curvou para a frente. Uma lágrima escorreu do olho que Chapeuzinho conseguia ver.

— Não quero falar com ele nunca mais.

— E se ele quiser falar com você?

— Ele não quer, mesmo que pense que quer. E, de todo modo, não sei o que dizer para ele.

— Converse sobre o que aconteceu. Ou converse sobre o que vocês costumavam falar antes.

— Antes. Tudo o que tenho agora é o depois. Vá embora, Chapeuzinho. — Martha se virou para a parede. *Ninguém pode dizer que não tentei*, pensou Chapeuzinho, e deixou o quarto. Ellis se afastou da parede na qual estava encostado assim que a viu.

— E então?

— Ela quer que você vá embora e diz que não quer falar com você nunca mais. — No mesmo instante, Chapeuzinho lamentou ter sido honesta. O rosto de Ellis se contorceu.

— Ela está falando sério? Ou está delirando? Ontem...

— Ela está falando sério. Sinto muito.

Ele olhou para os pés, esfregando o calcanhar na terra. Então suspirou fundo.

— Talvez não seja uma surpresa. Ela mal pôde olhar para mim quando foi até o moinho. Eu disse para mim mesmo que ela estava assustada com o sangue, mas estava só inventando uma desculpa, não é? — Agora Ellis olhava para ela. — Martha só gostava mesmo de mim quando eu era popular, e as outras garotas podiam nos ver juntos.

Chapeuzinho prendeu o cabelo atrás da orelha, sem ter certeza do que ele queria que dissesse. Apesar de tudo, o coração dela estava cantando. Ele finalmente havia percebido!

— Martha gosta de coisas bonitas. Suponho que você também fosse uma coisa bonita.

— Isso me deixa tão zangado. — Ele enfiou as mãos nos bolsos. — Em um instante, tudo o que eu conhecia como normal se foi! Às vezes, acho que teria sido melhor se o lobo tivesse me devorado.

— Não diga isso. Muitas pessoas se importam com você.

— Então elas têm um jeito estranho de demonstrar isso. Sabe de uma coisa? Eu falei mais com você sobre isso do que com qualquer um que não fosse da minha família. Meus amigos preferem apontar para mim, sussurrar e me evitar. Desculpe, não quis deixá-la constrangida. Vou embora. Sei que você tem trabalho para fazer.

Chapeuzinho não queria que ele se fosse ainda.

— Como está a cicatrização?

— Não sei — disse Ellis, depois de uma pausa. — Com base no que o médico falou, eu já deveria estar me sentindo melhor, mas não me sinto. — Ele olhou para Caleb, que estava do outro lado do jardim brincando com um amistoso gato malhado. — Se houver algum problema, grande parte do trabalho recairá sobre Caleb. Meus outros irmãos são jovens demais. Eu me preocupo que ele não seja apto para trabalhar no moinho. Eu sempre pensei que ele deveria ir para a cidade, estudar. Ele é mais inteligente do que eu.

*Talvez inteligente demais para seu próprio bem*, pensou Chapeuzinho, lembrando-se de como Caleb havia se escondido no arbusto para ouvir a conversa dos pais. O que mais ele sabia sobre o que não deveria? Havia algo suplicante no modo como Ellis a olhava, como se achasse que ela tinha respostas. Ele tinha olhos tão bonitos e gentis – um tipo suave de verde, como musgo. E, antes que soubesse o que estava fazendo, Chapeuzinho comentou:

— Talvez minha avó possa ajudar você.

Uma ruga apareceu entre as sobrancelhas de Ellis.

— Sua avó da floresta?

— Ela sabe um pouco sobre medicina. Medicina normal, quero dizer. Ela não é uma bruxa, se é o que está pensando.

Ele se encolheu, e Chapeuzinho desejou não ter dito aquela palavra.

— Eu não estava pensando em nada.

— Estava, sim. Eu sei o que as pessoas dizem.

— Obrigado por tentar me ajudar. Mas eu não deveria.

— Fazer o quê? Ver a Vovó?

As bochechas dele coraram.

— As pessoas ao meu redor já estão no limite. Se souberem que estive na floresta...

— Ninguém precisa saber. Não tenho ninguém para quem contar, mesmo se eu quisesse.

Ellis esfregou o braço. Chapeuzinho mal conseguia acreditar em como estava sendo franca – há poucos dias, mal podia olhar para Ellis sem sentir o rosto corar.

— Sua avó nunca vem até a vila?

— A floresta não é assustadora, Ellis, de verdade — garantiu Chapeuzinho, desta vez com mais suavidade. — Conheço o caminho. Se formos durante o dia, estaremos em segurança. Vamos nos manter nas trilhas. O lobo só ataca à noite. Que tal no domingo? Se não formos à igreja, podemos sair cedo e aproveitar ao máximo a luz do dia.

Ellis se remexeu. Então tentou dar um sorriso. Saiu de um jeito meio torto.

— Domingo, então. Mas precisa ficar em segredo.

# ELLIS

Toda vez que pensava em entrar na floresta, Ellis se sentia nervoso e pouco à vontade. Até mesmo vulnerável. Essa era uma sensação nova para ele, da qual não gostava. Quando se lembrava de como tinha saído de casa naquela noite fatídica, com o machado na mão, completamente confiante, era como se fosse outra pessoa.

O domingo chegou. Assim que despertou e abriu os olhos, seu coração disparou. No desjejum – a manhã do domingo era a única em que os Miller se sentavam todos juntos –, tinha certeza de que ia se entregar.

— Ellis? Você está se sentindo mal? Parece um pouco pálido — questionou sua mãe.

— Não dormi bem e minha cabeça dói. — Pelo menos aquilo não era mentira.

— Está muito ruim para ir à igreja?

Ellis confirmou com a cabeça, esperando que fosse fácil. Sua mãe parecia compreensiva, mas seu pai falou antes dela.

— Espero que vá hoje, Ellis, por mais que esteja se sentindo mal.

— Por quê?

— Não vamos discutir isso. O ar fresco vai lhe fazer bem.

— Então Ellis pode sair para caminhar um pouco — sua mãe retrucou. — Não vou forçá-lo a ir à igreja só porque...

A faca do senhor Miller retiniu no prato quando ele se levantou e saiu da sala sem dizer uma palavra. Ellis ficou olhando, sem entender. Até seus irmãozinhos ficaram parados, boquiabertos.

— Ignore seu pai. — A senhora Miller se levantou. — É melhor você voltar para a cama, Ellis.

Ellis fez o que a mãe mandou, sem saber se estava mais surpreso com o fato de ela ter ficado ao seu lado ou de seu pai – que sempre reclamava da igreja – ter sido tão insistente para que ele fosse. Será que hoje era um dia especial? A culpa começou a corroê-lo. Poderia ter marcado com Chapeuzinho depois da igreja – ainda haveria bastante luz do dia. Realmente importava se as pessoas os vissem juntos? Ser ridicularizado por estar com ela não seria pior do que o que ele já tinha sofrido.

Ellis ficou deitado, ouvindo sua família se aprontar para sair. Em vez da floresta, pensou em Chapeuzinho. Agora que havia passado algum tempo com ela, já não achava que fosse tão estranha quanto todos diziam. Um pouco brusca e desajeitada, talvez, mas fora mais gentil com ele do que qualquer outra pessoa. Incluindo Martha. E, de repente, gentileza era algo que importava muito para ele.

A porta da frente se fechou. As vozes de sua família foram desaparecendo. Ellis esperou dez minutos e então saiu.

---

Assim que entrou na floresta, cada parte do corpo de Ellis gritava para que saísse correndo dali. Mesmo sem folhas, os galhos formavam uma cobertura espessa sobre sua cabeça, bloqueando qualquer luz do dia. A floresta era ainda mais indomável do que ele se lembrava das poucas vezes que caminhara até as margens – espinheiros brotando de ambos os lados da trilha, urtigas e ervas daninhas serpenteando pelos troncos das árvores, a trilha irregular e enlameada.

Chapeuzinho seguia na frente, cantarolando para si mesma. Ela não era pequena ou franzina, mas ainda era uma garota que, até onde sabia, nunca tinha pegado em um machado ou disparado uma flecha. Como ela podia ser tão valente quando a respiração dele estava irregular e todos os seus músculos estavam tensos? Ellis se sentia profundamente envergonhado e desprezível. *Supostamente, eu deveria ser forte e destemido.* O machado em sua mão esquerda parecia três vezes mais pesado do que o normal, e só o fazia se sentir um pouco mais seguro.

Chapeuzinho parou, esperando. Na vila, quase se arrastava, com a cabeça sempre baixa, mas ali seu passo era leve e suas costas, retas. Ele estava bem consciente de como a capa vermelha dela se destacava entre os verdes musgosos e os marrons sujos. Será que os lobos eram atraídos pelas cores? Cães e cavalos não eram, então, talvez, não, mas o carmesim vivo ainda deixava Ellis inquieto.

Ele se juntou à Chapeuzinho, esperando que ela o provocasse ou, pior, que zombasse dele. Se Martha estivesse ali, teria rido dele, e não de um modo gentil. Ele se lembrava de uma vez que estavam no depósito, e uma aranha especialmente grande passou por cima de sua bota. Ellis dera um pulo e se afastara com rapidez. O rosto da Martha mostrara uma expressão de surpresa e desgosto.

— Um garoto tão grande quanto você com medo de aranhas? — Ela parecera incrédula.

— Não estou com medo — dissera. — Só não gosto do jeito como se movem.

— Elas são inofensivas. Você não deveria ser corajoso?

Chapeuzinho acenou com a mão diante do rosto dele, e Ellis voltou ao presente.

— Você está bem? — ela perguntou. — Desculpe, eu me esqueci de você por um momento. Faz dias desde que estive na floresta, e eu estava sentindo falta. Toda vez que estou aqui, eu me sinto... à vontade, de alguma maneira. Como se estivesse exatamente onde deveria estar. Tudo é tão bonito para mim, mesmo no inverno.

Ellis se concentrou no caminho diante de si enquanto os dois voltavam a caminhar.

— Quão longe fica a casa da sua avó?

— Não está longe. Ela não é louca o bastante para morar bem no meio da floresta. Ela não é louca de jeito algum. É maravilhosa, inteligente e destemida. Mas você verá por si mesmo. — Ela sorriu. — No verão, logo depois daquele arbusto, podemos encontrar as flores mais bonitas... pétalas grandes que ficam penduradas, em geral amarelas, mas às vezes brancas. Pensei em descobrir o que são ou então dar eu mesma um nome para elas, mas, de certa forma, é mais legal que continuem misteriosas. Quem precisa saber de tudo? Acho que há beleza nas coisas simples.

Ellis olhou por sobre o ombro.

— Se formos atacados, Chapeuzinho, você precisa fugir. Eu farei o melhor para proteger você.

Ela gargalhou, gargalhou de verdade. Ellis fez cara feia.

— Não era uma piada.

— Ah, eu não estava rindo de você. É só que... não precisa me proteger.

— Não vejo você segurando uma arma.

— Porque não preciso de uma. Nada vai acontecer conosco. Eu prometo. Você realmente não precisa ter medo.

— Não tenho medo. Só me sentiria melhor se eu tivesse meu braço direito. Este aqui não é nem de perto tão forte.

— Você quer me dar o machado?

— Não! — Ellis retrucou. Então, sentindo-se mal, acrescentou: — Sinto muito. É que... não me sinto muito eu mesmo neste momento.

Chapeuzinho riu de novo.

— Há mais em você do que fazer coisas de garotos fortes, não é?

— Coisas de garotos fortes? — Ele fez uma careta.

— Você sabe o que quero dizer. Não é como se de repente você tivesse se tornado um nada, mesmo que as outras pessoas ajam dessa maneira.

Será que ela sempre fora tão sábia assim? De repente, achou difícil encará-la nos olhos.

— Não é o que parece.

— Bem, talvez devesse. — O tom rosado das bochechas dela se intensificou, e Ellis sentiu seu rosto corar também. — Você é gentil. Você se preocupa em fazer a coisa certa. E você claramente odeia decepcionar as pessoas.

Ellis coçou o queixo.

— Bem. Não tenho tanta certeza, mas obrigado.

— Talvez devesse ter mais certeza, Ellis Miller. Olhe, a casa da Vovó!

Havia um chalé de pedras por entre as árvores, todo torto e de aparência engraçada, com janelas de diferentes tamanhos, e uma chaminé tão torta que era uma surpresa que estivesse em pé. Ellis não podia acreditar que não tinha visto a casinha antes. De repente, sentindo-se ridículo pela força com a qual segurava o machado, soltou uma risada trêmula.

— Essa conversa era um truque para me distrair?
Ela sorriu.
— Deu certo, não deu?

---

A avó de Chapeuzinho tinha uma vivacidade inesperada, apesar da idade, e, para Ellis, lembrava muito Chapeuzinho. Se ficou surpresa por ter outro visitante, não demonstrou. Ela preparou o chá enquanto a neta fazia uma limpeza rápida no cômodo principal. O líquido na xícara tinha um cheiro forte. Ellis hesitou antes de experimentar, esperando que a garota e a Vovó bebessem primeiro. Os olhos da Vovó dançavam.

— Não tem nada demais aí, apenas urtigas.
Chapeuzinho riu.
— Ellis pensa que a senhora é uma bruxa.
A Vovó gemeu.
— Ah, que falta de imaginação.
— Eu já disse que não penso isso! — Ellis sentiu seu rosto enrubescer de novo.
— Faz pouca diferença para mim se você pensa ou não que sou uma bruxa, meu jovem, mas vamos nos dar muito melhor se puder esquecer as histórias de terror. — A Vovó baixou sua xícara. — Suponho que esteja aqui porque gostaria que eu olhasse seu braço.

As bochechas dele arderam ainda mais.

— Chapeuzinho disse que talvez a senhora possa me ajudar. Hum, quero dizer, Grace. Ou Chapeuzinho. Não sei como a senhora a chama.

— E agora ele está confuso mesmo. — A Vovó sorriu. Ela tinha dentes surpreendentemente bons para uma velha, com o mesmo espaço entre os dois dentes da frente que Chapeuzinho. — Vamos dar uma olhada.

Ela desamarrou a tipoia, apoiando o braço de Ellis na almofada que colocou no colo dele. Ele tirou o colete.

— A senhora precisa que... hum...

— Posso sentir perfeitamente através da sua camisa. — Os dedos da Vovó apertaram seus ombros, e então se moveram para seu cotovelo. — Hum. Você consegue mover o braço?

Ele negou com a cabeça.

— Flexionar os dedos?

— Consigo, mas dói.

— Bem, o doutor Ambrose estava certo, foi uma fratura feia. — Ela falava com uma autoridade tranquila. — Você tem sorte que ele conseguiu colocar seu ombro no lugar. Vão sobrar danos ocultos ao redor das articulações, mas o tempo e o repouso são ótimos remédios. Em algumas semanas, tente dobrar o braço. Recupere a força aos poucos pelo movimento, em vez de correr para fazer tudo de uma vez e machucá-lo de novo. Volte em algumas semanas, e eu lhe mostro o que fazer. Já vi fraturas tão feias quanto essa que se curaram bem, com os devidos cuidados. Nada de feitiçaria, apenas experiência e observação.

Ela sorriu, e desta vez Ellis sorriu de volta.

— Obrigado. Desculpe se pareceu que eu desconfiava da senhora no começo.

— Que bons modos. Você definitivamente pode voltar. — E, desta vez, todos riram. Ellis percebeu que Chapeuzinho sorria para a Vovó com um brilho nos olhos que o fazia se lembrar de como sua mãe observava seus irmãos quando eram pequenos. Pela maneira como a Vovó passou o braço pelo de Chapeuzinho, percebeu que ela sentia a mesma coisa.

Eles conversaram um pouco sobre outras coisas, desde como impedir que Chapeuzinho coçasse os pulsos durante seus pesadelos até a suspeita da garota de que o alfaiate estava se engraçando com sua mãe.

— Um segundo casamento não seria a pior coisa do mundo — disse a Vovó. — Ele é um bom homem, que a fará feliz. Ela também é uma costureira habilidosa. Espero que ela goste de trabalhar ao lado dele, na alfaiataria. — Ela tomou o resto de seu chá. — Que outros novos terrores estão se desenrolando na vila? Espero que não acredite naquela mentira maliciosa que Sabine anda espalhando, meu jovem.

Ellis admitiu que estava tão envolvido com os próprios problemas que não tinha dado muita atenção ao assunto.

— Estamos um pouco presos no moinho. Ouvi o que as pessoas estão dizendo, mas… tem sido muito ruim?

Chapeuzinho deu de ombros, o rosto ficando sombrio.

— Chapeuzinho, quão ruim tem sido?

— Alguns garotos cuspiram no meu rosto. Um de seus antigos amigos me deu uma rasteira e eu caí em uma poça. Tive que mudar de roupa e então me atrasei. Quase todo mundo finge que eu não existo. Até os adultos. Mas suponho que poderia ser pior.

— Não podem tratar você desse jeito. — Ele bateu com a xícara na mesa. — Que menino empurrou você? Vou dizer para todos eles que…

— E por acaso vão ouvir você?

Eles teriam ouvido, semanas atrás. Ele a olhou nos olhos.

— Temos que nos defender. Se pudermos descobrir o que realmente aconteceu na padaria, então talvez todos nos deixem em paz.

— O que quer dizer com "o que realmente aconteceu"? — Chapeuzinho parecia cautelosa. Ellis percebeu que a Vovó o observava atentamente, embora não dissesse nada. Ele voltou sua atenção para Chapeuzinho.

— Você acredita mesmo que Martha saiu da sua cama quentinha, no meio da noite, para ir até a cozinha porque ouviu um barulho? Isso não é típico dela. Ela teria gritado pelo pai.

— Teve outro motivo, então? Tipo... estava se encontrando com alguém? Isso explicaria por que ela abriu a porta... ela não queria que quem quer que fosse ali tivesse que bater e arriscar acordar seus pais?

— Não sei, Chapeuzinho. Martha adora dormir. Eu já, hum, pedi que ela me encontrasse à noite antes, e ela sempre disse não. — Alguma coisa estava incomodando Ellis... algo que vira perto da padaria no dia seguinte ao ataque, talvez... mas não conseguia identificar muito bem o que era.

— Aposto que Sabine deve saber — murmurou Chapeuzinho. — Às vezes parece que ela sabe de tudo.

Ele abaixou a voz.

— Você realmente acredita que alguém possa ter enfeitiçado o lobo?

— Para atacar você e depois atacar Martha? Por que alguém ia querer isso?

— Para machucar nossas famílias? Tanto meu pai quanto o da Martha costumam irritar as pessoas.

Chapeuzinho negou com a cabeça.

— Acho que é apenas o lobo de novo, Ellis. — Ela fez uma pausa. — As pessoas só estão falando de bruxas porque, se o lobo é o responsável, não podem fazer nada com sua raiva além de tentar caçá-lo novamente. Sentimentos tão fortes assim... precisam ir para algum lugar.

A Vovó pigarreou.

— Você sabe por que eu moro aqui?

Ellis não tinha certeza para quem era aquela pergunta.

— Porque a senhora não gosta da vila?

— A vila é um lugar bem agradável. É das pessoas que quero manter distância. Dá para adivinhar o motivo?

Ellis pensou no jeito como seus pais desconfiavam dos vizinhos. Nos Baker e seu ressentimento. Na raiva do pai de Martha e na maldade dos outros adolescentes. Em Lorde Josiah, quase nunca visto, que aparentemente preferia ler em vez de governar. Na senhora Forrester, sempre aparecendo onde não devia, fazendo perguntas indesejadas, e em seu marido silencioso. Em Sabine, que não parecia se importar com nada nem com ninguém.

— Não sei.

— Ah, eu acho que você sabe, embora suspeite que você seja um rapaz que gosta de acreditar no melhor de todo mundo. As pessoas… — disse Vovó, inclinando-se para a frente — têm uma capacidade infinita para a escuridão. O lobo, por outro lado, age por instinto. Ele mutila e mata para sobreviver. Não carrega nenhum sentimento ruim. O mesmo não pode ser dito sobre os habitantes da vila.

Ela fez uma pausa, mas tanto Chapeuzinho quanto Ellis ficaram em silêncio. Ellis estava pensando em sua mãe e em como dissera algo similar.

— Acho que nós somos os verdadeiros lobos — a Vovó prosseguiu. — As pessoas estão assustadas e querem alguém para culpar. É por isso que vocês dois precisam ter muito cuidado… principalmente no lugar em que deveriam se sentir mais seguros.

# SABINE

A luz da manhã entrava pela janela do quarto de Lady Katherine. Pelo espelho, Sabine podia ver que o cenho de sua senhoria estava franzido, os lábios levemente apertados.

— Você parece cansada, minha querida.

Sabine continuou a escovar o cabelo de Lady Katherine.

— Estou bem. Às vezes durmo mal, é só isso.

— Algum motivo?

— Não, minha senhora.

— Você parece ter energia suficiente. Talvez o doutor Ambrose possa providenciar algo para ajudar. Pedirei para ele quando voltarmos da igreja.

— Eu poderia falar com ele eu mesma. Com sua permissão, é claro.

Lady Katherine sorriu.

— Você está interessada no trabalho dele, não está? Ele me disse que você foi uma assistente muito competente na outra noite.

*Negue tudo*, Sabine pensou. Mas a curiosidade foi maior.

— Ele disse isso?

Sua senhoria assentiu com a cabeça.

— Não é necessário fingir o contrário só porque tais interesses supostamente não são para jovens mocinhas. Acontece que acho perfeitamente saudável garotas ocuparem a cabeça com mais do que afazeres domésticos, embora você faça um trabalho muito bom com meu cabelo. — Ela sorriu e, com cautela, Sabine devolveu o sorriso. Terminou de prender o cabelo de Lady Katherine em um penteado elegante e deu um passo para trás. Sua senhoria se virou, com o braço no encosto da cadeira da penteadeira. — Você deve ter praticado muito no cabelo de suas irmãs. Você tem três, não é? Ou são quatro?

— Três, embora as duas mais velhas não gostem muito de mim.

Sabine não pretendia ser tão franca, mas Lady Katherine deu uma gargalhada.

— Talvez minha ideia do que é ter uma irmã seja um tanto romantizada. Os cães são claramente superiores. Não concorda?

Um dos cães no tapete levantou a cabeça desgrenhada. Katherine se abaixou e o acariciou. Ela parecia estar de bom humor naquela manhã.

— Espero que saiba que pode falar comigo, Sabine. É muito fácil se sentir isolada vivendo aqui, e eu gosto de saber sobre os outros. Especialmente sobre os jovens. Sei que você é amiga da pobre Martha Baker. Deve ser angustiante. Se quiser falar disso, sou toda ouvidos.

Sabine ergueu as sobrancelhas de surpresa. Certamente a maioria das grandes damas não era informal ou amigável assim, certo? Talvez Katherine estivesse procurando alguma distração. Ou talvez, como a mãe da Sabine, gostasse de observar as pessoas. Não dava para fazer longos passeios com os cães o tempo todo, e Josiah não parecia disposto a permitir que ela o ajudasse.

— É angustiante — Sabine cedeu. *Não inteiramente pelos motivos pelos quais a senhora, sem dúvida, supõe*, pensou. — Eu planejava visitar Martha depois da igreja, com sua permissão.

— Faça isso. Bons amigos são difíceis de encontrar, e mais difíceis ainda de manter. E depois você deve me contar como ela está.

A porta se abriu, e Lorde Josiah apareceu. Ele fazia Sabine se lembrar de um pato – pernas curtas e pés virados para fora, dando a impressão de andar bamboleando. Ele era meio palmo mais baixo do que a esposa e pelo menos quinze anos mais velho.

— Temos que ir — ele anunciou. — Não vou me atrasar para a igreja hoje, não com a vila em tamanho furor.

Lady Katherine se levantou de modo obediente. Alguns minutos mais tarde, o lorde e a senhoria, Sabine, dois outros criados e o guarda pessoal de Josiah, Vincent, estavam na carruagem, seguindo em direção à igreja, com dois lacaios marchando com rapidez ao lado deles. Sabine sempre achou que essas visitas mensais à igreja eram uma piada – dificilmente o bastante para convencer os moradores da vila de que Lorde Josiah se importava com eles. Segundo seu pai, Lorde Josiah fora um governante justo e cuidadoso, mas Sabine via pouco dessa energia agora.

As famílias que seguiam a pé pelas alamedas encharcadas recuavam para a relva para deixar a carruagem passar. Na igreja, uma construção com uma torre redonda incomum, que Sabine sempre achara austera, Josiah desceu, estendendo a mão para Katherine, com uma cortesia que poucas vezes demonstrava em casa. Sabine notou os olhos dele percorrendo a multidão, como se procurasse por alguém. Sabine se perguntou quem seria. Em geral, os habitantes da vila ficavam para trás, permitindo que Josiah e Katherine entrassem primeiro. Hoje, grupos se aglomeravam, conversando e prestando pouca atenção. Enquanto os moradores da mansão passavam, Sabine ouviu um pescador murmurar:

— Ele é quem deveria se levantar e pregar, não o padre. Nossos filhos estão sendo atacados, e ele não faz nada.

Lá dentro, Sabine passou por sua família. Eles ocupavam um banco nos fundos, parecendo maltrapilhos, embora estivessem usando as melhores roupas. Seu pai estava inclinado para a frente, em uma prece silenciosa. Ela tentou chamar a atenção dele, mas, em vez disso, chamou a da mãe. Sabine não gostou do brilho que encontrou nos olhos dela, e desviou o olhar depressa.

— Desculpe-me, Lady Katherine. Isto é de sua senhoria. — Quem falou foi o senhor Miller, vestindo com elegância o que parecia ser um gibão novo. O resto da família estava igualmente bem-vestido, embora Sabine tenha notado que Ellis não estava presente.

— Ah! Obrigada! — Lady Katherine pegou a luva que ele lhe entregou. As sobrancelhas de Sabine se juntaram. Estava congelando ali. Por que Katherine havia tirado as luvas? O senhor Miller fez uma reverência. Olhava diretamente para Katherine, sem manter o olhar baixo como os outros habitantes da vila teriam feito. Em voz baixa, ele disse:

— O clima está ruim esta manhã. Talvez seja melhor que...

— Eu suba no púlpito e faça um discurso inspirador? — Lorde Josiah tinha ouvido. — As pessoas precisam se acalmar. O lobo ainda não está arrastando corpos ensanguentados para a floresta.

A boca do senhor Miller se contraiu.

— Com todo o respeito, sua senhoria, já tivemos danos suficientes. Como o senhor bem sabe.

— Não ligo para seu tom — retrucou Lorde Josiah. A senhora Miller segurou o ombro do marido, tentando puxá-lo para trás. O senhor Miller se afastou dela. Suas mãos estavam fechadas com força. Sabine olhava para os dois homens, olhos arregalados. Eles não iam brigar, certo? Então um tremendo estrondo veio do fundo da igreja, ecoando alto. Um pesado castiçal decorativo estava caído de lado, as velas apagadas. Parado sobre ele, estava o pai da Martha.

— O que vai fazer, sua senhoria? — ele gritou. — Deixar mais crianças serem mutiladas e atacadas? Chama isso de liderança?

Ele chutou o castiçal, que bateu em um banco. Ninguém se mexeu. Em algum lugar, um bebê chorou. Sabine olhou para Lorde Josiah. A raiva ardia em seus olhos. Ele disse com firmeza:

— Este é um lugar de adoração. Se qualquer um de vocês tem alguma preocupação, por favor, expressem-na do lado de fora ou consultem o sacerdote...

— A fé sozinha não pode nos proteger! — gritou o senhor Baker. — Minha filha viu a criatura. E é um fantasma. Alguém aqui o controla!

Os murmúrios ecoaram pela igreja. Lorde Josiah parecia surpreso e, pela primeira vez, assustado.

— Isso já foi longe demais. — A voz do padre ressoou. — Leve seu tio de volta para casa.

Aquilo foi direcionado para Bart, que estava recostado na parede a poucos metros de distância, observando o desenrolar dos acontecimentos com um sorrisinho nos lábios. Ele não se mexeu. O senhor Baker caminhou até o padre e lhe deu um empurrão. O sacerdote se desequilibrou e caiu sentado em um banco. Alguém atrás do senhor Baker lhe deu um soco, e o senhor Baker caiu como um pino de boliche.

Então a multidão explodiu. De repente, tudo era braços, pernas e gritos. Uma tapeçaria foi arrancada da parede. Alguma coisa quebrou. Dois homens passaram empurrando Sabine, que bateu as costas na parede. Ela queria muito ficar, mas Vincent estava correndo com Katherine e Josiah pela porta da sacristia. Sabine sabia que deveria acompanhá-los.

Ela os alcançou do lado de fora, subindo na carruagem. Os lacaios estavam com armas em punho, cercando a carruagem de modo protetor para manter a multidão que saía da igreja afastada.

— Não podemos partir ainda! — Katherine parecia frenética. — Preciso ver se ele está em segurança...

Sabine não ouviu a resposta de Josiah. Ela se espremeu na carruagem. Vincent saltou na traseira, e eles saíram em disparada. Sabine esticou o pescoço para ver a igreja. Os gritos eram tão altos! Era como um campo de batalha. Aquilo eram chamas?

— Não podemos fugir, Josiah. — O rosto de Lady Katherine estava branco como neve, mas sua voz era forte. — Precisamos convocar os guardas e restaurar a ordem. Isso só vai piorar. Se você não fizer isso, então eu farei. E devemos fazer algo em relação a esse lobo, seja ele uma besta, seja um fantasma...

— O lobo não é o problema — retrucou Lorde Josiah. — Eles são.

— As pessoas estão com medo! O lobo está invadindo a casa delas.

— Não, não está. Uma garota estúpida deixou a porta aberta. E fantasmas não existem.

— Eles podem ser convocados. Vi isso retratado em livros.

— Katherine! Não se intrometa.

Sem pensar, Sabine segurou a mão de Lady Katherine. Sua senhoria se recostou no assento. Ela parecia enjoada. Sabine também se sentia um pouco enjoada. As coisas tinham se intensificado com tanta rapidez! Era como se os habitantes da vila quisessem atacar uns aos outros, vizinhos batendo em vizinhos, todas as rivalidades e aborrecimentos de anos passados emergindo de novo. Ela queria descer da carruagem, voltar correndo e gritar que estavam todos brigando por causa de uma mentira.

A mentira dela.

# CHAPEUZINHO

Quando Chapeuzinho e Ellis se despediram da Vovó, a promissora luz do sol havia desaparecido. Nuvens pairavam baixas no céu. A cada nova olhada da garota para cima, mais escuro ficava. Em geral, ela gostava do clima da floresta antes de uma tempestade, mas as palavras sinistras da Vovó davam voltas em sua mente.

*Vocês precisam ter muito cuidado.*

Chapeuzinho olhou para Ellis. Os olhos deles se moviam da copa das árvores para o riacho e depois para os arbustos selvagens onde cresciam frutinhas. Um pássaro cantou.

— Talvez eu volte na primavera — disse ele, e Chapeuzinho sentiu que estava sorrindo.

— Não está mais com medo?

— Eu não estava com medo — respondeu Ellis, mas sorriu para ela de um jeito que fez parecer uma piada compartilhada. As botas deles amassavam a lama seca e os galhos conforme avançavam pela trilha. Ellis ainda segurava o machado, mas dava para perceber que não estava mais posicionado para usá-lo a qualquer segundo. Ele quebrou o confortável silêncio primeiro.

— Eu gosto da sua avó. Me sinto um pouco mal.

— A respeito de quê?

— Das coisas que ouvi os outros garotos falarem, quando nenhum de nós nem sequer a conhecia. Tenho vergonha de nunca ter chamado a atenção deles. É fácil ser rude sem pensar. — Ele fez uma pausa. — Meus amigos costumavam dizer coisas sobre você também.

— Eu sei.

— Deve magoar. Você diz que está acostumada, mas não deveria.

Ele disse aquilo como se fosse simples. Talvez para ele fosse. Ela deu de ombros.

— Nunca me senti como se pertencesse a este lugar.

Ele hesitou. E então comentou:

— Nem sempre me sinto como se pertencesse também.

— Desde que você foi atacado?

— Desde sempre.

Chapeuzinho olhou para ele com descrença.

— Como é possível? Sempre que eu vejo você... via, quero dizer... você estava cercado de pessoas o tempo todo. O jeito como sempre tem algo a dizer para todo mundo, e como se lembra das pequenas coisas que as pessoas lhe contam... como perguntar para a esposa do açougueiro sobre o pé machucado dela ou para o garoto ruivo que entrega recados sobre o cão imaginário dele... Você não poderia se encaixar melhor aqui.

As orelhas dele ficaram vermelhas. Chapeuzinho desejou não ter falado nada. Não era justo presumir, mesmo que tivesse se surpreendido. Sua intuição lhe dizia para esperar, deixar Ellis ganhar confiança para explicar. Conforme se aproximaram do final da floresta, ele disse:

— Meus pais não me tratam do mesmo jeito que tratam meus irmãos. É difícil explicar. São coisas pequenas... Eu não podia mergulhar na parte mais funda do riacho quando era pequeno. Sempre que eu ficava doente, minha mãe surtava, surtava de verdade. E me ensinaram coisas que não têm utilidade para um filho dos Miller.

— Que coisas?

— Bem... — Ele ajustou a tipoia. — Eu sei ler e escrever.

— Ah! Você não precisa disso para administrar o moinho? Vai ser responsável por ele um dia, não vai?

— Suponho que sim. Nunca falamos sobre isso. Sempre achei que era por meus pais serem ambiciosos. Mas não contrataram um tutor para Caleb, e ele é o mais inteligente.

— Então você se sente um estranho na sua própria família?

— Um pouco. E, apesar de tudo, não consigo me livrar da impressão de que meus pais não gostam tanto de mim quanto gostam dos meus irmãos. Por mais que eu tente.

Chapeuzinho começava a entender.

— É por isso que você se esforça para se sair bem em tudo?

— Talvez. Eu sempre quis agradá-los. — Então acrescentou, apressado: — Sei que é estúpido. Não sei nem por que estou contando tudo isso para você.

— Não é estúpido. — Chapeuzinho estendeu a mão para tocar no ombro dele, mas se conteve. — Não tenho respostas, mas entendo. As coisas nem sempre são fáceis com minha mãe. Vovó diz que até o amor, que deveria ser simples, pode ser complicado.

O sorriso dele era tímido – como se estivesse aliviado por tirar aquilo do peito. Eles deixaram as árvores para trás. Chapeuzinho seguiu direto para Aramor em vez de fazer a rota mais longa, que os deixaria mais perto do moinho.

— Obrigado por hoje — disse Ellis. Ele inclinou a cabeça, e o coração de Chapeuzinho deu um salto. — Você é diferente, Chapeuzinho. E não digo isso do mesmo jeito que Martha e Sabine.

Chapeuzinho manteve contato visual, embora seu coração estivesse disparado. Ela queria perguntar de que jeito era diferente, talvez até dar a entender quanto sempre gostara dele. Mas algo a distraiu. Ela farejou o ar.

— Está sentindo esse cheiro?

— Cheiro de quê?

— O ar está pesado. Amargo. Quase... não sei. Impuro.

— Parece normal para mim. Você deve ter um olfato bem aguçado.

— Talvez, eu... ah. — Chapeuzinho segurou o braço de Ellis. Ela havia identificado. — Alguma coisa está pegando fogo.

# ELLIS

**E**LES CORRERAM JUNTOS ATÉ A VILA. AO CRUZAREM O PORtão principal, o ar ficou mais cheio de cinzas. Agora Ellis também conseguia ver a fumaça, tentáculos cinzentos e sujos retorcidos no ar. As casas pelas quais passaram estavam trancadas, as ruas vazias.

— O vento está indo para leste — Chapeuzinho exclamou. — O fogo deve ser por aqui.

— A igreja. — O estômago de Ellis se contraiu. — É onde está todo mundo. Ou estava. Minha família está lá!

Seu peito arfava da corrida até a vila, mas não havia tempo para descansar. Ele saiu em disparada pelas ruas, ouvindo Chapeuzinho segui-lo. A fumaça estava mais espessa. Tudo o que conseguia pensar era em sua família e em como havia mentido para eles. Se estivessem feridos, ou algo pior, sua última lembrança seria de enganá-los...

Ele parou de repente no fim da rua, boquiaberto. A igreja ainda estava de pé, embora uma nuvem pútrida subisse afunilada. Os habitantes da vila – principalmente homens e meninos – passavam baldes de água da bomba mais próxima em uma corrente humana. O rosto de todos estava imundo e exausto. Mas o fogo parecia estar sob controle. A vários metros de distância, a loja do boticário estava aberta. Várias pessoas estavam sentadas do lado de fora, atordoadas, embora ninguém parecesse gravemente ferido. Uma delas era Stephen. Ellis correu até ele.

— Você está machucado?

Stephen negou com a cabeça.

— Alguém me acertou sem querer, e está tudo um pouco embaçado. Vou ficar bem. Onde você esteve?

— Fazendo uma coisa. Você viu minha família? Eles estão...

— Eles estão bem. É provável que já tenham voltado para o moinho.

Ellis sentiu os ombros cederem de alívio.

— Vou para casa assim que puder. Alguém se machucou muito? O que aconteceu?

— Começou uma briga. Não tenho certeza de quem começou... eu estava do lado de fora. Mas Bart diz que Lorde Josiah foi rude com seu pai, e então o pai da Martha se levantou e começou a gritar sobre o lobo, e todo mundo começou a brigar. Velas foram derrubadas, e colocaram fogo em um banco. Isso piorou tudo. Não acho que os estragos foram tão grandes. E ninguém está muito machucado.

Ellis trocou um olhar com Chapeuzinho, que se juntara a ele. Será que ela estava pensando no que a Vovó dissera sobre os habitantes da vila serem os verdadeiros lobos?

— Não consigo imaginar pessoas que conhecemos a vida toda brigando desse jeito — ele comentou. — Ainda mais na igreja!

— Cinco anos atrás, lembro que o lobo uniu as pessoas, não as separou — recordou Chapeuzinho.

Ellis olhou para a bomba-d'água.

— Pelo menos estão trabalhando juntas agora.

Stephen pressionou um pano ensopado em algo com cheiro forte contra sua cabeça.

— Bart parecia estar gostando daquilo. Imagino que esteja zangado por causa de Martha. E não é como se Lorde Josiah estivesse fazendo algo a respeito.

Aquilo não era surpresa para Ellis. Muitos garotos de Aramor, incluindo Bart, cresciam querendo viajar até a cidade e treinar para ser soldado. Mas agora eram tempos de paz, então isso não era mais uma opção. Ser aprendiz de açougueiro devia deixar Bart entediado. Ellis conseguia entender a frustração.

— Da última vez foi o pai da Sabine quem assumiu o controle — disse Chapeuzinho. — Ele organizou uma ronda noturna e fez com que as portas e janelas das casas mais próximas da vila fossem reforçadas.

*Foi isso mesmo*, Ellis começava a se lembrar agora. O Lenhador fora uma verdadeira fonte de força.

— Não consigo vê-lo fazendo a mesma coisa desta vez. Ele parece...

— Arruinado. — Chapeuzinho terminou a frase, e eles ficaram em silêncio. Então Ellis viu uma mulher com um lábio partido olhando feio para Chapeuzinho, e aquilo o trouxe de volta ao presente. Ele colocou a mão nas costas dela e disse baixinho:

— Chapeuzinho, você deveria ir embora. As pessoas culpam você. Não quero que ninguém venha atacá-la.

Chapeuzinho parecia pronta para discutir, mas assentiu com a cabeça. Ellis não achava certo deixá-la ir embora sozinha, então se ofereceu para acompanhá-la. Stephen segurou seu braço antes que ele se afastasse e baixou a voz:

— El, os outros garotos...

— Os outros garotos o quê?

— Estão falando coisas sobre excluí-lo. Eles não confiam em você. Eu o defendi, mas então ameaçaram me excluir também, e... — Stephen parou de falar, engolindo em seco. Ele não encarou Ellis nos olhos. — Achei que deveria saber.

Ellis encarou o amigo, quase incapaz de acreditar no que estava ouvindo.

— Tudo por que fui atacado?

Stephen assentiu com a cabeça.

— E você vai ficar do lado deles?

Stephen não respondeu. Mas sua expressão triste disse tudo. Ellis abriu a boca para argumentar, mas descobriu que não tinha forças. Em vez disso, foi embora com Chapeuzinho. No caminho, passaram pela estalagem. Em geral, o estabelecimento fechava aos domingos, mas hoje o estalajadeiro havia mudado as regras e o lugar estava fervilhando, com fregueses se espalhando pela rua. Apesar de a cerveja estar sendo servida sem parar, todo mundo parecia longe de estar feliz. Ellis e Chapeuzinho apressaram o passo.

Eles se despediram no chalé de Chapeuzinho. Era difícil acreditar que havia pouco estavam na floresta, sentindo-se leves e esperançosos. Chapeuzinho parecia pensativa. Ellis queria dizer algo para fazê-la se sentir melhor, mas não conseguiu pensar em nada. Ela sabia tão bem quanto ele como as coisas estavam sérias.

# SABINE

SABINE ABRIU OS OLHOS. A LUZ QUE ENTRAVA PELA PERSIANA do quarto na mansão era turva, o primeiro sinal do amanhecer. Ela se sentou na cama, esfregando os olhos. Será que tinha tido um pesadelo? Algo sobre Martha... Pela primeira vez, havia adormecido no segundo em que sua cabeça encostou no travesseiro. Lady Katherine a proibira de ir até a vila depois que voltaram para a mansão, e parte de Sabine estava secretamente grata.

Vozes, lá embaixo. Talvez aquilo a tivesse acordado. A pele de Sabine se arrepiou. Será que era outro ataque? Não ali, certo?

De repente, estava completamente desperta. Vestiu-se com rapidez, parando apenas para jogar água no rosto. Do lado de fora, o corredor estava vazio. Sabine se esgueirou até a escada, seguindo as vozes. Quando se aproximou dos aposentos do doutor Ambrose, alguém gritou, seguido pela ordem do médico.

— Agora calma.

A porta estava entreaberta. Pela fresta, dava para ver o doutor Ambrose se inclinando sobre alguém esticado em sua larga mesa de madeira. Um homem. Suas botas sujas de lama estremeceram quando o médico pressionou um pano em um corte em sua perna. Outro gemido. E então Ambrose ordenou:

— Entre, Sabine.

Sabine respirou fundo.

— Como o senhor...

— Consigo vê-la pelo espelho.

*Claro*. Ela quase deu uma gargalhada – essa conversa de bruxaria a estava afetando.

— Encha aquela jarra com água fresca — pediu Ambrose. — Se está espionando, você pode muito bem ser uma espiã útil.

Ela não gostou do jeito que ele disse aquela palavra, mas não ia recusar o convite. Sabine levou a jarra vazia até a bomba-d'água do lado de fora da cozinha. Quando voltou, Ambrose mergulhou um pano limpo na água e pressionou-o contra o peito do paciente. Por um instante, Sabine não reconheceu Vincent sem seu elegante traje de guarda. Ele estava gemendo, a testa brilhando de suor. Ou estava bêbado, ou drogado, ou era muito bom em lidar com a dor, porque o sangue escorria de ferimentos em forma de cruz em seu peito e de outras feridas na perna. *Marcas de garra de novo*, pensou Sabine. Do jeito como a cabeça dele estava enfaixada, imaginou que ou tinha perdido uma orelha, ou estava gravemente ferida. Sua mão estava amarrada, mas, na outra ponta da mesa, em um frasco, havia o que parecia ser a ponta de um dedo.

— O que quer que eu faça agora? — ela perguntou.

— Traga bandagens do armário. Depois aplique pressão, se puder. Em especial onde estava o dedo. Havia alguém me ajudando, mas o idiota desmaiou. Supostamente alguém com um estômago mais forte deve estar vindo da vila, mas parece que sem pressa alguma.

Sabine pegou as bandagens e então desamarrou o curativo que estava sobre o vão onde ficava o dedo de Vincent. O sangue jorrou. Ela refez o curativo depressa e segurou firme.

— O senhor deveria ter me chamado — ela disse.

— Deveria? — Ambrose arqueou uma sobrancelha. Sabine teve a sensação de que tinha se entregado ou que talvez Lady Katherine tivesse dito alguma coisa, mas manteve a cabeça erguida.

— Eu ajudei o senhor da última vez. Voltei para visitar Ellis, e estive cuidando de Martha.

— Então me diga, Sabine. Como acha que nosso amigo Vincent conseguiu esses ferimentos?

— Eu não poderia adivinhar — Sabine respondeu, seca. Aquilo fez Ambrose dar uma risadinha. Ele pegou uma agulha com um fio, segurando a ponta na chama da vela. Então enfiou-a na carne de Vincent, costurando o ferimento em sua perna como se fosse um colete ou uma túnica.

— Nosso amigo aqui está bêbado, embora eu também o tenha drogado um pouco — ele explicou. — Pelo menos isso o torna um paciente mais fácil.

— Onde ele foi atacado?

— Acredite ou não, na floresta. Aparentemente, consumo excessivo de cerveja leva as pessoas a fazerem coisas inteligentes como sair sozinhas para caçar lobos mortais. Sem dúvida foi encorajado por amigos tão bêbados quanto ele, mas, mesmo assim, foi bastante tolo.

Vincent murmurou alguma coisa. Seu rosto estava totalmente sem cor.

— Quanto sangue alguém pode perder antes de morrer? — Sabine perguntou.

— Você ficaria surpresa. Ele vai sobreviver. Alguma consideração a fazer?

Sabine sabia que não deveria deixar que Ambrose a fizesse especular de novo, não depois da cena na igreja. Ela estava em uma posição arriscada. *Ouvir muito, falar pouco* – esse era outro ditado de sua mãe. Mas era tão revigorante ser tratada como se sua opinião significasse alguma coisa que era impossível se conter.

— Acho que o lobo teve uma oportunidade de ouro para uma ótima refeição que, mais uma vez, deixou passar. Alguém o interrompeu?

— Correto. Os homens da estalagem onde Vincent estivera bebendo foram atrás dele. Não viram o lobo, mas ouviram alguma coisa desaparecendo por entre as árvores.

Sabine franziu o cenho. Cinco anos atrás, o lobo era ousado, não temeroso.

— Por que não está matando as pessoas? Isso já aconteceu três vezes. Ele deve estar com fome. O que mudou?

— Certamente alguma coisa mudou.

— Mas é um animal. Ele não ataca por diversão ou por brincadeira. Antes ele era tão… eficiente. Mordida na garganta, uma morte rápida. Ele dizimou um grupo inteiro de caçadores!

— Lave isso. — Ambrose cortou o fio com uma faca, entregando a agulha para Sabine. — Uma explicação é que toda vez algo o atrapalhou. Foi o que aconteceu quando ele atacou sua amiga Martha, não foi?

O pânico tomou conta de Sabine por um breve momento. Não havia como Ambrose saber a verdade. Ele era esperto, mas não tão esperto assim.

— Sim, pelos pais dela.

— Portanto, temos uma explicação do motivo pelo qual Martha e Vincent não morreram. Talvez não seja muito satisfatória, mas é uma explicação mesmo assim. O que acho mais curioso é o que aconteceu com o jovem Ellis. Mas já refletimos sobre isso antes.

Sabine coçou o rosto, pensando.

— Da última vez, o lobo, às vezes, não arrastava as pessoas para a floresta e escondia seus corpos para comer mais tarde? Meu pai encontrou um tipo de toca quando foram investigar a floresta. Um dos corpos estava quase intocado. Também havia algumas pernas.

— Bem lembrado. Você não é nada sensível, não é?

Ela não tinha certeza se aquilo era um elogio ou não.

— Por que o lobo não arrastou Ellis se ele estava cansado de comer galinhas? A floresta não é muito longe do moinho.

— Eu diria que estamos lidando com um lobo muito estranho, não acha? Alguns diriam que é sobrenatural...

— Não acredito no que todo mundo diz — retrucou Sabine. — O senhor acredita?

Ambrose esfregou os olhos. De repente, pareceu velho.

— Acho que é mais sábio não ter uma opinião depois do que aconteceu na igreja. Mas se está perguntando se acho que é um simples animal? Não. Não acho.

---

Sabine e Ambrose trabalharam em silêncio depois disso. Dez minutos mais tarde, a ajuda chegou na forma do assistente sonolento do boticário. Ambrose o mandou embora sem nem sequer erguer os olhos.

— Tenho toda a ajuda da qual preciso.

Sabine se sentiu orgulhosa. Ela não se importava que seu vestido estivesse manchado de vermelho ou que o aposento fedesse como um açougue. Quando Ambrose se virou para costurar o último corte, ela disse:

— Posso fazer isso?

As sobrancelhas grossas do médico se ergueram.

— Como é?

*Interesse demais*, Sabine pensou, e xingou a si mesma em silêncio.

— Desculpe.

— Não acho que nosso amigo Vincent aqui iria gostar que você fizesse experimentos nele. Costurar um ferimento não é o mesmo que bordar. No entanto... — A agulha afundou novamente na carne. — Quando eu tiver um paciente com um ferimento menos grave, no qual possamos dedicar mais tempo, eu mostrarei a você como se faz e, talvez, depois que tiver me observado trabalhar várias vezes, então pensaremos em lhe dar uma chance. Entre.

Sabine deu um pulo. Não tinha ouvido a batida na porta. Para sua surpresa, era seu pai, o rosto pálido, segurando o chapéu com as duas mãos.

— Desculpe por interromper, doutor. Mas como ele está?

— Vivo. Foi você quem o encontrou, certo?

O Lenhador assentiu com a cabeça. Ele era um homem grande, mais alto do que Ambrose, e teve que se curvar para evitar bater a cabeça no batente da porta.

— Vincent gosta de beber. Ele começou a se gabar de que ia matar o lobo. Não pensamos muito quando ele saiu. Mas depois começamos a nos questionar. — Ele fechou os olhos por um momento. — Já perdi amigos demais para aquela criatura. Não vou perder mais... ah.

Ele viu Sabine. Piscou várias vezes. Sabine cruzou as mãos diante de si, recatada.

— Olá, pai.

— Eu pensei que você trabalhasse para sua senhoria — ele disse.

— Ela trabalha — falou Ambrose. — Mas, de algum modo, sua filha e eu continuamos a nos esbarrar acidentalmente.

— Entendo. — O tom do Lenhador dizia que, na verdade, não entendia. — Bem, se é tudo, devo ir. Sua senhoria pediu para falar comigo.

— Não conte para mamãe que me viu aqui — Sabine suplicou, de repente, quando ele se virou. — Ela não vai ficar feliz se souber disso.

— Você sabe que eu conto tudo para sua mãe.

Porque, se não contasse, ela descobriria do mesmo jeito.

— Por favor, pai. Por mim.

Mas ele se afastou negando com a cabeça. Sabine sentiu como se estivesse afundando. Podia até imaginar a resposta da sua mãe: *Você está na casa de sua senhoria para melhorar a vida da sua família, e isso não inclui brincar de médico! Você nunca deve ser vista se envolvendo em coisas que não são da sua conta, mesmo se elas forem.*

Sabine olhou para o doutor Ambrose.

— Se o senhor não precisa mais de mim, é melhor eu ir.

O médico assentiu com a cabeça. Então suspirou.

— Você é uma garota inteligente, com uma habilidade natural, Sabine. É uma pena.

O que era uma pena? Que não soubesse ler e que seus pais jamais apoiariam que aprendesse algo com Ambrose, mesmo que de modo não oficial? Ou que era uma garota, uma garota pobre, e, portanto, não era alguém que ele pudesse aceitar como uma aprendiz de verdade? Sabine foi embora, um sentimento amargo amortecendo a excitação anterior. Talvez sua mãe estivesse certa no final das contas, colecionando segredos e usando-os contra as pessoas. Quando não se tem poder algum, é preciso tomar algum para si.

# ELLIS

Tudo o que Ellis conseguia pensar era na briga da igreja. Mesmo na manhã seguinte, aquilo ainda não parecia muito real. Caleb não fora capaz de lhe dizer muito mais do que Stephen, e claro que essa era outra coisa sobre a qual seus pais não falariam. Em vez disso, foram duros com ele por mentir sobre estar doente, e Ellis se ressentiu.

— Para ir até a floresta, entre todos os lugares! — Seu pai se enfurecera. — Se seu braço estava doendo, você deveria ter nos falado e teríamos arranjado alguma solução. Eu nunca pensei que você fosse tão irracional. Você precisa começar a pensar em suas ações, Ellis!

O relinchar dos cavalos trouxe Ellis de volta ao presente, para a janela perto da qual estava varrendo milho do chão do moinho.

— É Lorde Josiah — disse, surpreso. — O que ele quer?

— O quê? — O senhor Miller o afastou da janela com uma cotovelada. A carruagem de sua senhoria parou do lado de fora do moinho, e um lacaio saltou para abrir a porta. Josiah desceu e, logo atrás dele, Katherine, em um vestido esvoaçante roxo, elegante demais para estar ali. Ellis olhou para o pai. Havia uma ruga profunda entre suas sobrancelhas.

— Continuem o que estão fazendo —falou para os empregados do moinho. — Não vou demorar.

Ellis observou seu pai sair. Sentiu Caleb ao seu lado.

— Eles estão aqui de novo?

— O que quer dizer com "de novo"? — perguntou Ellis.

— O pai e Lorde Josiah se encontraram na semana passada. Mas aquele foi um encontro de negócios. Este, não sei. Sobretudo porque não foram nada amigáveis ontem.

Agora Ellis também estava franzindo o cenho. Será que aquilo tinha algo a ver com o comentário que o senhor Baker fizera sobre seus pais terem Lorde Josiah na palma das mãos? Por que aquilo importaria agora quando, certamente, a prioridade era acalmar Aramor e decidir o que fazer com o lobo?

— Você esteve aqui o tempo todo — disse Caleb.

Ellis pestanejou.

— O quê?

— Se quiser espiar, é isso o que vou dizer para nosso pai.

— Caleb, você precisa parar de saber o que estou pensando antes que eu pense.

— Ou então serei acusado de ter poderes misteriosos?

Do jeito que as coisas iam, Ellis não estranharia se os habitantes da vila acusassem um garoto de doze anos. Caleb hesitou e disse:

— Se não vai espiar, então eu vou. Eles estão escondendo algo grande de nós, El. A mãe não está feliz. Ela esconde bem como se sente, mas já faz alguns meses que anda fria com o pai. E eu a ouvi dizer que ele a traiu mais de uma vez.

— De que forma?

Caleb deu de ombros. Ellis não conseguia imaginar seu pai traindo sua mãe de jeito algum. O casamento deles sempre parecera sólido.

— Você acha que tem a ver com o lobo? — ele perguntou.

— Não — afirmou Caleb, depois de uma longa pausa. — Acho que tem a ver com você.

Ellis se lembrou do que havia confessado para Chapeuzinho, sobre sentir como se não pertencesse a lugar nenhum e a ninguém. Seu coração acelerou. Caleb podia estar errado. Havia muitos motivos pelos quais sua mãe poderia estar aborrecida, todo tipo possível de segredos.

Mas, o que quer que fosse, precisava saber.

Sussurrando para Caleb que voltaria logo, Ellis desceu a escada do moinho na ponta dos pés, abaixando-se para evitar bater a cabeça no batente da porta, e entrou no chalé. Seguiu as vozes até a sala de estar, o cômodo mais bonito da casa.

— ... as pessoas estão falando... — Aquele era Lorde Josiah, e, mesmo com o som abafado, Ellis percebeu que ele estava furioso. Eles tinham fechado a porta, mas, quando espiou pelo buraco da fechadura, Ellis pôde ver bem o interior da sala. Seu pai estava parado ao lado da janela, os braços cruzados, encarando Lorde Josiah. Sua mãe estava sentada de frente para Lady Katherine, com as mãos cruzadas no colo. Sua túnica cor de musgo destacava o verde de seus olhos. Ela entrelaçou os dedos, apertando-os e relaxando-os.

— O medo não é uma coisa ruim — dizia Lorde Josiah. — O medo une as pessoas. O medo apela para o lado bom das pessoas. Se todos estivessem simplesmente com medo, eu não faria nada. — Ele fez uma pausa. — Tenho uma informação para você. Há cinco anos, sem contar o lobo, Aramor teve o inverno mais harmonioso até hoje. As prisões estavam vazias. Só alguns casos de furto. Pouca coisa para os guardas fazerem. Um inverno próspero, também. — Outra pausa. — O medo mantém as pessoas na linha.

A ira cresceu dentro de Ellis. Havia algo repugnante naquele nobre bem nutrido e indolente que ousava dizer que pessoas acovardadas em suas casas e crianças chorando eram algo bom para ele! Não era de se estranhar que todos tivessem ficado tão zangados no dia anterior.

Ele esperou que seu pai dissesse para sua senhoria que aquelas eram as vidas das pessoas, não peças de xadrez para serem movidas até lugares convenientes. Em vez disso, o senhor Miller abaixou a cabeça.

— Concordo que havia certo... sentimento de união.

— Uma solução poderia ser impor um toque de recolher — sugeriu Josiah. — Pode não fazer uma diferença real, mas vai fazer com que todos se sintam mais seguros. E isso é mais importante do que se estão em segurança ou não.

— Se está pedindo minha opinião... — A voz do senhor Miller era fria. — Não tenho nenhuma para dar. Mas não é por isso que está aqui. Você quer discutir nosso acordo.

Lorde Josiah pigarreou. De repente, não parecia tão composto.

— Está quase na hora.

A senhora Miller se levantou.

— Ainda falta um mês para ele fazer quinze anos.

Ellis enrijeceu. *Ele*. Estavam falando dele. Então Caleb estava certo.

— Nós precisamos discutir isso, meu amor — seu pai disse, com suavidade, segurando a mão da esposa. — Eu sei que você não gosta, mas um mês passa rápido. E agora houve um terceiro ataque.

*O quê?* Ellis engoliu uma exclamação.

— Pode ser melhor se agirmos rápido...

— Não. — A senhora Miller puxou sua mão. — Não quero ouvir falar disso.

Tanto Lorde Josiah quanto o pai de Ellis abriram a boca, mas Lady Katherine falou primeiro.

— É claro que não vamos apressar isso. — A voz dela estava abafada. — Não seria justo. Um acordo é um acordo, no final das contas.

A senhora Miller fungou, abraçando o próprio corpo. Então saiu da sala.

Ellis deu um pulo, mas a porta se abriu antes que pudesse se esconder.

Sua mãe olhou para ele. Lágrimas brilhavam em seus olhos. Em vez de repreendê-lo, ela o abraçou. Ellis devolveu o abraço, hesitante, ciente de que os outros três adultos na sala estavam observando. Sua mãe o soltou. Ellis a chamou, mas ela se despediu com um aceno e desapareceu escada acima.

— Ellis, venha aqui. — A voz de seu pai era neutra. — Suas senhorias querem ver como você está depois do ataque.

O senhor Miller claramente não percebera que Ellis estava escutando a conversa – o ângulo da porta o escondera. Relutante, Ellis entrou na sala. Tanto Josiah quanto Katherine olhavam para ele de um jeito que parecia... intenso. Ele já encontrara os dois antes, mas só de passagem, e, embora Katherine o tivesse cumprimentado de modo caloroso, Josiah não prestara atenção nele. Sem ter certeza do que fazer – *É preciso se curvar para um lorde em sua própria casa?* –, entrelaçou as mãos diante de si e esperou.

Mas ninguém falou nada. Lady Katherine continuava olhando para o pai de Ellis, embora os olhos do senhor Miller estivessem no chão. Lorde Josiah cruzou os braços, a expressão indiferente. Ellis se perguntou se havia constrangido os três ou se havia deixado algo passar.

Josiah quebrou o silêncio.

— Bem, sua cor é bastante saudável. Os remédios de Ambrose estão fazendo efeito?

— Sim, sua senhoria.

— E o braço?

Ellis não ia mencionar que tinha procurado a avó de Chapeuzinho ontem. Antes que pudesse falar, seu pai o fez:

— Está sarando, mas é um progresso lento. Não é isso, Ellis?

— Deve ser difícil não poder participar das atividades com seus amigos — disse Lady Katherine. Ela ainda estava sorrindo. — Com frequência vejo os garotos praticando arco e flecha ou brincando de lutar com espadas. Você tem outros interesses que possam ocupar seu tempo, pelo menos até que tudo sare? Leitura, talvez? Temos muitos livros bons que ficaríamos felizes em...

— Katherine — Josiah a interrompeu. — O rapaz está bem. Mas não seja tolo de ir lá fora depois que escurecer até o lobo ir embora ou até o inverno acabar. Nada de ir para a floresta tampouco. Entendeu?

Lorde Josiah sabia que ele havia saído ontem? E, além disso, Lady Katherine estava ciente de que ele sabia ler. Do que mais eles sabiam? Ellis não via por que deveria prometer alguma coisa para aquele homem, então ficou em silêncio. Josiah apertou os lábios, então balançou a cabeça e se virou.

— Katherine, volte para a carruagem e deixe Miller e eu discutirmos algumas coisas a sós.

— Muito bem. Adeus, Osmund. Tenho certeza de que falaremos em breve. — Sua senhoria fez um aceno de cabeça para o senhor Miller ao se levantar. Ao passar por Ellis, roçou em sua mão. — Me acompanhe até lá fora, Ellis?

Ellis preferia continuar ouvindo a conversa, mas não via como poderia recusar. Levou Katherine até o fim do corredor e abriu a porta para ela. O lacaio que esperava lá fora ficou em posição de sentido, mas Katherine parou. Com suavidade, ela disse:

— Sei que tudo deve estar muito confuso para você agora, mas logo as coisas farão sentido. Não tenha medo. Por favor, apareça na mansão na próxima vez em que estiver entregando farinha, Ellis. Acho que o doutor Ambrose deveria checar seu braço novamente, só por precaução. Se quiser ver a biblioteca...

Ellis esfregou a lateral do pescoço, incomodado com a franqueza da expressão dela. Não conseguia pensar em nada para dizer. Katherine pareceu um pouco desapontada, como se ele tivesse fracassado em algum tipo de teste. Ela puxou a capa para mais perto do corpo, inclinando o rosto para cima.

— Parece que vem mais neve por aí, não acha? Talvez as pessoas não se importem com um toque de recolher se o tempo estiver ruim assim. Suas roupas são quentes o bastante para o inverno? E as dos seus irmãos?

Ele limpou a garganta.

— Eu deveria voltar.

Ele podia sentir os olhos dela nele enquanto se afastava. Era como se suas costas estivessem queimando.

# CHAPEUZINHO

CHAPEUZINHO SENTIU DORES O DIA TODO. ACORDOU SE SENtindo muito mal. Não era apenas uma dor muscular, do tipo a que se acostumara desde que começara a fazer o trabalho de Martha na padaria. Aquela dor era mais profunda, como se estivesse comendo-a por dentro.

Será que estava doente? Chapeuzinho nem sequer se lembrava da última vez que espirrara. Sua mãe sempre dizia que ela era como a Vovó.

— Não me lembro de nenhuma vez que ela tenha ficado de cama. Ah, se eu fosse assim também!

*Acho que tive um pesadelo e caí da cama de novo,* Chapeuzinho pensou, enquanto modelava pãezinhos e os alinhava para colocá-los no forno. Não poderia ser por causa da caminhada que fizera com Ellis no dia anterior – aquilo não tinha sido nada fora do normal. Talvez fosse toda a preocupação de saber que, onde quer que fosse, olhos acusatórios a seguiriam…

Quando estava limpando tudo para encerrar o dia, não querendo nada além de ir para casa e dormir, Chapeuzinho ouviu uma batida na porta. Era Ellis, bastante pálido.

— Chapeuzinho? Posso conversar com você? Não aqui. Que tal uma caminhada?

Chapeuzinho esqueceu as dores. Por alguma razão, pensava que Ellis ficaria longe dela por alguns dias. Havia repassado a conversa do dia anterior em sua cabeça repetidas vezes – o jeito como ele dissera que ela era diferente, como se fosse uma coisa boa. Estava tentando não ter esperanças demais nem ficar muito animada. Ele estava frustrado e passando por uma fase estranha. Era bem possível que recuperasse o juízo.

Mesmo assim, ela se sentiu animada ao pendurar o avental e vestir a capa. Cinco minutos depois, estavam fora da vila, seguindo a trilha do rio congelado para o sul, na direção oposta à floresta.

— Houve um terceiro ataque — Ellis comentou, e Chapeuzinho se assustou.

— Ah, não! Eu estive tão ocupada o dia todo que nem saí. Quem foi? O que aconteceu?

— Tudo o que sei é o que Lorde Josiah disse para meus pais. — E Ellis contou para ela que Vincent tinha sido atacado na floresta. Chapeuzinho estremeceu, apertando a capa de encontro ao corpo com mais força. Mesmo sem querer, imaginou Vincent em seu traje elegante avançando por entre as árvores, gritando para que o lobo o enfrentasse como homem. Uma força súbita arremessando-o de costas, e Vincent se contorcendo, se debatendo e gritando...

— Horrível — ela lamentou. — Três ataques. Vão acontecer outros, não vão?

— É provável.

— Você está assustado?

— Sim e não — disse Ellis. — Eu me preocupo sobretudo com as outras pessoas. A casa de Stephen não é muito segura. Não tenho certeza se ele ainda é meu amigo, mas não quero que nada aconteça com sua família. Seu chalé também deve ser fácil de invadir. Você está com medo?

Ele se preocupava mesmo com a segurança dela?

— Não é sobre isso que você queria falar, é?

Ele mordeu o lábio, e então olhou-a nos olhos.

— Não sei se meus pais são realmente meus pais.

Chapeuzinho se sobressaltou.

— O que o faz dizer isso? Você não se parece muito com eles, mas isso não é tão estranho.

— É isso o que a mãe da Sabine me falou semanas atrás, quando fingiu que cruzou comigo por acaso. Ela sabe. Ela deve saber. — Ellis enfiou as mãos mais fundo nos bolsos do colete. Ele descreveu a visita de Lorde Josiah e Lady Katherine ao moinho, e o que havia escutado. Chapeuzinho queria fazer perguntas, mas, em vez disso, se obrigou a ouvir. — ... então não posso deixar de pensar que ou ele é meu pai, ou ela é minha mãe. Isso faz tanto sentido que não acredito que nunca pensei nisso antes. O fato de me ensinarem a ler, de eu ser cuidado pelo doutor Ambrose, de meus pais serem tão cautelosos com minha segurança.

— Então você acha que seu pai teve um relacionamento com Lady Katherine ou sua mãe com Lorde Josiah? Os dois não podem ser seus pais, ou você teria crescido como filho deles, sem ter que fingir nada.

Ellis jogou uma pedrinha sobre o gelo.

— As duas alternativas são possíveis. Minha mãe era uma criada na mansão antes de eu nascer. E meu pai provavelmente entregava farinha lá. Não consigo imaginar uma traição entre eles, mas eu não os conheço, não é? Se isso for verdade, eles mentiram para mim minha vida toda. — Ele ergueu os olhos. — E algo vai acontecer quando eu fizer quinze anos.

Chapeuzinho sentiu um calafrio.

— Você já pediu para seus pais lhe contarem a verdade?

— Ainda não. — Ele engoliu em seco. — Estou com medo. Não sei nem o que eu quero que seja verdade.

Chapeuzinho se perguntou quem mais saberia daquilo. Era possível que o pai da Martha soubesse, pelas coisas que dissera. Aquilo explicaria o ressentimento que tinha dos Miller.

— Não pergunte a menos que esteja pronto, então. É muito para absorver. Em especial com tudo o que está acontecendo.

Ellis assentiu com a cabeça.

— Obrigado por ouvir. Eu precisava falar com alguém. — Ele fez uma pausa. — Quer saber outra coisa que parece ridícula? Todo o tempo que passei com Martha, eu nunca poderia ter uma conversa com ela sobre uma coisa dessas. Ela não teria se importado. É tão claro agora que ela não gostava de mim de verdade.

— Eu acho que ela teria gostado muito mais de você se soubesse que pode ser filho de um lorde ou de uma dama. — As palavras saíram da boca da Chapeuzinho antes que ela pudesse impedir.

Ellis pareceu surpreso, então gargalhou.

— Você é muito sábia, Chapeuzinho.

Sábia era uma coisa que Chapeuzinho tinha certeza de que não era, mas gostava que ele pensasse assim.

— Então... — Ellis deixou a palavra no ar. — Temos talvez uma hora antes que escureça. Podemos esquecer tudo isso e nos divertir um pouco?

Chapeuzinho prendeu o cabelo atrás da orelha, sentindo-se imediatamente constrangida.

— O que quer dizer?

Ele estendeu a mão. Chapeuzinho a segurou. A pele dele era dura em alguns lugares, a mão de um trabalhador, com um polegar de formato curioso, mas ela gostou de como se sentia protegida ao segurá-la – e o calor que aquilo lhe trazia. Ellis a levou até a margem do rio e subiu na superfície congelada.

Chapeuzinho recuou.

— Tenho um equilíbrio terrível. Vou cair.

— Não se preocupe. Não vou soltá-la.

As pernas de Chapeuzinho começaram a tremer. Mas ela resolveu confiar nele. Segurando sua mão de novo, respirou fundo e avançou no gelo com um pé, depois o outro. Ellis deu um passo para trás, sorrindo de maneira encorajadora.

— Viu? Não é tão ruim.

Chapeuzinho tentou levar o pé esquerdo para a frente – e gritou quando ele escorregou embaixo dela. Ela caiu, puxando Ellis consigo.

— Eu pensei que você não ia me soltar! — ela arfou.

— Eu não soltei. Não prometi que ia impedir você de cair!

Os dois caíram na gargalhada, e Chapeuzinho se sentiu leve por dentro. Eles se levantaram. Depois de um tempo, Chapeuzinho ganhou confiança. Era realmente divertido sentir o corpo se movendo de modo tão livre – um pouco como dançar, só que sem ninguém observando e rindo de seus membros desajeitados. Houve várias outras quedas – sem dúvida, no dia seguinte ambos teriam hematomas bem feios –, mas Chapeuzinho não se importava.

— Eu amo isso! — ela exclamou, deslizando perto de Ellis.

Ele sorriu para ela.

— É um bom jeito de esquecer de si mesmo, não é? Mas está começando a escurecer, então provavelmente deveríamos ir embora.

Chapeuzinho não tinha percebido. Se ao menos tivessem mais tempo! Sentir tamanha alegria e liberdade, depois de tanto tempo observando os outros se divertindo... Ela quase queria chorar.

— Podemos voltar?

— Claro. Mas com menos tombos da próxima vez. — Ele deu uma piscadinha, e ela riu, deixando-o ajudá-la a voltar para a margem. Mas, conforme se aproximavam de Aramor, o clima leve mudou. Chapeuzinho sentiu o peso sobre seus ombros. A cada passo, era como se a carga aumentasse.

Com a escuridão vinha o lobo. Quando haveria um quarto ataque?

# SABINE

À MEDIDA QUE A ESCURIDÃO SE APROXIMAVA, O HUMOR DE Sabine ficava mais e mais sombrio. Estivera fechada na mansão o dia todo, apesar de Lady Katherine ter estado fora grande parte da manhã. A cada hora que passava, ficava mais inquieta. Precisava ver Martha. Uma das criadas estivera no mercado e ouvira dizer que Martha estava se sentindo muito melhor, embora rapidamente ficasse histérica se alguém lhe perguntasse sobre o ataque. Sabine não podia confiar naquilo. Precisava ter certeza.

E, à tarde, tudo ficou ainda mais sombrio quando seu irmãozinho chegou trazendo uma mensagem de sua mãe.

Ela queria se encontrar com Sabine – para conversar sobre Martha.

Será que ela sabia? Como poderia saber? Sua mãe não tinha olhos por toda parte. Poderia suspeitar, mas não passaria disso. Ou passaria?

Sabine se sentiu cansada, tentada a mandar o irmão de volta com a mensagem: "A senhora não ouviu dizer que tem um lobo assassino em fúria por aí?", mas sabia que aquilo não era realmente uma opção. Sua mãe só se encontrava com ela em segredo quando era algo importante.

E aquilo era.

O fim da tarde se arrastou. Considerando que Vincent estava se recuperando em seus aposentos e que a perturbação na igreja era o grande assunto desde o dia anterior, o dia terminava de modo estranhamente calmo. Lorde Josiah e Lady Katherine pareciam estar com um humor melancólico depois de retornar de seu passeio, e Sabine até vira os dois de mãos dadas quando foram jantar. Katherine comeu pouco, olhando pela janela, embora não houvesse nada para ver.

Sabine foi para a cama cedo. Abriu a janela estreita e respirou o ar fresco. Seus nervos estavam ainda piores agora, então esfregou algumas ervas secas que colhera semanas atrás entre os dedos e as inalou. O aroma amargo era calmante, mas só de leve.

Aos poucos, todos na mansão foram dormir. Os criados apagaram as velas, as portas foram fechadas, os cães se aquietaram. Sabine colocou o capuz sobre a cabeça e se esgueirou por uma porta lateral. O vento tempestuoso da manhã tinha se acalmado e, embora houvesse gelo por toda parte, não estava mais nevando. Sabine seguiu devagar, tentando ouvir passos ou cascos de mais alguém desobedecendo ao toque de recolher que Lorde Josiah decidira impor havia poucas horas. Ela não podia se dar ao luxo de ser pega. Ou de explicar por que, em uma mão, estava segurando um lobo de madeira.

Depois do que pareceu ser uma caminhada muito mais longa do que a usual, Sabine alcançou a ponte norte. Já se encontrara duas vezes com a mãe ali antes de escurecer, ambas as vezes para fofocar sobre a mansão. Sabine percebeu mesmo a distância que a senhora Forrester ainda não tinha chegado – não havia vela acesa. Aquilo era um pouco estranho. Sabine tinha se atrasado de propósito, dizendo a si mesma que era bem feito para sua mãe ficar esperando no frio se insistia naqueles encontros. E a senhora Forrester nunca se atrasava.

Talvez a mãe estivesse brincando com Sabine ao deixá-la esperando. O pensamento fez Sabine rir – aquilo só provava quanto eram parecidas. Ela seguiu pela ponte, abraçando o próprio corpo.

Já era bem tarde agora. Com certeza sua mãe não faria aquilo para provar alguma coisa. Sabine bateu os pés no chão, em busca de algum calor, e então decidiu se mover. Se caminhasse pela trilha, cedo ou tarde encontraria sua mãe. Desde que ninguém mais estivesse por perto, não fazia muita diferença onde conversariam.

Perdida em pensamentos, Sabine seguiu em frente, apertando o lobo na palma da mão – e então parou. A ponte que sua mãe cruzava normalmente mais abaixo do rio havia desaparecido. Pedaços de madeira estavam presos nas margens.

*Deve ter desmoronado no gelo,* Sabine pensou. Ficou imaginando o que provavelmente sua mãe teria feito. Não era impossível que tivesse voltado, mas o mais provável era que tivesse cortado caminho pelo pasto, ao norte, para cruzar o rio mais perto da floresta. Seguir para o sul teria acrescentado meia hora de caminhada, então Sabine estava confiante de que a mãe não consideraria uma opção.

Mesmo assim... Será que sua mãe realmente pegaria o caminho da floresta? Seria uma coisa tola a se fazer, em especial logo depois do ataque de Vincent, e a senhora Forrester não era tola. Entretanto, estava determinada...

Sabine passou o lobo de madeira de uma mão para a outra contando até dez. E então se virou para o norte.

Podia ouvir seu coração batendo com força enquanto se aproximava da curva que a levaria à beira da floresta. A noite estava mais escura do que aquela em que ela e Martha... Não, ela não deveria pensar em Martha, pensar naquilo. Não tinha acontecido. Se pensasse bastante assim, talvez pudesse enganar a si mesma, como conseguira enganar todo mundo culpando Chapeuzinho pela porta. Seu coração bateu mais forte. Talvez saltasse de seu peito. O lobo sentiria o cheiro de sangue e viria correndo... Não seria engraçado se o lobo a pegasse, depois de todo o tempo que passara pensando naquilo? Não seria o pior dos fins. Rápido. E pelo menos as pessoas se lembrariam. Ainda que provavelmente ninguém sentisse falta dela.

*Você está sendo ridícula*, pensou Sabine, e então parou. *Crack*. Ela deu meia-volta, bastante ciente de que a única arma que tinha era a pequena faca que sempre levava consigo. Um arbusto balançava. Ela ergueu a faca, pronta para usá-la – mas era só o vento. Os nervos de Sabine levaram a melhor. Ela saiu correndo. Com a respiração alterada, o peito apertado enquanto abria distância entre si e as árvores cheias de galhos, seguiu para Aramor.

---

— Abra! — Sabine bateu na porta do chalé dos Forrester. Depois do que pareceu uma eternidade, uma fresta se abriu.

— Sabine? — O pai parecia sonolento.

Sabine forçou sua entrada. Só então percebeu que estava tremendo.

— Onde está a mamãe? Deveríamos ter nos encontrado. Ela não apareceu.

O lenhador esfregou os olhos, controlando um bocejo. Impaciente, Sabine segurou o braço do pai.

— A ponte do meio caiu no rio. Ou ela seguiu para o sul, o que é improvável, ou ela pegou o caminho da floresta. Presumo que não esteja dormindo na cama. Você sabe que às vezes nos encontramos depois que escurece?

Por fim as palavras dela penetraram nele, e o pai ficou alerta.

— Eu falei para ela não ir. Um toque de recolher é um toque de recolher. Ela jurou que não iria, mas a cama está vazia.

Sabine apertou os lábios, furiosa com a mãe por mentir. Tudo isso poderia esperar!

— Precisamos reunir um grupo de busca. Alguma coisa aconteceu.

— Talvez devêssemos esperar para ver se ela retorna.

— Estou dizendo que ela foi para perto da floresta. Se foi atacada, vai precisar de ajuda... com urgência. E não posso formar meu próprio grupo de busca, posso?

Sabine colocou as mãos nos quadris, esperando parecer autoritária. O pai a olhou por um segundo. Ele parecia muito abatido – sem dúvida imaginando sua cama quente e o longo dia de trabalho que começaria em poucas horas. Mas, sem uma palavra, se afastou, provavelmente para se vestir. Sabine ficou andando de um lado para o outro na cozinha, tentando se acalmar.

---

Levou quinze minutos para o pai reunir um grupo de vizinhos, a maioria lenhadores como ele. Estavam reunidos na lama, com tochas flamejantes e machados, enquanto seu pai explicava a situação. Sabine os observava da porta. Parte dela esperava desesperadamente que a mãe voltasse para casa a qualquer momento, mas o fato de que ainda não tinha feito isso fortalecia a intuição de Sabine de que a senhora Forrester estava em apuros.

Três homens partiram para o sul, no caso de a senhora Forrester ter seguido por aquele caminho, mas o grupo maior – incluindo seu pai – marchou em direção à floresta. Sabine observou as costas deles ficarem cada vez menores, sentindo-se pequena e impotente, e odiando aquilo. E se desta vez nenhum deles retornasse? Algo estalou dentro dela. Ela correu para dentro de casa, pegou o machado mais leve do pai e alcançou os homens.

— Sabine, vá para casa. Isso não é lugar para garotas. — Seu pai estava pálido, e sua voz trêmula. Será que estava se lembrando da caçada amaldiçoada, havia cinco anos, e de seus amigos mortos? Sabine apertou o braço dele.

— Não quero que tenha que fazer isso sozinho. Sem a companhia de alguém que o ame, quero dizer.

Seu pai emitiu um rosnado, como se estivesse frustrado.

— Eu ficaria mais feliz se você estivesse em segurança, em casa.

— E eu fico mais feliz com o senhor.

— Por que você precisa ser tão teimosa? Que seja. Não temos tempo para discutir. Fique atrás de mim.

Janelas se abriam conforme os homens atravessavam a vila, vozes trêmulas perguntando se o lobo havia atacado de novo. O guarda-noturno deteve o grupo, querendo saber por que estavam violando o toque de recolher. O Lenhador explicou, e o guarda os deixou passar. Se Sabine estivesse cometendo um erro, logo todos saberiam. Ela percebeu que ainda estava segurando o lobo de madeira, então o guardou na bolsa.

— Por qual parte da floresta ela teria passado? — um dos lenhadores perguntou. Sabine lhe disse. Outro queria saber quando supostamente deveriam ter se encontrado. Mais dois homens saíram correndo de um chalé e se juntaram a eles. Sabine ouvia as palavras *Martha* e *Vincent* e *matar essa coisa de uma vez por todas*.

Logo o grupo estava nos limites de Aramor, e a trilha da floresta estava à vista. Os passos de botas pesadas de repente soaram muito alto. Sem que ninguém dissesse nada, os homens cercaram Sabine, com os machados erguidos. Alguém lhe entregou uma tocha acesa. Ela apurou os ouvidos, mas não conseguiu ouvir nada além de um barulhinho baixo. Coelhos? Certamente um lobo faria mais barulho. Embora não tivesse feito ruído algum quando pegou Martha...

O pai dela balançou a tocha, iluminando a extremidade das árvores. Ele gesticulou para a esquerda, murmurando "a trilha", e os homens assentiram com a cabeça.

Sabine segurava firme na tocha e no machado, olhando por sobre o ombro conforme se aproximavam. As árvores se abriram, revelando a trilha. Seu pai parou de repente. Um gemido baixo saiu dele, como de um animal em sofrimento. E então, iluminado pelas chamas dançantes, ela também viu.

Um grosso rastro de sangue que levava para a floresta. E, pendurada em um arbusto de azevinho, a capa de sua mãe.

---

Ao amanhecer, depois de algumas horas de sono irregular, os homens voltaram para a floresta. Sabine ficou em casa desta vez, bebendo chá de urtiga que havia muito tinha esfriado e proporcionava pouco conforto. Ela sabia que não encontrariam sua mãe. Ela e os homens tinham seguido o rastro de sangue logo após encontrarem a capa. Ele diminuiu depois de dois minutos de marcha, e então terminou em uma enorme poça avermelhada. Ninguém precisava dizer para Sabine que era muito improvável alguém sobreviver a um ataque tão cruel. Aventurar-se no coração da floresta na escuridão era inútil e perigoso. Então todos voltaram para Aramor.

Ela cambaleou para casa envolta em uma névoa entorpecida que os homens pensaram ser choque. Eles tinham sido gentis, assegurando-lhe que sua mãe não devia ter sofrido, que o lobo matava de um jeito rápido e eficaz. Depois de ver como ele havia mutilado Martha e Vincent e, em menor extensão, Ellis, Sabine sabia que estavam mentindo e quase disse isso. A única coisa que a impediu foi pensar que, cedo ou tarde, alguém perguntaria por que ela tinha saído para se encontrar com a mãe no escuro, sobretudo com o toque de recolher. Se Sabine não tivesse entrado em pânico, teria antecipado isso antes de pedir para o pai reunir um grupo de busca.

*Minha única opção*, Sabine pensou, *é convencer todo mundo de que estou completamente perturbada, e então talvez não façam perguntas inadequadas.* Aos olhos deles, afinal, era apenas uma garota emotiva.

Era como se seu corpo todo pendesse como uma flor murcha. Exaustão, provavelmente. Ela não se sentia muito triste, não do jeito que as irmãs mais velhas estavam. Os olhos delas estavam vermelhos e inchados, as bochechas marcadas pelas lágrimas. Ela conseguia ouvi-las conversando agora, falando principalmente sobre como cuidar da família e amaldiçoando Sabine por ser sortuda o bastante para ocupar uma boa posição que ninguém em perfeito juízo exigiria que deixasse.

— É culpa da Sabine. — A voz da irmã mais velha era cruel. — Mamãe ia se encontrar com ela. Ainda não sabemos por quê. Seria bem típico de Sabine insistir em algum ponto remoto na escuridão, por nenhum outro motivo além do fato de poder deliberadamente desafiar o toque de recolher! Ela é tão...

— Tão o quê? — perguntou a segunda irmã da Sabine.

— Estranha. — A palavra cortou como uma faca. — Sempre foi. Ela não parece nem age como se fosse, mas é. Lembra as histórias horríveis sobre gárgulas e outras criaturas horrendas que ela costumava contar para os gêmeos quando eles eram pequenos? Acordaram gritando no meio da noite durante semanas! Acho que ela gostava de assustá-los.

— Ela não se importa com ninguém além de si mesma e do papai. Nenhuma lágrima para mamãe, você percebeu?

— Estou feliz que ela more na mansão agora e que não temos que vê-la com frequência. Aberraçãozinha.

Sabine jogou o chá do outro lado da sala. A caneca bateu no chão de madeira e rolou para debaixo de um banco. Como se atreviam a zombar dela dessa maneira? *Estranha*. Ela *não* seria chamada de estranha de novo, por ninguém. Suas irmãs teriam lágrimas, lamentos e miséria se era isso o que queriam, aos montes, e ela mentiria descaradamente até que todo mundo acreditasse que era exatamente como elas.

Mas suas irmãs estavam certas sobre uma coisa. Antes de criticar Sabine, lamentaram o fim inadequado de sua mãe, cuidadosa e discreta, que sempre planejava cada movimento, extraindo informações com sutileza e armazenando cada detalhe na biblioteca da sua mente até que fosse necessário. O discernimento da senhora Forrester era o que garantia as refeições nos meses difíceis, sapatos novos e roupas. Chantagem pagava mais do que cortar madeira de maneira honesta.

Se alguém a tivesse atacado com um machado, Sabine não ficaria muito surpresa. Muita gente tinha motivos para odiá-la.

Mas não o lobo. Ele era um animal estúpido. A menos que realmente fosse um fantasma conjurado por alguém que quisesse instalar o caos em Aramor. Sabine havia desprezado essa ideia até agora, mas estava começando a se questionar... O lobo nunca fora atrás de Chapeuzinho, fora? Ela vagava pela floresta o tempo todo, mesmo depois de escurecer. Uma presa fácil. E também havia o estranho ataque a Ellis...

Sabine chutou a perna da cadeira, com a cara amarrada. Então gritos vieram lá de fora.

Os homens estavam de volta.

Sabine saiu, empurrando suas irmãs. Seu pai parecia um selvagem, com galhos grudados no colete rasgado e a parte inferior das pernas manchadas de lama. Os olhos dele brilharam quando encontraram os dela.

— Eu sinto muito.

Ele parecia querer entrar em casa, deitar-se na cama e não acordar mais – exatamente como ela se lembrava dele havia cinco anos, depois da caçada fracassada. Sabine sentiu uma pontada de pânico. Ele ia se afastar delas de novo, ela sabia. O homem que, no passado, balançava Sabine nos joelhos cantando músicas bobas e esculpindo um zoológico de madeira estava se retraindo cada vez mais.

Ela *não* podia deixar aquilo acontecer uma segunda vez.

— Pai. — Ela colocou as mãos dele, que mais pareciam patas de urso, entre as suas. — O senhor sabe o que precisa fazer, não sabe? O senhor precisa liderar uma caçada. Não como a última. Maior, com todos que consigam segurar um machado. Lorde Josiah não vai nos proteger. Precisamos fazer isso nós mesmos. O senhor conhece a floresta. Conhece o lobo. O senhor amava minha mãe. Precisa ser o senhor.

O pai dela hesitou, olhando ao redor. Os homens pareciam tão cansados quanto ele, e quase tão perdidos.

— Todo mundo precisa disso — Sabine disse, com suavidade. — É o que a mamãe teria querido. Talvez o lobo seja algum tipo de fantasma. Mas e se não for? O senhor poderia acabar com isso. Vingar seus amigos.

O pai dela abriu a boca. Ela tinha certeza de que seria para dizer não. Mas então ele se virou. E sua voz soou alta e clara.

— Para a praça da vila. Reúnam o máximo de pessoas que puderem. Isso não pode continuar. Não aqui. Não com nossas esposas, filhos e filhas. Não em nossas casas. Lorde Josiah não importa. Aramor é nossa vila. E é hora de assumirmos o controle!

# CHAPEUZINHO

*COMO TANTA COISA PODIA MUDAR EM UMA NOITE?*, PENSOU Chapeuzinho, enquanto seguia em direção à praça da vila. Nunca vira uma multidão assim. Será que todo mundo de Aramor estava aqui? Por dentro, ela se sentia entorpecida, lutando para entender o que havia acontecido durante a noite. Estivera em um sono tão profundo que sua mãe precisou sacudi-la para despertá-la; sentia o cérebro tão atordoado que, no início, tinha certeza de que a morte da senhora Forrester era parte de seu sonho. Então, é claro, sua imaginação tinha despertado, e...

Ah. Chapeuzinho precisava se controlar. Na sua frente estavam o senhor e a senhora Baker. Ele tinha o braço ao redor da cintura dela. A cabeça do menino que tinha batido na porta para dizer que todos deveriam se reunir na praça da vila estava mais adiante na multidão. A expectativa estava no ar. Chapeuzinho não gostava de se sentir tão encurralada, como uma galinha. Se ao menos pudesse sair do meio da multidão e ir para algum lugar onde pudesse respirar! Estava ficando cada vez mais difícil, e Chapeuzinho sentiu o pânico crescer. Ela não podia desmaiar, não ali! As pessoas passariam por cima dela.

*Fique calma,* Chapeuzinho tentou se tranquilizar. Se uma caçada fosse anunciada, isso não a afetaria. Era uma coisa perfeitamente sensata a se fazer. Aqueles ataques não podiam continuar. A última coisa que Chapeuzinho queria era que mais pessoas fossem feridas. Então por que se sentia tão ansiosa? Era porque o lobo nunca a machucara? Porque a Vovó não acreditava que era algo a se temer? Porque a floresta era seu lugar especial, e era como se estivesse prestes a ser violada?

— Chapeuzinho! — Ellis abriu caminho até ela, com Caleb ao seu lado. Chapeuzinho estava tão grata por ver alguém em quem confiava que segurou a mão dele sem pensar duas vezes e a apertou. Ele apertou de volta, e Chapeuzinho não teve tempo de se surpreender com aquilo, porque a multidão ficou em silêncio.

— Apesar de nossas diferenças, todos concordamos com uma coisa. — A voz retumbante e profunda pertencia ao Lenhador. Chapeuzinho conseguia vê-lo acima do topo das cabeças, de pé sobre um caixote que alguém tinha colocado ao lado da fonte. *Exatamente como da última vez*, ela pensou. Em uma mão, carregava um machado duas vezes maior do que qualquer outro que ela tinha visto antes. A lâmina afiada brilhava, e talvez fosse apenas o reflexo de algum lugar, mas pareceu avermelhada para Chapeuzinho. — O lobo já nos aterrorizou por tempo suficiente.

Ninguém se mexeu. Os únicos sons eram o de uma tosse distante e o latido de um cachorro mais distante ainda.

— Isso não é algo que um toque de recolher vai resolver. Não temos nenhuma orientação de Lorde Josiah. Se não fizermos nada, a próxima família pode ser a nossa. Não quero que mais ninguém sofra.

A multidão pareceu concordar. Chapeuzinho nunca tinha notado como o Lenhador era grande – ou talvez fosse só a primeira vez em muito tempo que endireitava sua postura novamente.

— Proponho uma caçada. — A palavra causou murmúrios entre a multidão. — E, desta vez, não vamos desistir até que o animal esteja morto. Ele está mais velho e mais fraco do que era. Até a noite passada, os ataques não tiveram êxito. Não viveremos mais com medo!

Aquelas últimas palavras foram gritadas. O Lenhador ergueu seu machado como se não pesasse nada. Aplausos irromperam da multidão. Chapeuzinho podia sentir o alívio das pessoas e, por um instante, se deixou levar. Por fim, alguém assumia o controle, levando a luta para a floresta, e era um deles, alguém em quem todos confiavam e para quem desejavam êxito.

O Lenhador gritou pedindo silêncio.

— Sei que alguns de vocês não acreditam que os ataques sejam cometidos por um lobo de verdade. Eu não desprezo a crença de vocês, embora discorde delas. Só peço que, até que tenhamos certeza, deixem essas conversas perigosas de lado. Os caçadores partirão ao pôr do sol. Todos os homens aptos que desejarem se juntar a nós serão bem-vindos e podem se manifestar agora ou mais tarde na estalagem. Todos os demais... — Ele fez uma pausa. — Fiquem em casa. Com sorte, amanhã isto já terá terminado.

Desta vez os gritos e aplausos foram ensurdecedores. As pessoas se viravam e abraçavam umas às outras. O Lenhador saltou do caixote. Chapeuzinho avistou uma figura esguia na ponta dos pés, sussurrando no ouvido dele: Sabine. De repente, o medo a atingiu. O que Sabine tinha a ver com aquilo?

Alguém falou seu nome. Chapeuzinho se concentrou em Ellis.

— Desculpe, você disse alguma coisa?

— O que você acha disso? — Para consternação dela, os olhos dele brilhavam. Ele também havia endireitado a própria postura.

Quando ele tinha soltado sua mão? — Finalmente alguma coisa está acontecendo.

Chapeuzinho tentou organizar seus pensamentos difusos. A multidão estava se dispersando, alguns se juntando aos vizinhos, conversando com animação, outros voltando para as próprias lojas e casas. Já havia um grande grupo de homens e garotos reunidos perto da fonte.

— Eu não sei — ela disse. — Parece um pouco...

— Um pouco o quê?

— Demais.

Ellis se afastou, uma linha entre suas sobrancelhas.

— A senhora Forrester foi morta.

— Eu sei, e isso é horrível, é claro, mas...

— Você acha que não deveria haver uma caçada?

Chapeuzinho não sabia o que pensava ou por que estava – mais uma vez – sendo estranha.

— Chapeuzinho. — Agora Ellis a olhava de um jeito esquisito, e o coração da Chapeuzinho afundou. — Uma das pessoas atacadas fui eu. Você já se esqueceu? E a Martha? A vida dela nunca mais será a mesma. A de Vincent tampouco, provavelmente.

— Eu sei de tudo isso!

— Então você entende. — A atenção de Ellis se voltou para a fonte. Os homens se davam tapas nas costas, como se já fossem uma equipe. Alguém trouxera uma pedra de amolar e afiava a lâmina dos machados. Com eles, havia vários garotos da mesma idade de Ellis e Chapeuzinho. Eles se vangloriavam com facilidade, golpeando o ar com suas facas de caça. Um dos pais dos meninos deu um tapa nas costas do filho e disse algo que fez todo mundo gargalhar. Chapeuzinho avistou Bart contando flechas. Era como se ele estivesse assobiando. Ela já o vira tão feliz assim antes?

Então Ellis proferiu as palavras que ela temia:

— Eu também vou.

— Isso é loucura — afirmou Chapeuzinho, imediatamente. — Você só tem um braço. E nem é o seu braço forte. O Lenhador informou que precisava de homens aptos... — Ela se engasgou com as palavras, mas era tarde demais.

Ellis fez uma careta.

— Não vou para casa e deixar que garotos como Bart arrisquem a vida. Segurarei uma tocha se não me deixarem usar o machado. Eu devo estar lá, e eu estarei lá. Você não tem ideia de como as últimas semanas têm sido sem meus amigos.

— Você tem a mim. — O sorriso dela parecia trêmulo, e Chapeuzinho estava consciente de tudo, do espaço entre seus dentes, e de como sua boca era larga, e dos ombros que certa vez Sabine dissera serem como os de um menino. — Nós nos divertimos ontem no gelo, não foi?

Os olhos dele estavam nos homens. Ela sentiu como se não estivesse ali.

— Eu andei me distraindo. Passando despercebido e vagando pela floresta... nada disso é real. Aquilo é. Ser parte das coisas. Pertencer. *Não* sou um intruso.

— E eu sou?

— Eu não estava falando de você, Chapeuzinho.

— Na verdade, você estava. — Ela se afastou dele. Por dentro, era como se uma parte dela estivesse se partindo. — O tempo que passamos juntos não é "real". Foi o que você disse, com essas palavras. Você só estava me usando porque eu estava aqui quando os outros não estavam?

Ele arregalou os olhos, e ela soube que suas palavras tinham atingido o alvo. Chapeuzinho queria que ele falasse alguma coisa para provar que estava errada: *somos amigos; eu nunca usaria você.* Em vez disso, ele ficou em silêncio. Será que estava em dúvida ou tentando evitar ferir os sentimentos dela?

Chapeuzinho não pôde suportar.

— Não vá para a caçada, Ellis. Você não precisa provar nada para pessoas que viraram as costas para você. Assim como não precisa se esforçar tanto para agradar aos seus pais. Você não pode simplesmente ser você mesmo?

Ele hesitou. Então a mão dele ajustou a tipoia, e ela soube que tinha perdido.

— Este sou eu, Chapeuzinho. Eu tenho que fazer isso.

Ela deu as costas para ele. Queria chorar. Não só porque estivera tão errada sobre Ellis e se sentia uma tola, mas porque não podia sequer expressar o motivo pelo qual sabia que esta caçada era tão errada.

# ELLIS

**E**LLIS SE SENTIU UM POUCO ENJOADO CONFORME A DISTÂNcia que o separava do grupo ao lado da fonte diminuía. Semanas atrás, teria sido o primeiro a se voluntariar, e todos ficariam felizes em tê-lo. Agora...

Poderiam rejeitá-lo. Rir dele. Realmente poderiam. Ou isso seria feito de um modo gentil, ou cruzariam os dedos, como se ele estivesse contaminado.

Sua boca estava seca. Ele tentou transmitir confiança.

— Quero me juntar à caçada.

Os homens se viraram. As expressões no rosto deles mudaram, algumas para simpatia, outras para irritação. Ellis lutou para manter contato visual.

— Eu levarei uma tocha se isso for o mais útil. Ninguém precisa me proteger.

O Lenhador se aproximou. Pelo menos seu olhar era gentil.

— Ellis, já temos muitos voluntários, e embora sua disposição seja apreciada...

— Acho que Ellis deveria ir. — Ellis deu um pulo. Não tinha notado Sabine.

Um dos homens bufou.

— Eu não acho. No momento, nos deixa em desvantagem.

— Por mais de uma razão — murmurou Bart, sem sorrir.

— Ele deveria ir porque o lobo o poupou uma vez. — Sabine não parecia nem um pouco intimidada ao desafiar os homens. Na verdade, agia como se fosse um deles, ainda que as outras mulheres e crianças tivessem ido embora. — E eu acho que você quer uma chance de se redimir, não quer, Ellis?

Os olhos dela se voltaram para Ellis, e ele quase deu um passo para trás. Por acaso conseguia ver dentro de sua mente, ou ele era tão transparente assim? E, de todo modo, desde quando Sabine estava no controle? Sem confiar em si mesmo para falar, Ellis não disse nada. Os homens olharam para o Lenhador. Ele fez um sinal com a mão como se aquilo não fosse importante.

— Não temos tempo para ficar discutindo essas coisas. Se o jovem Miller quiser, ele pode vir.

Ellis soltou um suspiro, sentindo o corpo relaxar. Sabine lhe deu um sorrisinho. Ellis virou de costas. Não confiava nela. Os homens se moveram para abrir espaço para ele. Bart e mais alguns garotos olhavam feio, como se achassem que ele não deveria estar ali, mas ninguém o desafiou. Por enquanto, pelo menos. *Talvez*, Ellis pensou, *eu possa reconquistá-los de algum jeito, lembrá-los que na verdade sou um deles.*

Alguém ao seu lado pigarreou: Caleb.

— Você quer que eu leve a carroça para casa?

— Se puder. — Ellis se sentiu mal por abandonar o irmão, mas aquilo era mais importante do que farinha. — Já estávamos quase acabando, de todo modo.

Caleb abaixou a voz:

— El... Chapeuzinho está certa, sabe? Você não precisa fazer isso. É perigoso. Eu não confio que essas pessoas vão proteger você. Acho que Bart pode muito bem enfiar uma flecha em você "por acaso", se tiver uma chance.

— Eu sei me proteger sozinho, muito obrigado. — Ellis sabia que estava sendo teimoso e infantil. Como era de se esperar, Caleb revirou os olhos.

— Por que é tão importante o que as outras pessoas pensam de você? Acho que você seria mais feliz se se importasse menos.

— Vivemos em uma vila, Caleb. É claro que o que as pessoas pensam importa. É tão ruim assim que eu sinta falta de ser parte das coisas? De ser alguém?

— Ser parte das coisas só vale a pena se as pessoas valem a pena. E eu vi como as pessoas o deixaram de lado no momento em que você realmente precisou de amigos. Como Chapeuzinho disse. E então você a colocou de lado.

Agora sentia a ira crescendo dentro de si.

— Eu, não.

Caleb apenas olhou para ele. Ellis bateu o calcanhar com força no chão de pedras. Recusava-se a perder a calma com o irmão mais novo, não ali, embora Caleb estivesse sendo irritante.

— Você pode dizer para a mãe e o pai onde estou? Eles não vão gostar disso, mas não me importo mais com o que pensam.

Caleb olhou por sobre o ombro. Sabia tudo sobre as suspeitas de Ellis – ele havia lhe contado tudo na primeira oportunidade.

— Não acho que devemos falar sobre isso aqui.

Naquele instante, Ellis não se importava com quem pudesse ouvi-los, mas era provável que Caleb estivesse certo.

— Os dois últimos sacos de farinha são para os Weaver, e depois para a casa da fazenda. Você consegue cuidar disso?

Caleb assentiu com a cabeça. Ele apertou os lábios. Alguma coisa naquilo fez Ellis se lembrar de quando Caleb era um garotinho, tão ansioso para agir como se tivesse a idade de Ellis, que preferia engolir a dor em vez de chorar e ser chamado de bebê. Ellis amoleceu. Inclinou-se e deu um abraço rápido em Caleb.

— Desculpe. Eu não quero discutir com você. Não se preocupe. Não vou ser devorado.

— É melhor que não seja. Você é a única pessoa que aquele cavalo mal-humorado não odeia. — Ellis conteve o riso; era verdade, mesmo longe de onde havia deixado a carroça, do outro lado da praça, dava para ver a expressão desdenhosa de Dorothy. Caleb abaixou a voz.

— Tome cuidado.

Aquilo o fez pensar em Chapeuzinho, e no que a Vovó dissera. Ellis olhou ao redor, mas Chapeuzinho tinha ido embora. Ele sentiu uma pontada de culpa. Não devia ter falado com ela daquele jeito, irritado ou não. Esperava que não a tivesse magoado. Ela era imprevisível, esperta e intuitiva, mas, desta vez, tinha certeza de que ela estava errada. Talvez ela visse isso quando voltassem para casa depois de matar o lobo, e pudessem deixar aquele desentendimento para trás – assim como os rumores sobre feitiçaria.

Alguém lhe deu um tapa nas costas.

— O que você acha? Dez flechas serão o bastante? Ou devo arranjar uma aljava maior em algum lugar?

Bart parecia animado – animado demais, talvez. Puxou a corda do arco, imitando um disparo. Ellis não pôde deixar de sentir que ele estava fazendo aquilo de propósito. Não fora capaz de assistir ao torneio de tiro com arco, mas ouvira de Stephen que Bart havia vencido.

— Isso é com você. — Ellis tentou manter a voz amigável. — Você sabe tanto de tiro com arco quanto eu.

— Imagino que sim. Fique perto de mim com sua tocha, Ellis, vou precisar de uma boa mira. Deve ser bom finalmente fazer algo útil depois de semanas perdendo tempo, não?

— Eu não estive perdendo tempo — retrucou Ellis.

Bart sorriu, mas não foi um sorriso gentil.

— Não, você andou brincando com a garota que deixou entrar o lobo que mutilou minha prima. Que leal de sua parte. Meu tio nunca gostou de você cortejando Martha. Parece que ele estava certo. Eu ficaria atento esta noite, se fosse você. Cuidado nunca é demais.

Ele riu, mas Ellis não tinha a ilusão de que Bart estivesse brincando.

Então o Lenhador pediu que os homens se reunissem ao seu redor, e Ellis se esqueceu de Chapeuzinho.

---

No fim, cerca de quarenta homens e garotos se aventurariam na floresta. Depois de se reunirem na praça, foram para a estalagem. Machados foram afiados, mapas analisados e refeições devoradas. As mulheres entravam e saíam, verificando se maridos e filhos estavam vestidos com roupas quentes o bastante, sem buracos nas botas ou nas capas.

Embora estivesse determinado a não demonstrar, Ellis se sentia um peixe fora d'água. Os outros garotos não o ignoravam por completo, mas tampouco eram amigáveis. *Mesmo assim*, ele pensou, *é melhor ser parte disso do que não ser*. Aparentemente, um dos meninos desafiara Stephen a dar um passo à frente, mas Stephen não se mexeu. Agora estavam todos rindo de sua covardia, Bart sugerindo que deveriam jogá-lo no rio, com ou sem gelo, para lhe ensinar uma lição. Ellis queria enfatizar que se juntar à caçada era voluntário, e, como era filho único, com quatro avós idosos e um pai doente para sustentar, Stephen tinha outras prioridades, e, de todo modo, caçar dificilmente era um de seus pontos fortes. No fim das contas, não disse nada. Falar só faria com que se voltassem contra ele. E ainda naquela manhã Stephen tinha corrido para um beco a fim de evitar Ellis, exatamente como Ellis temia. Depois de tantos anos de amizade.

*Tudo vai melhorar quando isso acabar*, Ellis pensou, e se ocupou distribuindo bebidas.

Bem quando o almoço estava sendo retirado, uma figura esguia, vestindo uma capa forrada de pelos, apareceu: Lady Katherine, acompanhada por dois de seus cães e um dos guardas da mansão. Ela levantou a mão quando o salão ficou em silêncio.

— Por favor, não parem por minha causa. Só vim oferecer apoio. Junto.

Os cães obedeceram de imediato. Lady Katherine olhou para o Lenhador.

— Meus cachorros são cães de caça treinados. Se puderem farejar o lobo, podem ser de grande ajuda. Você pode levá-los emprestados esta noite. Meu guarda sabe como controlá-los.

O Lenhador pareceu constrangido, como se não tivesse certeza de como falar com uma dama de tamanha importância.

— É uma oferta generosa, minha senhora — disse ele, depois de um tempo. — Obrigado.

— É o mínimo que posso fazer. Não vou interrompê-los mais.
— Ela deu um sorriso rápido para o salão, então se virou para instruir o guarda, fazendo sinal para que todos voltassem ao que estavam fazendo. Ellis observou, perguntando-se como seria Aramor se Lady Katherine estivesse no comando. Ela era menos branda do que ele sempre presumira, com uma autoridade natural, mas também com um jeito caloroso ao qual via que as pessoas reagiam. Lady Katherine notou que ele a observava. Ela se aproximou dele.

— Não ficarei muito tempo. Posso ver que estou deixando estes homens desconfortáveis. Você é parte disso?

Ele confirmou com a cabeça.

— Ainda não tenho certeza de qual tarefa atribuirão para mim.

Lady Katherine apertou os lábios, e ele teve a nítida impressão de que ela gostaria de lhe dizer que ficasse em casa. Mas, tudo o que disse foi:

— Por favor, fique em segurança, Ellis. Não gostaria de vê-lo machucado novamente.

E, para surpresa dele, ela colocou a mão em seu ombro bom, dando-lhe o mais gentil dos apertos. Então se foi, parando apenas para trocar algumas palavras com Sabine. Ellis olhou ao redor, caso alguém tivesse visto, mas todos estavam ocupados.

# SABINE

Depois de retirar os pratos do almoço, Sabine se sentou em um banco, observando os preparativos, mas com a atenção voltada para seu pai. *Sabia*, ela pensou. Sempre se agarrara à crença de que o antigo eu dele estava enterrado em algum lugar. Mas até ela se surpreendeu com sua súbita energia. Ele já parecia mais jovem. Será que era um jeito de se distrair para não pensar na mãe dela? Ou era determinação, para que esta caçada alcançasse o que a outra não havia conseguido?

E bastaram algumas poucas palavras de encorajamento! Se Sabine soubesse, teria encontrado um jeito de tê-lo de volta havia anos. Uma voz no fundo de sua mente sussurrava que talvez não fosse coincidência ele ter se tornado tão vivo no mesmo dia em que sua mãe se tornara tão morta, mas ela a afastou. Emoções confusas – inúteis como sempre.

Decidindo voltar no pôr do sol, Sabine saiu para visitar Martha. Sua amiga estava de pé, mas ainda não saíra do quarto. Ela segurava um xale ao redor dos ombros, como se fosse uma avó, o nariz pressionado contra a janela suja do quarto, que dava para a praça da vila. Os cortes mais superficiais já tinham cicatrizado, mas os dois piores estavam bastante inchados, a pele ao redor em um rosa vivo. Mesmo assim, não parecia tão ruim quanto Sabine esperava.

— Pode fazer bem para você tomar um pouco de ar fresco no rosto — ela disse, passando para Martha o chá de ervas que fizera rapidamente no andar de baixo.

— Acho que não — Martha murmurou.

— Não pode ficar aqui dentro para sempre. Você não é só um rostinho bonito, sabia? Mostre isso para as pessoas.

— É fácil para você dizer. Você não sabe como é.

*E estou feliz por isso*, pensou Sabine. As pessoas agiam como se garotas bonitas fossem vencedoras, mas Sabine achava que era uma vantagem ser comum. Dessa forma, tinha um controle muito maior sobre como as pessoas a viam e não precisava lidar com atenções indesejadas. Era um erro apostar quem você era em uma única coisa, como Martha, ou mesmo Ellis, embora ele pelo menos não estivesse sentado pelos cantos se lamentando.

Sabine contou para Martha sobre os preparativos para a caçada, descrevendo a ansiedade e o clima quase alegre, e como, para muitos, esta era a chance de exorcizar más lembranças do passado.

— Estão fazendo isso por você também — ela concluiu. — Não só Bart, mas todo mundo. Estão indignados com o fato de o lobo ousar atacar você em sua própria casa. Isso os incentivou a agir.

A amiga deu uma risada curta. Sabine ficou tensa. Martha se virou e olhou para a amiga – um olhar longo, duro e amargo, tão completamente incomum para ela que Sabine deu um passo involuntário para trás. Em uma voz que soava distante, Martha disse:

— Você já está falando há trinta minutos. Sabe o que eu acho curioso?

— O quê?

— Você não mencionou sua mãe nenhuma vez. Você não se importa, não é?

Será que não se importava? Sabine pensou em mentir, mas Martha a conhecia bem demais para isso.

— Minha mãe não era uma boa pessoa — afirmou, com suavidade. — Eu não gostava de reportar o que acontecia na mansão para que ela pudesse colecionar segredos. — Ela hesitou. — Sei que ela deve ter alguma informação que Lady Katherine e Lorde Josiah não querem que se torne de conhecimento geral. De que outra maneira conseguiria minha posição? As pessoas pensam que os valentões zombam ou batem nos outros, mas há formas mais silenciosas de tornar uma vida desagradável. Então, não. Não acho que me importe.

— Pelo menos isso é algo sobre o qual você não mente.

Sabine abaixou a cabeça.

— Martha. Eu sinto muito. Você sabe quanto. Mas você entende por que tinha de ser dessa maneira, não entende?

— Vá embora, Sabine.

— Me diga que você entende.

— Eu disse para você ir embora.

As orelhas de Sabine arderam. Ela estava desesperada para forçar a situação, para conseguir que Martha jurasse manter a boca fechada, mas a última coisa que queria era irritar a amiga. Então, pela primeira vez, Sabine fez o que lhe era pedido e saiu, fechando a porta do quarto atrás de si e descendo as escadas na ponta dos pés. Tinha a intenção de voltar para a estalagem, mas, assim que chegou no jardim da padaria, parou, os pés enraizados no chão. Sob o abrigo, estava a carroça que os pais da Martha usavam uma vez por mês para levar pães e biscoitos decorados até a cidade. Será que tinha sido usada desde que Martha fora atacada?

Talvez fosse a carroça, ou talvez quão mordaz Martha tinha sido, mas sua mente voltou àquela noite, e, desta vez, Sabine foi incapaz de impedir as lembranças...

---

O único som era o estalo dos cascos do cavalo conforme Sabine e Martha levavam a pequena carroça da padaria até a beira da floresta. Para Sabine, tudo estava intensificado – o cheiro terroso da lama úmida, o odor fresco do ar, o pio das corujas e a tagarelice dos pequenos animais. A lua lançava um brilho onírico sobre os galhos desfolhados, e as poças congeladas resplandeciam.

*Sou quase como o lobo*, Sabine pensou. Ela imaginava o animal espreitando pelas folhas mortas, os sentidos vivos ao menor dos sons e cheiros. Um calafrio delicioso percorreu sua espinha. Sentia-se tão viva. Por que não havia se esgueirado na escuridão antes?

Ao lado dela, Martha estava rígida, como gelo que não derretia.

— Você disse que isso seria emocionante — ela sussurrou.

— E é.

— Não é. Foi uma péssima ideia! Não deveríamos estar aqui. Se nossos pais descobrirem...

— Nossos pais não vão descobrir. Eles estão dormindo. — Sabine sentiu seus lábios se abrirem em um grande sorriso. — Não é maravilhoso? Simplesmente ser livre? Quando foi a última vez que você fez algo que não deveria?

— Nunca, e é assustador. Podemos ir embora, por favor? Já vimos a floresta, e não precisamos ficar. O lobo pode estar aqui. E se ele conseguir nos farejar?

— Eu só quero vê-lo.

— Você disse que só queria passear! Por que está tão obcecada pelo lobo, Sabine? É por causa do seu pai? Não acho que ele ficaria feliz se soubesse disso.

— Então ele não vai saber. Vai?

Martha se irritou com o tom cortante da amiga.

— Não sei por que escuto você, Sabine. Às vezes acho estranho o jeito como você leva os outros a fazerem o que você quer. Por favor, Sabine, vamos voltar para casa. É um monstro. Você viu o que ele fez com Ellis.

Sabine tirou as rédeas das mãos de Martha, mantendo-as fora de seu alcance.

— Você vai lutar comigo por elas?

— Sabine! Pare com isso. Não é engraçado.

Martha tentou recuperar as rédeas, mas Sabine a impediu com facilidade. Ela atiçou o velho cavalo da padaria a se aproximar das árvores. Chapeuzinho vira o lobo e fora embora sem que nem um fio de cabelo de sua cabeça fosse tocado. Chapeuzinho! O que a tornava tão especial?

— Você está com medo?

Os olhos da Martha pareciam imensos sob a luz do luar.

— Neste momento, a única coisa da qual tenho medo é de você.

— Então me deixe aqui. — Sabine lhe jogou as rédeas, saltando da carroça. — Vou chegar mais perto. Talvez eu pegue algumas ervas. Há uma raiz amarela-esverdeada que vi por aqui antes, que parece aliviar dores de cabeça, e o livro do doutor Ambrose tem uma imagem da erva de São João. Se eu tiver sorte, posso encontrar um pouco.

— Você e suas ervas! Sabine, não. Volte. *Por favor.*

Ela quase riu de quão patética Martha soava. Sabine cantarolou para si mesma, indo direto para a beira da floresta. Fechou os olhos. Sua pele formigava, e ela estremeceu de ansiedade. Isso era tão delicioso. Não era de se admirar que Chapeuzinho corresse pela floresta como se ela mesma fosse um animal selvagem. Havia algo indefinível e quase mágico na floresta de Aramor, como o sussurro de um segredo...

Um grito penetrante encheu o ar.

Sabine se virou. Alguma coisa se lançara sobre a carroça. Os braços e as pernas de Martha se agitavam desesperadamente como os de uma boneca de pano. O cavalo relinchou, levantou-se nas patas traseiras e saiu em disparada. Martha e o animal rolaram na relva. Sabine teve que dar um pulo para sair da frente do cavalo, e então agarrou um galho pesado e saiu correndo na direção dos rosnados e dos gritos. Ela atacou cegamente – mas o lobo tinha ido embora. Apenas Martha estava deitada ali, o sangue escorrendo de seu rosto, e ela gritava, gritava, gritava...

---

Até agora aquele grito ecoava em sua mente. Sabine se recostou na porta da padaria – a mesma porta sobre a qual contara aquela horrível mentira. Ela pressionou a palma da mão na testa.

*Neste momento, a única coisa da qual tenho medo é de você.*

O cavalo não fora muito longe. A carroça ficara presa em um galho baixo, e o cavalo relinchava tão alto que Sabine logo o encontrou. Com dificuldade, acalmou o animal e então o levou até Martha. Teve meio que empurrar, meio que puxar Martha para dentro da carroça – sua amiga não parecia capaz de reunir nenhuma força nos braços e nas pernas, embora nada estivesse quebrado. Ela tremia toda, e Sabine ficou com medo que desmaiasse. Sabine incitou o cavalo a um galope rápido, a mente rodopiando. Um pensamento se sobressaía dos demais: *ninguém pode saber*.

Ela teve sorte. Não encontraram uma alma no caminho de volta, nem o guarda da noite, e ninguém ouviu Sabine guardando a carroça no jardim da padaria. Lá dentro, destrancou a porta e ajudou Martha a se sentar em uma cadeira. Foram necessárias três tentativas para acender uma vela. Agora ela também estava tremendo. Sabine procurou um pano limpo para fazer pressão nos ferimentos de Martha.

— Escute — disse Sabine, em uma voz áspera que não parecia a sua. — Nunca estivemos na floresta. Você entende? Você foi atacada aqui.

Martha soluçava com tanta força que Sabine ficou com medo de que aquilo despertasse os Baker. Ela agarrou os ombros da amiga, inclinando-se para mais perto.

— Martha. Você vai ficar bem. Você não vai morrer. Escute. Será muito melhor para nós duas se nunca descobrirem onde realmente estávamos. Não terá a simpatia das pessoas se acharem que você causou o ataque a si mesma. Mas se for uma pobre vítima, você terá. Não é algo ruim despertar pena. — *Sobretudo quando se tem o rosto destruído*, ela pensou, mas guardou aquilo para si. — E não quero perder minha posição ou ser acusada de ter interesses que não são naturais. Diga, vamos.

— Eu fui atacada aqui.

Martha estava semiconsciente, quase delirando. *Bom*. Talvez nem se lembrasse de que Sabine a abandonara ou de como implorara para ir para casa.

Sabine arrumou o cenário rapidamente – cadeiras caídas de lado, panelas e ferramentas espalhadas. Seu coração batia tão forte que mal ouvia Martha gemendo. Foi um milagre que ninguém tivesse ouvido. Quando terminou, Sabine sussurrou para Martha que voltaria e então virou a mesa com um tremendo estrondo. No momento em que ouviu movimento no andar de cima, Sabine fugiu, deixando a porta dos fundos entreaberta.

※

— Sabine?

A senhora Baker estava olhando para ela. Quando havia aparecido no jardim? Sabine voltou ao presente. Apertou os olhos com força e conseguiu arranjar algumas lágrimas fracas. A mãe da Martha largou a cesta na soleira da porta e segurou Sabine em seus braços. Ela cheirava a geleia e seu toque carinhoso parecia estranho.

Ninguém jamais segurara Sabine daquele jeito.

— Ah, Sabine. Eu sinto tanto. Sua pobre, pobre mãe. É demais para suportar, não é?

Sabine fungou, apoiando o queixo no ombro da senhora Baker.

— Martha...

— Ela não tem capacidade de consolar ninguém neste momento. Mas, escute, Sabine, você não está sozinha. Você tem sido uma boa amiga para minha menina. Se algum dia precisar de conselho, ficarei feliz em lhe dar. Uma garota não deve ficar sem orientação feminina, sobretudo na sua idade. Sei que não sou sua mãe, mas estou aqui. Martha também vai apoiar você no devido tempo.

Sabine quase quis gritar para ela: *Por que está sendo tão gentil? Se não fosse por mim, Martha nunca teria se machucado!* Descobriu que não conseguia falar; em vez disso, fungou. Então percebeu que ela e a senhora Baker não estavam sozinhas. Chapeuzinho estava parada no portão da padaria, uma cesta embaixo do braço e o rosto franzido de raiva. Seu olhar era intenso, como se pudesse ver através de Sabine. Chapeuzinho ergueu as mãos lenta e deliberadamente.

E fez o sinal do mal.

# ELLIS

Como na última vez que tinha se aventurado na floresta, o coração de Ellis começou a bater mais forte no segundo em que viu os galhos arranhando o céu. Ele deveria se sentir mais seguro na companhia de homens armados do que na de Chapeuzinho, mesmo à noite, mas não se sentia – e não era só porque desta vez estava desarmado, depois de decidirem que ele seria mais útil carregando uma tocha. Havia algo tão tranquilizador em Chapeuzinho. Ele desejou mais uma vez que não tivessem discutido.

O Lenhador levou um dedo à boca e acenou para que um grupo de robustos fazendeiros se aproximasse. Gesticulou para que seguissem para a esquerda, onde havia uma bifurcação na trilha, e, em poucos segundos, eles foram engolidos pela escuridão, acompanhados pelo guarda de Lady Katherine e pelos cães de caça.

— Todos os demais, comigo — murmurou. — E mantenham a voz baixa.

Uma coruja piou. Todo mundo se sobressaltou, vários homens erguendo os machados. Quando o grupo percebeu que era um alarme falso, todos relaxaram. Alguém chegou até a dar uma risada trêmula.

A floresta era diferente na escuridão. Mais barulhenta. Ellis não esperava aquilo, em especial em uma noite tão tranquila. Além do barulho dos passos dos homens, havia guinchos, talvez de camundongos ou de animais caçadores de menor porte, e o bater de asas do que deviam ser morcegos. A tocha fazia pouco em perfurar a escuridão que os envolvia.

Coragem era a última coisa que Ellis sentia. Será que os outros estavam tão tensos e nervosos assim? Eles agora também desejavam ter ficado em casa? O Lenhador caminhava à frente, a postura forte e determinada. Ellis queria acreditar nele, mas não podia deixar de ter a consciência de que havia poucos dias aquele homem era uma figura digna de dó. Será que realmente podiam confiar no Lenhador para liderá-los? Ele nunca explicara exatamente o que acontecera na primeira caçada, da qual só ele sobrevivera...

Ellis olhou por sobre o ombro. A entrada da trilha havia desaparecido havia muito. Fazia quanto tempo estavam caminhando? Dez minutos? Mais?

— Isso não está certo. — A voz de Bart quebrou o silêncio. — Onde estão os animais?

Um fazendeiro gesticulou para que ficasse quieto. Bart fez cara feia. Mas então o Lenhador disse:

— Ele está certo. Esta floresta costumava ser cheia de vida. Mesmo assim, tudo o que encontramos foi uma coruja e talvez camundongos.

— Chapeuzinho comentou que ao longo do último ano os animais foram diminuindo — disse Ellis. — Não sobrou nada para o lobo caçar.

Um homem na frente tropeçou. Outro o segurou antes que caísse. Ellis aproximou a tocha, que iluminou a carcaça de um animal, bem grande, por sinal.

— Falando em lobos — murmurou Bart.

Ellis inspecionou o corpo, procurando sinais de como o lobo havia morrido, mas estava morto havia muito tempo. Devia ter sido um dos cinzentos tímidos que Chapeuzinho mencionara. Será que o lobo havia se voltado contra sua própria espécie? A besta que Martha descrevera era maior do que este animal parecia ter sido. E ele tinha certeza de que, o que quer que tivesse matado aquilo, também era enorme.

*Poderia ser um fantasma?* Ellis se lembrou de que não acreditava em feitiçaria, mas, na escuridão, com a lua imensa e quase cheia no céu, de repente sentiu que poderia acreditar em qualquer coisa. Se o lobo fosse sobrenatural, isso explicaria muita coisa. Incluindo por que a floresta estava tão silenciosa...

# CHAPEUZINHO

CHAPEUZINHO SEGUIU O GRUPO MENOR NO INÍCIO, MAS LOGO percebeu que aquela rota os levaria ao redor do perímetro da floresta. Os talvez trinta homens e garotos restantes marcharam para o coração da floresta, mantendo dois ou três lado a lado, em vez de se espalharem, embora o solo da floresta fosse plano e fácil de caminhar. Por que as pessoas tinham tanto medo de se afastar da trilha, mesmo que poucos centímetros? Será que realmente acreditavam que o caminho lamacento as protegeria? Ela avistou Ellis à frente e sentiu seu coração endurecer; eles não eram amigos, não mais. Chapeuzinho se esgueirou entre as árvores, escondendo-se com facilidade.

Ela não sabia ao certo por que sentira necessidade de fazer aquilo. Não tinha a intenção, mas não pôde suportar a ideia de mais uma noite silenciosa com sua mãe. Será que sua inquietude era, em parte, por que não conseguia deixar de lado a sensação de que a caçada era, de alguma forma, coisa de Sabine, e não confiava nela? Sabine nem estava aqui – abrigada em segurança na estalagem, esperando notícias –, mas Chapeuzinho a observara ir de um lado para o outro, oferecendo refrescos para os homens, toda recatada e obediente, como a filha perfeita. Chapeuzinho não se deixava enganar – assim como não fora enganada pelas lágrimas que Sabine derramara no ombro da senhora Baker. Talvez tivesse sido dramático fazer o sinal do mal para ela, até mesmo perigoso, mas Chapeuzinho não conseguira se conter...

O chalé da Vovó apareceu na escuridão. A vela que mantinha na janela para iluminar o caminho para Chapeuzinho, se ela resolvesse visitá-la, estava apagada. A Vovó já devia estar na cama. Chapeuzinho ficou tensa, pronta para sair de seu esconderijo se os caçadores ousassem se aventurar para mais perto e a perturbassem. Em vez disso, eles seguiram em frente. Chapeuzinho soltou um suspiro trêmulo. Ellis quase admitira que chegara a pensar que Vovó fosse uma bruxa. E se todos pensassem o mesmo? Eles poderiam se tornar agressivos. Será que Chapeuzinho conseguiria protegê-la?

Alguém tropeçou. Os homens pararam. Chapeuzinho se agachou atrás de um arbusto de hera, desejando estar perto o bastante para ouvir o que falavam. Estavam gesticulando agora. Um desentendimento? Quando será que desistiriam e voltariam para casa? Os pés dos homens já deviam estar congelados – os dela estavam. Ou será que seguiriam em frente, determinados a obter um resultado, mesmo se não houvesse nenhum a ser obtido?

De repente, os cabelos da sua nuca se arrepiaram. Uma sensação estranha tomou conta dela. Fria, pungente e penetrante. A sensação de estar sendo observada...

E não pelos homens.

Quase em câmera lenta, Chapeuzinho se virou.

E ali, a poucos metros de distância, escondido em um arbusto, estava um lobo.

Seus olhos brilhantes estavam fixos nela. Chapeuzinho soube por instinto que aquele era *o* lobo. Era maior do que as carcaças que encontrava de vez em quando, e mais escuro, quase negro, o tipo de criatura que Martha poderia facilmente confundir com um demônio. As orelhas em pé eram maiores e mais pontiagudas, e os dentes...

Os dentes eram afiados. Muito afiados.

Chapeuzinho sabia que não devia se mexer. O lobo inclinou a cabeça para um lado, observando-a. Partes de seu focinho eram brancas. Suas patas traseiras estavam arqueadas. A pele pendia de seus ossos.

Mesmo assim, ele não atacou.

O coração de Chapeuzinho estava acelerado. O lobo ao menos piscava? Seus olhos sugavam Chapeuzinho para o que parecia ser um rodamoinho. Havia algo hipnótico naquele olhar... Uma voz fraca no fundo de sua mente gritava para que ela fugisse. Mas o animal não a atacara ainda. Aquilo deu coragem para Chapeuzinho. Com um braço trêmulo, estendeu a mão, como se aquilo fosse um cachorro. O lobo mostrou os dentes. Chapeuzinho se encolheu, pronta para sair correndo de costas.

Pelo canto de olho, viu os homens se separarem. Os arqueiros avançaram, preparando a mira.

Chapeuzinho não pensou. Deu um pulo para a frente, sacudindo os braços.

— Fuja! Agora!

O lobo saiu em disparada na escuridão. Uma flecha acertou o chão onde o animal estivera. Chapeuzinho levou a mão à boca. O que tinha feito? *Salvado a vida do lobo?*

Mãos agarraram seus ombros.

# ELLIS

Com o coração acelerado, Ellis percebeu que a garota que Bart havia capturado usava uma capa vermelha. Os olhos de Chapeuzinho estavam arregalados e assustados. Ela não tentou se afastar ou resistir. Estava paralisada. O Lenhador gritou para que os arqueiros rastreassem o lobo. Seus passos apressados ecoaram na escuridão. Ellis sabia que era tarde demais. O lobo não fora rápido – *estava mancando?* –, mas tinha vantagem, e a floresta era seu domínio.

— Minha flecha quase o acertou! — Bart urrou. — Como você ousa? Primeiro deixou que aquilo atacasse minha prima e agora você o salva. Traidora!

Ele empurrou Chapeuzinho contra uma árvore. Ela tentou se mexer, mas a barra de sua saia ficou presa em um galho. O Lenhador foi para o lado dela antes que Bart pudesse fazer mais alguma coisa.

— Pare com isso, Bart. Ela é apenas uma garota.

— Ela será a razão pela qual mais pessoas morrerão! — Bart chutou a árvore a poucos centímetros de Chapeuzinho, o rosto vermelho e furioso. Os olhos de Chapeuzinho assumiram aquela expressão teimosa que, como todo mundo, Ellis antigamente achava que era estupidez. Antes que percebesse, a voz que gritava era a sua.

— Por que você fez isso? Aquele lobo matou pessoas! Ele me atacou. Eu achei que fôssemos amigos, Chapeuzinho! E você se pergunta por que as pessoas acham que você é estranha.

Ela ergueu o queixo.

— Aquele não era o lobo que vocês estão procurando. Aquele era velho. Vocês não viram? Ele não poderia ter cometido os ataques.

— Graças a você, não conseguimos dar uma olhada decente nele!

— Eu dei, e era exatamente como a garota Baker descreveu — rosnou um fazendeiro corpulento. — Tinha os olhos enlouquecidos. Era o lobo, sim.

Os homens pareceram concordar. O Lenhador colocou a mão no ombro de Chapeuzinho. De repente, parecia cansado.

— A menos que nossos arqueiros o encontrem, não o mataremos esta noite. Venham. Vamos retornar para Aramor e planejar nosso próximo passo.

Bart cuspiu no chão, ao lado dos pés de Chapeuzinho, rosnando um nome que fez Ellis estremecer. Ele saiu andando na frente de todos.

A volta para a cidade foi silenciosa, mas uma atmosfera desagradável e desordenada pairava no ar. Ellis fingiu não notar que Chapeuzinho ficava olhando em sua direção, implorando que ele a compreendesse. Como se ele a tivesse traído, em vez de Chapeuzinho ter traído a vila inteira.

De todo modo, não havia espaço em sua mente para se preocupar com Chapeuzinho. Ellis estava muito mais preocupado com o que ia acontecer em Aramor.

# SABINE

Sabine escancarou a porta da estalagem no instante em que ouviu a marcha de pés pesados. Mal dormira desde a morte da mãe e sentia-se embriagada, quase como se estivesse flutuando, mas não podia nem pensar em cochilar em uma cadeira como faziam as outras mulheres que estavam com ela, esperando notícias.

— Eles estão aqui! E estão com...

O resto da frase morreu. Mesmo a distância, era óbvio que seu pai não estava trazendo o cadáver do lobo. Em vez disso, escoltava uma garota vestindo um capuz vermelho.

A fúria cresceu dentro dela. Chapeuzinho! Por que ela sempre tinha que aparecer nos momentos errados? Se tivesse de algum modo sabotado o momento de glória de seu pai, sendo a estúpida que sempre era...

Sabine precisava se recompor. Não chegaria a lugar algum perdendo a calma – embora quisesse muito. Em vez disso, começou a andar de um lado para o outro enquanto as outras mulheres se agitavam, os dedos ao redor do lobo de madeira, praguejando baixinho. Pela primeira vez, não se importava com quem a ouvisse.

Homens e garotos encheram a sala, cansados, cheirando a musgo, lama e suor. Não parecia que nem um deles estivesse ferido. O estalajadeiro se levantou e começou a servir cerveja sem que ninguém pedisse.

— Então? — Ela não podia mais esperar.

Seu pai afundou na cadeira mais próxima. Flocos de neve estavam aninhados em seus cabelos e nos ombros do colete.

— Nós o encontramos.

— E?

— Ele escapou.

Alguém bateu na mesa.

— Ele não escapou! — Bart estava tremendo de tão furioso. — Por que ninguém está tão zangado com isso quanto eu? Essa... *criatura* espantou o lobo.

Chapeuzinho se curvou sem dizer nada. Por um instante, Sabine ficou sem palavras.

— Sem querer? Ou de propósito?

Aquilo despertou os outros homens, todos gritando ao mesmo tempo, sem que ninguém conseguisse se fazer ouvir. Sabine olhava do pai para os demais, boquiaberta, enquanto tentava entender o que havia acontecido. O corpo de Chapeuzinho estava quase dobrado ao meio agora. Algo no jeito como ela abaixava a cabeça – como se soubesse exatamente o que tinha feito, e tivesse feito mesmo assim, só para irritar todo mundo, não, para irritar Sabine e sua família... Como Chapeuzinho ousava fazer o sinal do mal para ela? Incapaz de se controlar, Sabine se aproximou e deu um empurrão em Chapeuzinho. A garota cambaleou, segurando no encosto de uma cadeira para não cair.

— Você já fez coisas horríveis, mas esta é a pior! — Sabine gritou. — Deixar a porta aberta foi uma irresponsabilidade. Mas isso... você é perigosa.

— Eu não deixei aquela porta...

— Cale a boca, Chapeuzinho! Ninguém se importa! — Sabine queria tanto empurrar Chapeuzinho de novo que não se conteve, e foi bom, mesmo que Chapeuzinho tenha mantido o equilíbrio. — Bart está certo quando diz que você é uma traidora. Você não merece viver nesta vila depois disso. Você deveria ser expulsa.

— Pelo menos eu não estou feliz com a morte da minha mãe — Chapeuzinho retrucou.

Sabine ficou paralisada.

— O quê?

— Suas lágrimas são de crocodilo. Você não tem bondade no coração. Nem um pingo de emoção. A caçada não é para vingar a morte dela ou para ajudar Martha. É para você se sentir poderosa. Você gosta disso.

— Disso o quê?

Chapeuzinho abriu os braços.

— Da histeria! Do drama! Posso ver em seus olhos. Você convence os outros a fazer o que quer e pensa que ninguém percebe, mas eu percebo. Você sabe muito mais sobre esses ataques do que deixa transparecer. — De repente, estava de pé, com o corpo bem ereto, ficando mais alta do que Sabine. A expressão em seu rosto era feroz, quase selvagem. — O lobo e a floresta sempre atraíram você. Eu já vi você lá à noite, colhendo ervas, e Martha me disse quão precioso é aquele amuleto de lobo que você acha que ninguém sabe que você tem...

— Como se atreve? — Sabine tremia de raiva. — Como você *se atreve*?

— Ah, eu me atrevo. É hora de alguém fazer isso.

— Do que está me acusando exatamente, Chapeuzinho? Porque eu tomaria cuidado. É você quem é a estranha, quem realmente espantou um predador perigoso no momento em que ele seria morto! E cuja amada avó se esconde na floresta porque não suporta a companhia de pessoas normais. — Ela endireitou o corpo. — Se ousar sujar meu nome, isso não vai terminar bem para você. Estou avisando, Chapeuzinho.

O Lenhador se intrometeu entre as duas garotas.

— Já chega, Sabine. Você fala demais. Saiba seu lugar.

Sabine olhou feio para ele.

— Você vai deixá-la se safar depois do que ela fez?

— Eu não disse que... — A porta rangeu, e seu pai parou. Um segundo grupo de homens entrou, as bochechas coradas de frio. Seu pai se apressou para recebê-los, como se de repente Sabine não tivesse importância.

— E então?

Um dos homens se inclinou para a frente, cochichando no ouvido do Lenhador. A expressão dele mudou.

— O que aconteceu? — Sabine exigiu saber.

Seu pai a dispensou com um aceno, sem nem olhar para os lados, e desapareceu lá fora com os recém-chegados. Sabine ficou furiosa, querendo gritar como tudo aquilo era injusto. Ela era a única pessoa que nunca tinha desistido do pai, e ele tinha a ousadia de mandá-la ficar quieta, como se fosse uma simples criança!

As pessoas olhavam para ela. Será que era sua imaginação ou havia uma cautela ali que não existia dez minutos atrás?

Sua raiva esfriou um pouco. *Tudo bem, pai*, ela pensou. *Irei para casa, como o senhor deseja, e ficarei em meu lugar por enquanto. Mas isso não acabou.*

E deu um olhar para Chapeuzinho que dizia exatamente isso.

# CHAPEUZINHO

Chapeuzinho não se lembrava de ter deixado a estalagem ou de ter andado pelas ruas silenciosas de Aramor até que chegou em casa. A adrenalina de gritar com Sabine havia desaparecido quase de imediato, sendo substituída pelo terror.

O que tinha feito?

A Vovó sempre incentivara Chapeuzinho a acreditar que não havia nada de errado em ser diferente. Mas definitivamente havia muita coisa errada com tudo o que fizera esta noite. Seguir os caçadores. Mandar o lobo embora. Acusar Sabine. Pensando bem, Chapeuzinho não conseguia acreditar que fizera tudo aquilo. Tudo parecia tão tolo. Por que não ficara em casa como todo mundo?

O pior era que Chapeuzinho ainda não conseguia explicar nenhuma de suas ações, e aquilo realmente a assustava. Instinto não era um motivo bom o bastante. Animais faziam coisas por instinto. Não garotas de quatorze anos que deveriam ser mais inteligentes, ainda mais depois daqueles sonhos horrivelmente vívidos.

De algum modo, Chapeuzinho chegou em seu quarto e se sentou na cama, ainda vestindo as mesmas roupas. Não parecia haver nenhum sentido em se despir. Ela não dormiria, não é? Ficaria deitada ali, surtando. Quando as pessoas roubavam, elas eram multadas, colocadas no tronco ou, no pior dos casos, açoitadas. Crimes mais graves tinham punições ainda mais sérias e até mesmo horríveis: banimento. Perda de partes do corpo. Até a morte. Tudo estava escrito no Livro das Leis que Lorde Josiah mantinha na mansão. Mas não haveria nada ali sobre como punir Chapeuzinho – a menos que decidissem que as ações dela equivaliam à traição. E isso era realmente muito sério.

Chapeuzinho engoliu em seco. Conseguia sentir a bile subindo no fundo de sua garganta. Ninguém cuja voz importava falaria em favor dela, falaria? Sua mãe ficaria horrorizada, e ninguém prestaria atenção na Vovó. Ellis poderia tê-la defendido antes, mas hoje ele escolhera um lado, e não era o dela.

Chapeuzinho tinha que descobrir o que a esperava assim que possível. Ela sentia que poderia enfrentar a maioria das coisas, mas o desconhecido era o pior. *Minha maior esperança*, decidiu, *é ser banida*. Ela não pertencia a Aramor, nunca pertencera. E esta noite provara isso, sem dúvida.

# SABINE

O RANGIDO DA PORTA DESPERTOU SABINE. POR UM INSTANTE, ficou desorientada, até que se lembrou de que estava na casa dos pais e de que tinha adormecido na cadeira de balanço ao lado do fogo apagado.

Seu pai entrou de fininho, ainda usando as roupas da caçada.

Ao vê-la se levantar, ele colocou o dedo nos lábios.

Por quanto tempo Sabine havia dormido? Algumas horas, se a luz do amanhecer era algo a ser considerado. Seu pai devia ter ficado acordado a noite toda. Ele puxou um banquinho ao lado da cadeira de balanço. Sabine esfregou os olhos de sono.

— Então, o que aconteceu? — ela perguntou. — O outro grupo encontrou alguma coisa?

O Lenhador suspirou. Sabine puxou o velho xale com mais força ao redor do corpo.

— Me conte. Por favor, pai.

— Tão parecida com sua mãe. Sempre querendo saber as coisas. Aquilo doeu.

— Por que eu não deveria querer saber as coisas?

— Porque isso não é problema seu. Você tem quatorze anos,

Sabby, e é uma garota. — Ela se encolheu com o uso inesperado de seu apelido de infância. — Às vezes acho que se esquece disso. Brincando de médico e organizando a caçada... Eu meio que esperava que você pegasse um machado e insistisse em nos acompanhar.

Isso claramente foi dito como uma brincadeira, mas Sabine não sorriu.

— Eu não brinco.

— É claro que não, Sabby.

— O senhor está me menosprezando. Se eu não tivesse colocado a ideia na sua cabeça, nem sequer teria havido uma caçada, e o senhor não a teria liderado. — Sabine fez uma pausa antes de acrescentar: — Não me diga que não é bom quando as pessoas olham para o senhor com respeito e se lembram de como o senhor costumava ser. Eu sempre soube que o senhor voltaria para nós, mesmo que minha mãe não enxergasse isso. Ela costumava chamá-lo de inútil.

— Não quero que fale dela desse jeito.

— Por que não? Ela não era gentil com nenhum de nós. E tampouco vejo o senhor de luto.

— Você precisa tomar cuidado com a língua. — A voz de seu pai ficou mais dura. — É o que eu quero dizer quando digo que você não sabe o seu lugar. Culpo a mim mesmo por isso. Você era teimosa desde garotinha. Eu deveria ter prestado mais atenção em você, dado mais orientação paterna. — O Lenhador se inclinou para a frente, falando sério agora. — Eu preciso que você seja honesta, Sabine. Havia alguma verdade nas coisas das quais aquela garota acusou você na estalagem?

— Nenhuma. — Sabine esperava que ele não conseguisse perceber que seu coração se acelerara. — Não sei do que ela estava falando.

— Então você nunca foi até a beira da floresta, e nunca colheu ervas, e nem possuiu um amuleto?

— Nunca. A única parte que é verdade é que tenho um lobo de madeira, mas o senhor o esculpiu para mim, e é um brinquedo, não uma coisa sinistra. Chapeuzinho inventou tudo, pai. Ela não gosta de mim.

— Então é isso? Apenas mentiras?

— Apenas mentiras.

— É melhor que seja — disse seu pai. Após uma pausa, ele diz: — Não há mais nada que queira me dizer?

Sabine não gostou da distância que sentiu se abrir entre eles.

— Como meu pai ou como o general caçador de lobos?

Ele semicerrou os olhos, e por um instante ela pensou que ele iria repreendê-la. Em vez disso, ele saiu da sala. Alguns segundos depois, ouviu a porta do quarto dele se fechar.

Sabine permaneceu na cadeira, balançando-se. Pela primeira vez, sentiu um pouco de medo do que ela havia começado.

# ELLIS

Caleb acordou Ellis um pouco depois do meio-dia, com uma tigela de sopa e novidades.

— Vão fazer uma reunião para decidir o que fazer sobre o lobo e querem que eu participe? — Ellis ainda estava atordoado depois de chegar ao moinho no meio da noite e dormir com a roupa que usava na caçada. — Com certeza sabemos o que fazer. Reunir outro grupo de caça e matá-lo.

Caleb se empoleirou na beira da cama de Ellis.

— Acho que querem questioná-lo sobre o que aconteceu quando você foi atacado.

— Não há nada para dizer.

Seu irmão deu de ombros, cutucando as unhas. Ellis ficou apreensivo. Não podia deixar de lembrar o jeito apressado com o qual o Lenhador deixara a estalagem. Será que havia acontecido mais alguma coisa?

Ele engoliu uma colherada de sopa, embora já não sentisse mais fome.

— Talvez eu fique aqui.

— Não acho que você tenha escolha — comentou Caleb. — Nosso pai foi chamado para participar e prometeu se assegurar de que você também vá.

— Eles não acreditam que eu vá aparecer?

— Parece que não.

As preocupações de Ellis dobraram de tamanho.

Seus pais disseram pouco quando ele se vestiu e desceu. Tampouco lhe repreenderam por se juntar à caçada sem pedir a permissão deles – apenas almoçaram em silêncio. Ellis quase desejou que estivessem zangados, para que ele também pudesse ficar zangado em resposta. Ele os observou com atenção enquanto mastigavam, engoliam e bebiam. Qual dos dois era seu progenitor de verdade, e qual não era? Ou será que não era nenhum dos dois? Será que, por instinto, sempre soubera que não pertencia inteiramente àquele lugar?

Mas agora não era hora de ficar pensando naquilo. Ele caminhou com o pai em direção a Aramor sem que ambos falassem nada. Uma neve recém-caída cobria os campos, as árvores e os telhados inclinados, e seria bonito se ele estivesse no clima para apreciá-la.

A reunião era na estalagem. O pai de Ellis o instruiu a esperar do lado de fora até ser chamado. Ellis batia os pés no chão para mantê-los aquecidos e observava as pessoas entrarem em fila. Eram, na maioria, homens, figuras proeminentes em Aramor, como seu pai, mas havia também fazendeiros e lenhadores que estiveram na caçada. O último a chegar foi o doutor Ambrose, que parecia nitidamente pouco à vontade. Ele cumprimentou Ellis com um aceno de cabeça, mas não parou para perguntar como ia sua recuperação.

A pesada porta de madeira se fechou.

Ellis caminhou até o fim da rua e voltou, imaginando quanto tempo deveria ficar ali. Embora não achasse que tinha algo a temer, descobriu que não conseguia ficar parado. Por que ninguém lhe dizia o que estava acontecendo?

Quando a porta se abriu, Ellis já havia subido e descido a rua pelo menos dez vezes. Os homens estavam sentados ao redor de uma mesa comprida, com canecas de cerveja diante de si e um grande fogo ardendo na lareira. O Lenhador estava sentado na cabeceira. Ellis pensou em perguntar quem decidira que ele tinha autoridade para falar pelos habitantes da vila. Ninguém parecia inclinado a desafiá-lo, nem homens francos como o pai da Martha.

Não havia assentos livres, então Ellis ficou de pé, segurando o chapéu entre as mãos, muito consciente dos olhares sobre ele. A neve em suas botas começou a derreter, formando pequenas poças ao redor de seus pés.

— Ellis — disse o Lenhador —, você poderia descrever o que aconteceu na noite em que foi atacado?

— Não consigo me lembrar de muita coisa. — Para seu alívio, sua voz soou forte o bastante. — O cacarejo me acordou. Pensei que alguém estava roubando nossas galinhas. Então fui lá fora impedir.

— E então o lobo atacou?

Ellis abriu a boca para dizer que sim, mas parou. Será que era estritamente a verdade?

— Ellis? — O Lenhador o incentivou.

Ellis pigarreou.

— Eu não cheguei a ver o lobo, na verdade. Eu desmaiei.

— Você não se lembra de ter sido arranhado? Você foi arranhado, não foi? — O Lenhador olhou para o doutor Ambrose, que fez um leve sinal com a cabeça. Embora não tivesse dito nada de errado ou nenhuma mentira, Ellis sentia como se tivesse dito.

— Talvez isso tenha acontecido depois que eu desmaiei, não sei.

— O que você escutou?

— Galinhas gritando, principalmente.

O Lenhador se levantou e começou a andar de um lado para o outro. O senhor Miller sempre dissera que o Lenhador era um homem inteligente, o tipo de pessoa que, se fosse mais rica, teria tido influência. Ele fez mais algumas perguntas. Ellis descreveu como o primeiro bando de galinhas havia desaparecido antes, e as teorias de seus pais sobre os vizinhos serem responsáveis. Aquilo causou um rebuliço, com algumas cabeças se virando para olhar o senhor Miller, que mantinha a expressão impassível, da qual Ellis começava a se ressentir. Depois de perguntar mais uma vez se vira alguma coisa, o Lenhador deixou Ellis ir embora, e lá estava ele, do lado de fora, na neve de novo.

Parecia não haver mais nada a fazer além de ir para casa. Ellis chegou no fim da rua antes que uma súbita frustração o detivesse. Ele estava cansado de segredos. Aquela reunião dizia respeito a ele, não dizia? Aquele animal podia ter alterado todo o curso de sua vida. Não dava mais para ser o filho obediente, que sempre faz o que lhe é dito – aquilo era importante demais para deixar para lá.

Ellis voltou para a estalagem, dando a volta no prédio até encontrar o alçapão que levava ao porão. Para sua surpresa, estava aberto. Estava prestes a entrar quando, sem aviso, uma figura de capa vermelha apareceu. Chapeuzinho parecia tão surpresa em vê-lo quanto ele.

— O que você está fazendo aqui? — Ellis quebrou o silêncio primeiro.

— O mesmo que você, pelo jeito — disse Chapeuzinho.

Ellis não podia negar aquilo, então, em vez disso, fez cara feia.

— Se você não tivesse espantado o lobo, tudo isso já estaria acabado. Por que fez aquilo?

Chapeuzinho mordeu o lábio inferior.

— Não consigo explicar.

— Você poderia tentar.

— Por quê? Você não se importa comigo. Agora, vamos espiar ou não? Porque isso é perda de tempo.

Ellis deu as costas para Chapeuzinho e desceu a escada até o porão, o que foi um pouco complicado usando uma tipoia. Ele desejou ter uma vela. Estava quase um breu ali, e frio, fedendo a cerveja velha. Havia água – ou, mais provável, neve derretida – pingando. Quase se dobrando ao meio para evitar bater a cabeça, seguiu na direção das vozes, ouvindo Chapeuzinho atrás de si.

— Martha está perturbada demais para falar conosco, e Vincent não se lembra de nada. — A voz do Lenhador soava clara no andar de cima. Eles deviam estar bem embaixo da mesa. Ellis se acomodou em um saco. Chapeuzinho se sentou na frente dele, sem encará-lo.

— Absolutamente nada? — alguém perguntou.

— Ele estava bêbado como um gambá quando foi atacado. — Aquele era o doutor Ambrose. — Meu palpite é que, a princípio, foi atacado por trás, e é possível que tenha ficado inconsciente, mas não vamos conseguir nenhuma informação útil dele.

— Então nossa única descrição é a da Martha Baker — disse o pai de Ellis. — E Martha descreve uma criatura fantasmagórica, com olhos vermelhos e um tamanho sobrenatural, que surgiu do nada. Uma besta do mal. — Outra pausa. — Realmente acreditamos nisso?

— O lobo que vimos na noite passada tinha olhos castanho-avermelhados — afirmou o Lenhador, e algumas pessoas concordaram. Ellis podia até imaginar os homens fazendo o sinal do mal.

— Falando como um homem da medicina… — A voz de Ambrose era calma e uniforme. — Os ferimentos das três vítimas que sobreviveram aos ataques são semelhantes entre si e consistentes com ataques de lobos. Em outras palavras, é possível dizer que a mesma criatura atacou cada uma delas.

— A besta do mal — disse o pai de Ellis, com sarcasmo.

— Eu não gosto de especular.

— Há algo de sobrenatural nos ferimentos? — perguntou o Lenhador.

— Os ferimentos e mordidas podem ter sido causados por qualquer animal grande.

— Você acha que os ferimentos e mordidas *foram* causados por um animal grande? — pressionou o Lenhador.

Ambrose suspirou.

— Não é impossível. Um grande cão de caça, talvez. Eu não apostaria minha reputação nisso. Mas, se foi mesmo o lobo, então ele está agindo de maneira estranha. Em especial no caso do jovem Miller. Com ele, o animal teve uma oportunidade de ouro de conseguir uma bela refeição. Avaliação da sua filha, não minha.

— Sabine? — O Lenhador pareceu intrigado. — Quando ela falou isso?

— Nós discutimos os ataques várias vezes. Garota esperta, sua filha. Muito esperta, na verdade. Eu realmente acho muito curioso que o lobo tenha se aventurado na vila uma segunda vez.

Ellis ouviu um barulho à sua direita. Provavelmente camundongos. Pelo menos, na escuridão, Ellis não conseguia ver as aranhas que com certeza espreitavam por ali.

Do andar de cima, vieram sons de bancos e cadeiras sendo arrastados. Por um instante, Ellis pensou que a reunião havia acabado, antes de perceber que estavam enchendo as canecas.

— Quanto mais eles falam, menos isso faz sentido — ele murmurou. — Você não acha que estão deixando passar alguma coisa?

Chapeuzinho abriu a boca, e então a fechou quando a voz do pai de Ellis ressoou:

— Você vai revelar exatamente por que estamos aqui? Eu pensei que você tivesse alguma informação nova.

A resposta do Lenhador foi abafada por um baque; talvez alguém tivesse derrubado uma cadeira. Então Ellis estava certo. Algo havia mudado. Ele estava prestes a dizer algo para Chapeuzinho quando ouviu um ruído de novo.

Desta vez, teve certeza de que não era um camundongo.

# CHAPEUZINHO

**D**E REPENTE, ELLIS DEU UM PULO, ASSUSTANDO CHAPEUZINHO.
— Quem está aqui? — inquiriu Ellis. — Mostre-se.
— É só um camundongo — Chapeuzinho sussurrou. — Não faça tanto barulho. Eles vão nos escutar.

Ellis foi até o fundo do porão. Chapeuzinho quase o perdeu de vista, quando alguém deu um grito: uma garota.

— Sabine? — Ellis exclamou. — O que você está fazendo aqui?

— Fique quieto e escute! — A voz de Sabine sibilou detrás de alguns barris empilhados. — Se vocês não me viram, eu não vi vocês. Combinado?

Chapeuzinho ficou confusa. Sabine se esgueirando em um porão cheio de teias de aranha para ouvir uma conversa? No dia anterior, Chapeuzinho tinha ficado com a impressão de que Sabine era tão parte da caçada quanto era possível para uma garota e de que exercia influência sobre o pai. Com frequência, Chapeuzinho os via caminhando juntos pelo mercado de braços dados. Será que não eram próximos, então? O Lenhador parecera tão intrigado quando o médico chamara Sabine de esperta. Como se não a visse dessa maneira.

Ellis murmurou alguma coisa, mas sentou-se em uma posição confortável e se aquietou. Julgando pelo movimento acima, os homens tinham terminado de pegar cerveja e estavam se sentando novamente.

O Lenhador pigarreou.

— Então, o real motivo pelo qual estamos aqui. A caçada de ontem.

Os joelhos de Chapeuzinho começaram a tremer, e não só por causa do frio. Se tivesse comido alguma coisa, tinha certeza de que estaria enjoada.

*Banimento*, disse para si mesma, e abraçou os joelhos com força de encontro ao peito. Ela tinha que se prender à esperança de que não seria nada pior.

— O lobo fugiu. Nós o pegaríamos, mas o animal foi espantado por uma garota que nos seguiu.

Chapeuzinho fechou os olhos. *Aí vinha.*

— Mas isso não é importante.

*O quê?* Ela arregalou os olhos.

— Pela descrição da garota, estou começando a pensar que não era o lobo que estávamos procurando.

— Por que você escuta essa garota? — Aquele era o senhor Baker. Chapeuzinho não havia percebido que ele estava presente. Ficou surpresa por ele ter conseguido se conter por tanto tempo. — Chapeuzinho não distingue direita de esquerda metade do tempo. Preciso lembrar a todos que foi o descuido dela que fez Martha ser atacada?

— Baker, o animal era velho. Mancava. Agora... — A voz do Lenhador ficou mais profunda. — Quando entramos na floresta, nos separamos em dois grupos. E o grupo que não encontrou o lobo retornou com notícias. Os cães de caça de Lady Katherine rastrearam o lobo de volta para a vila.

*O quê?* Os olhos de Chapeuzinho se voltaram para Ellis. Ele parecia tão confuso quanto ela.

— O que quer dizer? — O senhor Baker parecia desconfiado. — Sabemos que o lobo esteve na vila. Foi onde ele atacou minha filha.

— Você entendeu errado. O lobo vem da vila.

— Mas temos lobos na floresta há anos. Há matilhas inteiras deles.

— Não há mais. — Chapeuzinho podia imaginar o Lenhador se inclinando para a frente, uma expressão intensa no rosto. — O animal velho que encontramos é provavelmente um sobrevivente solitário, com pouco risco para nós. — Ele pigarreou. — Os cães de caça sentiram o cheiro do lobo na roupa que Vincent usava no dia em que foi atacado. Eles levaram o segundo grupo direto para Aramor farejando esse cheiro, para um anexo abandonado que pertencia à antiga taverna, bem nos limites da vila. Há... evidências que não podem ser ignoradas. — Ele fez uma pausa. — Sangue velho. Penas de galinhas e carcaças. Chumaços de pelo escuro.

Chapeuzinho sabia onde era esse lugar. A velha taverna estava fechada havia anos, desde a morte do proprietário. Estava apodrecendo e provavelmente desabaria em breve. Ela sentiu seu queixo cair quando as palavras fizeram sentido.

— Você está dizendo que talvez o lobo não seja um lobo. — Foi o senhor Miller quem falou. — O lobo... é um de nós.

— Poderia ser. Não encontramos armas, mas... doutor Ambrose, na sua opinião, os ferimentos das vítimas poderiam ter sido causados por uma faca em vez de garras?

— É possível. — O médico parecia relutante. — É... bem possível.

*O lobo é um de nós.* De repente, Chapeuzinho sentiu que era difícil respirar.

— Então eu estava certo o tempo todo! — exclamou o senhor Miller. — Foi um vizinho quem roubou nossas galinhas e atacou nosso filho. Alguém está se escondendo atrás da lenda do lobo para cobrir os próprios rastros!

— Não. Você está errado. Vocês todos estão errados! — A voz do senhor Baker era como um rugido. — Minha filha viu o animal! Ela o descreve claramente, ainda tem pesadelos. Dizer que os ataques são causados por qualquer outra coisa que não um lobo é absurdo...

— Sua filha está histérica, com a imaginação muito fértil, e sem dúvida gostando da atenção — retrucou o senhor Miller. — Nem meu filho nem o guarda viram nada.

— Como você explica a morte da senhora Forrester? — o senhor Baker questionou. — Ela foi arrastada para a floresta... exatamente como as vítimas do lobo cinco anos atrás.

— Acho que estamos todos cientes de que a senhora Forrester tinha inimigos — disse o senhor Miller.

— Incluindo você? Você sabe tudo sobre inimigos!

*Bam.* Passos e gritos, como se vários homens saltassem ao mesmo tempo. Será que o pai da Martha estava atacando o senhor Miller na frente de todo mundo? Os gritos do senhor Baker se ergueram sobre a confusão:

— Vocês não querem admitir que estamos lidando com feitiçaria! *Existe* um lobo. É um lobo fantasma, sem dúvida convocado no prédio abandonado. Os sinais estão por toda parte. Todos preferem ignorá-los. Vocês mesmos admitiram que encontraram pelos de lobo. De onde vem isso se o agressor tem duas pernas? Sei qual é seu jogo, Lenhador. Você está com medo de que sua filha seja a responsável...

— Coloquem-no para fora — ordenou o Lenhador. Os gritos do senhor Baker ficaram ainda mais altos, e então foram silenciados pelo bater da porta. Ele esmurrou a porta pelo lado de fora, gritando como se estivesse possuído.

— Ignorem-no. Vai se cansar — disse o Lenhador. Chapeuzinho se surpreendeu com quão controlado ele parecia. — É verdade, realmente encontramos pelos, mas é bem possível que tenham vindo de uma roupa escura, que pode ser o que Martha Baker viu. — Ele abaixou a voz. — Não sei se espíritos malignos e feiticeiros existem mesmo, mas, como falei ontem, não estou disposto a deixar que o medo de bruxaria tome conta da vila. É destrutivo. O incêndio na igreja já foi ruim o bastante.

— Sei o que Baker diria sobre isso — o senhor Miller comentou, e todos ficaram em silêncio. O coração de Chapeuzinho estava acelerado, e ela tinha certeza de que o de Sabine também.

— Minha filha é uma boa garota que jamais sonharia em se envolver com o sobrenatural. — O Lenhador parecia estar na defensiva. — Aquelas acusações de ontem não foram nada. Apenas garotas brigando. Mas… — Um baque, como se ele tivesse batido a caneca na mesa. — Não vamos parar por nada até eliminar quem está por trás disso. E se eu estiver errado, e o lobo for obra de um feiticeiro maldoso, então nenhuma acusação será ignorada. De quem quer que seja a porta para a qual isso vai nos levar. Juro pela minha esposa.

— E agora? — alguém perguntou.

— Descobrimos quem é o lobo, é claro — afirmou o Lenhador. — Amanhã vamos virar a vila de cabeça para baixo.

---

Nem Chapeuzinho, nem Ellis, nem Sabine se mexeram quando a reunião terminou. Chapeuzinho estava com câimbra no pé, mas não ousava sacudi-lo. Havia um gosto desagradável em sua boca, que percebeu ser sangue, por ter mordido o lábio com muita força.

Sabine se levantou primeiro. Foi direto até Chapeuzinho, agachando para que pudesse olhá-la nos olhos.

— Você retira as acusações contra mim, e eu nunca mais perturbo você de novo — prometeu. — Não posso ter alguém sugerindo que eu seja algum tipo de bruxa. Você entende?

— Por que está tão preocupada? — perguntou Chapeuzinho. — Se não fez nada de errado, não tem nada a temer.

Sabine riu, um som áspero e nervoso.

— Você acredita mesmo nisso? Um boato é o que basta para arruinar alguém quando o assunto é feitiçaria. E se não encontrarem nada na busca de amanhã? É claro que vão acreditar que é bruxaria.

— Certamente seu pai vai protegê-la, apesar do que ele disse, não é? — perguntou Ellis.

Sabine deu as costas para ele.

— Você também precisa ter cuidado, Chapeuzinho. Cada coisa estranha que você fez ou disse, por mais inocente que seja, vai ser lembrada e usada contra você. Precisamos fingir que somos duas garotas tolas e briguentas que não se dão bem e que falam sem pensar. É nesse tipo de coisa que os homens vão acreditar.

Chapeuzinho abriu a boca para fazer o que era mais sensato e concordar. Em vez disso, o que falou foi:

— Eu direi que me enganei sobre você se admitir que estava errada sobre eu deixar a porta da padaria aberta.

Sabine ficou rígida. Chapeuzinho quase podia ouvir seu cérebro trabalhar. E então:

— Não.

— Por que não? É uma barganha justa. A senhora Baker vai acreditar se você arrumar uma boa história. Talvez até o senhor Baker. Você é persuasiva.

— Eu disse não.

— Por que não?

— Esqueça a porta da padaria! Isso não é importante. O que importa é que você me acusou de ser uma feiticeira, e você precisa desmentir isso. Imediatamente.

Os ombros ossudos de Sabine começaram a tremer. Por que ela estava sendo tão teimosa – e também tão estúpida? Ela claramente percebia o perigo que corria.

Com calma, Chapeuzinho perguntou:

— Por que a porta da padaria é tão importante para você, Sabine? Você prefere mesmo que as pessoas falem por aí que você é uma feiticeira em vez de retirar o que disse?

Sabine levantou o queixo. Pareceu um gesto mais defensivo do que desafiador.

— Não tenho que me explicar para uma aberração como você.

— O que está escondendo? Você tem algo a ver com isso, Sabine?

— Se não vai concordar, então vou embora. — Sabine se levantou, e então pulou quando Ellis deu um passo à frente. Em um tom de voz estranho, ele comentou:

— A carroça da padaria estava fora de lugar na manhã seguinte ao ataque de Martha.

— E daí? — Sabine retrucou.

— Os pais da Martha nunca a usariam em um dia como aquele. Ela deveria estar guardada. Aquilo me pareceu estranho na época, mas não consegui pensar no motivo. E, quando fui ver Martha, ela gritou algo sobre árvores.

A mente de Chapeuzinho disparou. A padaria. O lobo – ou o agressor – se esgueirando pelo coração da vila. Aquele era o ataque que realmente trouxe medo para todos, e que mudou tudo.

Mesmo assim, não fazia sentido...

— É mentira! — ela exclamou. — Martha não foi atacada na padaria.

O rosto de Sabine ficou tenso.

— É claro que foi. Você está sendo ridícula, como sempre.

De repente, Chapeuzinho não estava no porão. Estava na beira da floresta, na escuridão, observando Sabine olhar fixamente para as árvores, como fizera tantas vezes. Só que desta vez estava escuro, e Martha estava ali perto, na carroça, esperando. Ela conseguia imaginar perfeitamente.

— Você a levou até a floresta — Chapeuzinho disse. — É sua culpa que ela tenha sido ferida. Você mentiu sobre isso e continuou mentindo mesmo quando as pessoas ficaram assustadas.

Sabine passou por Chapeuzinho, empurrando-a. Ao colocar o pé no primeiro degrau da escada, parou. Então deu meia-volta.

— Você não é a única pessoa que precisa tomar cuidado, Chapeuzinho. — A voz dela tremia de emoção. Raiva? Ou era medo? — Se a conversa se voltar para assuntos de feitiçaria, sei exatamente na porta de quem vão bater primeiro, antes da minha.

Chapeuzinho gelou.

— Sua preciosa vovó é tudo o que as pessoas pensam que uma feiticeira é. Até parteira ela foi, não foi? Coisas estranhas acontecem no parto. Bebês saudáveis que morrem, e doentes que sobrevivem. Não vai demorar muito para que as pessoas se virem contra ela.

Para terror de Chapeuzinho, cada palavra soou verdadeira.

— Não. Vovó não fez nada de errado. Ela jamais machucaria alguém.

— É o que você diz. E quem acredita em você?

— Sabine, por favor. Não cause problemas para Vovó. Ela é a pessoa que mais amo no mundo. Eu faria qualquer coisa para protegê-la.

— Qualquer coisa? — perguntou Sabine, de modo incisivo, e Chapeuzinho corou. Em sua mente, podia ouvir a voz da Vovó. Ela sabia o que a Vovó gostaria que ela fizesse... e não era proteger Sabine e suas mentiras.

— Pense nisso — propôs Sabine, quando Chapeuzinho não respondeu. E então desapareceu escada acima.

Chapeuzinho engoliu em seco.

— Vovó.

— Chapeuzinho... — disse Ellis.

— Me deixe em paz. — Chapeuzinho estava com medo de cair no choro. Saiu correndo do porão. Mais neve havia caído lá fora. O brilho era quase atordoante depois da escuridão do porão. Ela protegeu os olhos e cambaleou adiante, sem se importar para onde estava indo. Tudo o que conseguia pensar era *Vovó, Vovó, Vovó*.

— Olhe só quem é.

Chapeuzinho se endireitou. Em seu caminho, estavam Bart e dois outros garotos. Bart deu um passo adiante, com os braços cruzados.

— Traidora.

Chapeuzinho engoliu em seco.

— Me deixe passar.

— Para que possa ajudar o lobo a matar todos nós? Você deveria ir embora. Não é bem-vinda aqui.

— O lobo não é um lobo. É uma pessoa. Eu acabei de ouvi-los falar sobre isso...

— Não acredito em você. Traidora.

Uma mão pousou no braço de Chapeuzinho – uma mão familiar, com um polegar achatado e largo.

— Deixe Chapeuzinho ir para casa, Bart — disse Ellis. — Você é melhor do que isso.

Um dos outros garotos segurou o ombro machucado de Ellis. Ellis deu um grito de dor e soltou Chapeuzinho.

— Melhor? — Bart zombou. — Eu achei que você era melhor do que andar em tão má companhia.

— É melhor do que ficar na sua companhia. — Se estava assustado, Ellis disfarçava bem. — Intimidar Chapeuzinho não tem relação com se vingar por Martha ou proteger a vila, tem, Bart? Você só quer a admiração das pessoas, quer deixar sua marca. Ou talvez queira ferir as pessoas porque nunca será um soldado. Vá para casa. As coisas não são como você pensa.

— E então nós fazemos o que você nos diz para fazer? Acho que não, Ellis Miller. Não mais. — Bart deu um passo na direção de Ellis. — Você não é mais o melhor em tudo. Você não é nada.

Ele se lançou para a frente. Ellis podia ter só um braço, mas suas reações eram rápidas como um raio. Deu um passo para o lado, estendendo uma perna. Bart tropeçou e caiu na neve com um grito. Os outros dois garotos estavam diante dele agora, vermelhos de fúria. Um deu um soco do qual Ellis apenas se desviou. Chapeuzinho voltou a si e se meteu entre o menino mais próximo e Ellis.

— Sai da frente, aberração — rosnou o garoto.

— Não fale assim com ela — Ellis gritou.

— Ellis, pare! — exclamou Chapeuzinho. — Você só vai se tornar impopular desse jeito.

— Não me importo. Que tipo de lugar é Aramor se maltratamos pessoas que são diferentes? Isso tem que... Ai...

Bart afundou seu punho no nariz de Ellis. Ellis cambaleou para trás. Começando a entrar em pânico, Chapeuzinho olhou para a direita e depois para a esquerda. Mais dois garotos apareceram do nada. Se eles se juntassem à briga, Ellis ficaria muito pior do que com apenas um braço quebrado.

— Se colocarem a mão nele novamente, vou transformar todos vocês em camundongos! — ela gritou. Aquilo os deteve. Chapeuzinho arrastou Ellis para longe, dando a volta na estalagem. Então saíram correndo pelas ruas e vielas até a casa de Chapeuzinho.

Chegando lá, ela abriu a porta.

— Para dentro. Venha.

Ellis não protestou. Chapeuzinho chamou:

— Mamãe?

Mas não houve resposta. Ainda bem. Chapeuzinho não tinha vontade de explicar por que seu vestido estava tão imundo ou por que Ellis Miller estava ali com sangue escorrendo pelo nariz. Ela acendeu uma vela, e então foi até a sala principal e fechou as janelas. Ellis pressionou a manga da camisa contra o nariz, parado no batente da porta.

— Você não deveria tê-los ameaçado daquela maneira, Chapeuzinho — disse ele. — Aquilo foi realmente perigoso.

— Então deveria ter deixado Bart encher você de pancada?

— Sim. Eu teria ficado bem.

Por que os garotos sempre diziam coisas como aquelas? E Chapeuzinho pensava que ela era teimosa. Mas ele estava certo. Ela não fizera favor algum para si mesma. De repente, os acontecimentos da tarde pesaram. Chapeuzinho começou a tremer e se afundou no banco mais próximo, sentindo-se enjoada.

*Vovó.*

# ELLIS

**E**LLIS ESPIOU PELA FRESTA DAS PERSIANAS FAZENDO O POSSÍvel para ignorar a dor lancinante em seu ombro. Lá fora tudo parecia tranquilo, mas não seria de se estranhar se Bart e seus seguidores aparecessem, caso estivessem realmente zangados... A luz estava diminuindo pelo menos, e trazia o toque de recolher com ela. Então estaria seguro o bastante para ir embora.

— Posso ficar um pouco aqui? — ele perguntou.

Chapeuzinho apontou para a mesa. Ela parecia cinza, e não só por causa da poeira. Ellis se acomodou em uma cadeira de espaldar alto, voltando a pressionar a manga da camisa contra o nariz. Pelo menos não parecia quebrado nem muito machucado, embora o soco tivesse sido forte.

— Até pouco tempo atrás, aqueles garotos eram meus amigos, sabe... — ele lamentou, baixinho. — Até Bart. Ele costumava brincar sobre como um dia seria melhor do que eu no tiro com arco, e eu entrava na brincadeira, mas agora, pensando bem, ele não falava aquilo como piada. A situação está desenterrando o pior de todos.

— Não de todos. — Chapeuzinho olhou para ele.

Ellis umedeceu os lábios, sentindo, de repente, como se ocupasse muito espaço naquele cômodo apertado.

— Sinto muito. — As palavras saíram apressadas. — Disse coisas para você que a magoaram e não queria ter feito isso. Com a caçada... eu só queria pertencer. Deveria ter ficado ao seu lado na discussão com Sabine também. Eu penso muito em você, Chapeuzinho. Eu realmente não acredito que o tempo que passamos juntos não seja real.

Chapeuzinho apoiou os calcanhares na beirada da cadeira e abraçou os joelhos de encontro ao peito. Algo naquela posição a fazia parecer vulnerável.

— Vovó sempre diz que ações valem mais do que palavras. Mas eu gostaria que você não tivesse interferido agora. Não foi uma coisa muito inteligente de se fazer. Eles vão voltar para pegá-lo.

— Já me pegaram.

— Não como eles querem.

— É tarde demais para mudar isso agora. E não estou arrependido.

Um cachorro uivou lá fora, seguido por um som que parecia o de algo sendo esmagado. Chapeuzinho empalideceu. Ellis aproximou sua cadeira da dela.

— Sua avó ficará bem esta noite, Chapeuzinho. Bart e os outros nem sequer a mencionaram. Eles ainda não sabem o que nós ouvimos.

Ele estendeu o braço bom. Chapeuzinho hesitou, e então assentiu com a cabeça, e Ellis a abraçou.

— Mas amanhã eles saberão — ela murmurou. — Quanto tempo até que isso vire uma caça às bruxas? Os Baker já estão convencidos.

— Não acho que as pessoas vão ouvir o senhor Baker, não se o Lenhador e os outros homens insistirem que estão procurando uma pessoa. — Pelo menos era o que Ellis esperava. — Temos tempo para bolar um plano.

— Não se Sabine começar a espalhar rumores sobre a Vovó. Você acha que ela fará isso, Ellis? Seja honesto.

Era a primeira vez que ela falava o nome dele? Aquilo o fez se sentir meio estranho. Não de um jeito ruim. Mas, definitivamente, estranho. Em especial porque, estando tão perto, podia sentir o cheiro da poeira do porão nela e o roçar de seu cabelo despenteado em seu rosto.

— Sabine está com medo — ele disse. — Se as pessoas descobrirem que ela levou Martha até a floresta e mentiu a este respeito, vai ficar ainda mais encrencada do que já está, muito mais do que nós. Mas eu não me importo com Sabine. Escute, Chapeuzinho, há algum lugar para onde a Vovó possa ir até que tudo isso passe?

Chapeuzinho negou com a cabeça.

— Às vezes Vovó diz que quer deixar Aramor para sempre. Ela fala sobre a floresta de Lulmor. Lá é completamente selvagem, duas vezes o tamanho da floresta de Aramor. Ela sempre se sentiu em casa entre as árvores — Chapeuzinho suspirou. — Mas é só um sonho. Se ela partisse, eu teria que ir também, e não tenho certeza se minha mãe ficaria feliz com isso — Fez uma pausa. — Eu realmente achei que seria punida pelo que fiz ontem. Coloquei na cabeça que iam me banir. Eu estava com tanto medo. E, agora, aqui estamos, falando sobre a Vovó ter de partir.

— Pelo menos em outro lugar vocês duas estariam em segurança.

— Não sei se a Vovó tem força suficiente para viajar, mesmo se tivéssemos outro lugar para ir. Ela dorme muito durante o dia agora, e parece muito mais velha do que há um ano.

Há alguns meses, Ellis teria prometido proteger Chapeuzinho e a Vovó e acharia o bastante, mas já não era mais tão ingênuo.

— Quem você acha que está por trás dos ataques? Se conseguíssemos descobrir, tudo isso chegaria ao fim.

— Não consigo ver isso chegando ao fim — murmurou Chapeuzinho. — Os rumores e as acusações sempre ficam, como disse Sabine. Você não acredita que sua vida voltará a ser como era, acredita?

Ellis abaixou os olhos. E então negou com a cabeça.

— Talvez um dia, em breve, possamos ir embora de Aramor. — As palavras vieram do nada. — Temos quase quinze anos. Se conseguirmos guardar algum dinheiro, poderemos viajar. Conhecer lugares.

Chapeuzinho arregalou os olhos.

— Você e eu? Juntos?

— Por que não? Poderíamos morar em uma boa vila perto de uma floresta e encontrar trabalho. Algo que não seja um moinho ou uma padaria. Talvez até à beira-mar. Eu nunca vi o mar e gostaria de ver.

Chapeuzinho riu baixinho.

— Ellis Miller, você precisa parar com isso ou vou pensar que está me pedindo em casamento. Porque é o único jeito de nós terminarmos em uma bela casinha em algum paraíso distante.

Ellis enrubesceu. Não conseguia imaginar o que o possuíra para dizer algo tão estúpido! Por um instante, a ideia fora tão tentadora. Sentindo-se envergonhado, ele declarou:

— Pelo menos eu fiz você rir.

Chapeuzinho sorriu, um tanto tímida. Então seu sorriso desapareceu.

— Por que alguém faria isso? Por quê?

— Ninguém parece muito triste com o fato de a senhora Forrester estar morta. — Ele hesitou, lembrando-se da manhã na bomba de água. — Se ela sabia ao meu respeito, quantos outros segredos pode ter descoberto?

Chapeuzinho se remexeu sob o braço dele.

— Talvez ela tenha conseguido aquela posição para Sabine por meio de chantagem. Presumo que Lorde Josiah ou Lady Katherine não querem que a verdade venha à tona, se você está certo a este respeito.

— Se alguém quisesse a senhora Forrester fora do caminho, não atacaria outras pessoas fingindo ser o lobo. É bem... tolo.

— Então por que fazer isso?

Eles ficaram sentados por um tempo. Então, lentamente, Ellis falou:

— Quando Lorde Josiah esteve no moinho... ele disse algo sobre o poder do medo. Como isso faz com que as pessoas se comportem. Toda essa situação é boa para ele.

— Mas ele não atacaria você, certo? — perguntou Chapeuzinho.

Talvez fosse ainda melhor para Lorde Josiah se Ellis não estivesse ali. Ou talvez ele não se importasse. Era sempre Lady Katherine que se mostrava amigável.

Lady Katherine, com seus cães grandes e bem treinados, que pareciam lobos...

— Não gosto disso, Chapeuzinho — ele falou. — Ficar citando nomes faz com que eu me sinta sujo.

— Eu também não gosto. Mas alguém está por trás disso. Alguém que conhecemos. — A voz de Chapeuzinho ficou baixinha. — Ellis, eu... eu não quero dizer isso, mas... Seus pais também têm motivo para querer calar a senhora Forrester.

Mesmo sentindo o que sentia, aquelas palavras foram como uma bofetada em seu rosto.

— Eles não fingiriam ser o lobo! Que motivo teriam para querer causar o caos? E eles não me machucariam. Nunca. Eles... — Ele engoliu as palavras *me amam*, porque já não tinha mais tanta certeza disso.

Chapeuzinho esfregou o nariz, abaixando o olhar.

— Eu não devia ter falado isso. Me desculpe. Talvez alguém realmente estivesse roubando as galinhas e você interrompeu. O senhor Baker é um homem forte. Ele odeia seus pais.

— Como você explica então o ataque à Martha? Meus pais, procurando vingança? E quanto a Vincent?

— Bem, será que poderia ser o Lenhador? — Chapeuzinho sugeriu, apesar da objeção de Ellis. — Sei que ele parece ser a última pessoa a fingir ser o lobo que matou os amigos ou que machucou a própria esposa, mas no espaço de dois dias ele praticamente começou a governar a vila. Segundo minha mãe, a senhora Forrester perdeu a paciência com ele há anos, então talvez tenha deixado de amá-la.

— Você acha que Sabine o está ajudando?

Chapeuzinho hesitou, e então negou com a cabeça.

— Não.

— Mas não tem certeza.

Ela suspirou.

— Quando éramos mais novas, as outras garotas ficavam quietas quando eu passava, como se eu não estivesse ali. Às vezes até jogavam gravetos em mim. Uma vez, eu perguntei por quê. E sabe o que a garota disse? "Sabine me pediu para fazer isso." E essa é a pessoa que eu irritei! Isso foi tão estúpido. Por que eu apenas não concordei com ela?

Enfim começavam a compreender a enormidade do que estavam enfrentando. Ellis se sentia ao mesmo tempo impotente e sem esperança. Havia algo que nem ele nem Chapeuzinho tinham mencionado. A pessoa por detrás do lobo havia matado uma vez. E agora estava sendo devidamente caçada. O que faria a seguir?

Do lado de fora, um sino tocou – a guarda noturna anunciando o toque de recolher. Segundos depois, ouviram o clique do trinco da porta principal.

— Grace? — a mãe de Chapeuzinho a chamou.

Chapeuzinho e Ellis se separaram, apressados. As sobrancelhas da mãe de Chapeuzinho se ergueram quando ela entrou e viu os dois sentados desajeitadamente lado a lado.

— Ah. Olá, Ellis — disse ela.

Ellis não conseguiu pensar em nada para dizer, então murmurou que precisava ir para casa. Chapeuzinho o acompanhou até a porta. Ele não gostou de deixá-la. Queria dizer algo forte e reconfortante, algo no que ela pudesse se agarrar quando estivesse escuro e tentasse dormir, mas não conseguiu pensar em nada. Então se contentou em dizer:

— Por favor, se cuide, Chapeuzinho.

Chapeuzinho concordou com a cabeça.

— Você também — ela sussurrou.

# SABINE

**S**ABINE BATEU A PORTA DO SEU QUARTO NA MANSÃO, OFEGANTE depois de subir correndo dois lances de escada. O barulho a fez dar um pulo. Amaldiçoando sua imprudência, ficou parada, ouvindo, mas não escutou passos, e ninguém chamou seu nome. Sabine se permitiu relaxar – mas só um pouco. Olhou para a cama, se perguntando quão difícil seria colocá-la de encontro à porta, mas aquilo só faria mais barulho. Por que aquela porta idiota não tinha uma tranca?

Ela simplesmente teria que torcer para que ninguém a perturbasse. Tanto Lorde Josiah quanto Lady Katherine costumavam ficar na biblioteca nesse horário, então ela estaria em segurança por algum tempo. Prendendo o cabelo embaraçado atrás da orelha – *quando fora a última vez que o penteara?* –, Sabine deslizou a mão sob o colchão. Estava tudo ali, como deveria: sua coleção de ervas e seus amuletos. O lobo de madeira estava na bolsa que sempre levava consigo.

Por que seu pai não a avisara de que o lobo fora rastreado até a vila? Era ridículo ser obrigada a se arrastar até aquele porão horrível e úmido para descobrir coisas que ele deveria ter contado para ela no conforto de seu próprio lar. Sabine se sentia magoada, traída e humilhada, e, pela primeira vez, descobriu que era incapaz de bloquear essas emoções. O jeito como ele soara surpreso quando o doutor Ambrose a chamara de esperta! E, pior, sua defesa quando o nome dela surgiu – tão tímida...

*Ele está mantendo as aparências, tentando deixar as pessoas felizes*, disse para si mesma, mas não acreditou completamente nessa ideia. Sabine desejou ter lidado melhor com a barganha com Chapeuzinho. E com a ameaça que fizera à avó dela também! Sabine não se importava muito com a Vovó, mas sabia o que era amar a família com todas as forças. Mesmo se o amor não fosse correspondido na mesma medida...

*É culpa da Chapeuzinho*, Sabine pensou. Fora ela quem trouxera o assunto daquela estúpida porta da padaria de novo. Aquela tinha sido a pior mentira de todas. Por que tentara ser esperta usando Chapeuzinho como bode expiatório? As pessoas compreenderiam se ela aparecesse em lágrimas e inventasse que Martha e ela eram garotas bobas cuja curiosidade inocente as colocara no lugar errado ao mesmo tempo.

Agora Chapeuzinho sabia a verdade, assim como Ellis. Será que contariam para as pessoas? Chapeuzinho podia ter ficado bem assustada, mas Sabine não tinha tanta certeza em relação a Ellis. Ele era um daqueles garotos ingênuos que tinha um senso muito forte de certo e errado, e isso o tornava uma ameaça. Ele poderia até achar que devia isso à Martha, embora parecesse já ter superado o que existia entre os dois.

A única coisa da qual Sabine tinha certeza era que precisava proteger a si mesma, e tinha que fazer isso agora. Não podia confiar em hipóteses e no que poderia vir a ser, e, mesmo que fosse doloroso admitir, tampouco podia confiar em seu pai. Sabine guardou as ervas e os amuletos em uma bolsa reserva. Hesitou ao olhar para o lobo de madeira. Todos aqueles anos, as lembranças felizes... O que poderia ser mais inocente do que um brinquedo de criança? Mas ela sabia que os outros não veriam dessa maneira.

*Adeus*, ela pensou, e, com um nó na garganta, guardou o lobo na bolsa.

Agora, o que fazer? Seu plano era simplesmente se livrar de tudo, talvez esconder a bolsa em algum lugar onde pudesse recuperá-la quando tudo aquilo tivesse passado... Mas seria o suficiente? Havia algo mais que poderia fazer para se proteger?

Sabine podia ver seu reflexo no vidro sujo da janela estreita, iluminado pela vela na cômoda. Encarou os próprios olhos. Quando tinham se tornado tão cortantes, as maçãs do rosto salientes, as bochechas tão chupadas?

Ela não queria ser a pessoa que lidava com ameaças, segredos e mentiras.

*Tarde demais*, Sabine pensou, e endureceu seu coração. Pegou a vela e saiu.

---

Aramor estava em silêncio quando ela chegou. Sabine teve que se beliscar para permanecer alerta; seu corpo estava caindo de exaustão, embora não fosse tão tarde. Provavelmente, a maioria das famílias estava jantando, aconchegadas diante da lareira acesa. Ao passar pelo portão principal, ouviu um tinido e entrou em uma viela bem a tempo de escapar do guarda-noturno. Assim que ele se foi, ela seguiu em direção à padaria. A luz no andar de cima indicava que Martha e seus pais estavam ali. A porta dos fundos – a porta de seus piores pesadelos – estava trancada, mas a janela de um dos lados da despensa estava destrancada e era grande o bastante para que alguém do tamanho de Sabine entrasse sem causar confusão.

Lá dentro, Sabine encontrou depressa o que estava procurando. Hesitou por um momento. Assim que fizesse aquilo, não haveria volta. Ela não queria fazer aquilo. Mas já não parecia ter muita escolha.

Com uma sensação de peso, fez o que fora fazer.

# CHAPEUZINHO

No instante em que acordou na manhã seguinte, tudo voltou à mente de Chapeuzinho. *Vovó*. Saiu da cama cambaleando, se vestiu com rapidez e desceu as escadas correndo. No corredor, trombou com a mãe.

— Acordou cedo, Grace.

— Preciso ver a Vovó.

Sua mãe imediatamente pareceu irritada.

— Isso vai fazer você se atrasar para o trabalho.

— Não me importo. Isso é mais importante.

Sua mãe parou diante da porta, com os braços cruzados.

— Você tem sorte de ter mantido aquele emprego. Os Baker não vão tolerar mais erros. O que você vai fazer se a demitirem?

— Alguma coisa. Eu não sei.

— Grace... por favor, não faça isso. — O tom de voz da sua mãe ficou suplicante. — Sei que Aramor é um lugar assustador no momento. Estou assustada também e ouso dizer que a Vovó também deve estar, embora afirme o contrário. Ela não gostaria que você perdesse o emprego porque está preocupada com ela. Você pode esperar para vê-la depois do trabalho, não pode? Pense em mim também. Tivemos uma noite agradável para variar, não tivemos?

O tom dela era convidativo, e Chapeuzinho se sentiu um pouco enjoada. Na noite passada, sua mãe só falara sobre como Ellis era um bom rapaz, claramente com a impressão de que algo acontecia entre eles. Ficara tão encantada com o fato de que enfim Chapeuzinho estava fazendo algo que considerava normal, que Chapeuzinho não teve coragem de corrigi-la. Pelo menos fora uma distração de suas preocupações.

— Quanto mais você me segurar aqui, mais atrasada ficarei — ela disse.

Sua mãe a olhou por um segundo, antes de erguer as mãos, em um gesto de impotência que, de algum modo, fez com que Chapeuzinho se sentisse pior do que se tivesse gritado.

Lá fora, Chapeuzinho correu para a floresta. Dois homens atravessaram seu caminho.

— Onde está indo com tanta pressa? — um deles rugiu.

Por um instante, Chapeuzinho pensou que eram guardas – mas eram ambos lenhadores. Desde quando os habitantes da vila patrulhavam as ruas?

— Para o trabalho — respondeu ela, de modo despretensioso.

O homem grunhiu e a deixou ir. Chapeuzinho fez um desvio em uma viela estreita que levava na direção da padaria e depois voltou para a trilha da floresta. No momento em que as árvores se fecharam ao seu redor, sentiu como se pudesse respirar de novo.

※

— Vovó! — Chapeuzinho bateu com força na porta da frente, sem fôlego de saltar por sobre troncos de árvores e se esgueirar pelos arbustos. Hoje pegara o caminho mais curto, que ficava totalmente fora da trilha. — Vovó, abra! É importante.

Por que estava demorando tanto? Chapeuzinho estava prestes a espiar pela janela quando a porta se abriu. Chapeuzinho se atirou na Vovó e a envolveu em um abraço apertado. Para seu constrangimento, irrompeu em lágrimas. A Vovó dava tapinhas em seu ombro.

— Chapeuzinho, o que aconteceu? Venha. Deixe-me abraçá-la.

Tudo o que Chapeuzinho ouvira no dia anterior saiu de uma vez.

— ... e então Sabine vai dizer para todo mundo que a senhora é a responsável, e vão revistar seu chalé — ela terminou. — Se há algo aqui que possa ser suspeito, é melhor a senhora destruir.

— Então foi isso que aconteceu — disse Vovó. As duas estavam sentadas agora, e Vovó acariciava o cabelo de Chapeuzinho.

— Estou com tanto medo de que culpem a senhora. — Chapeuzinho fazia o possível para controlar os soluços. Vovó suspirou. Seus ossos estalaram quando ela se recostou.

— Não se preocupe comigo, Chapeuzinho. Não vão encontrar nada aqui.

— Tem certeza? Nada da época em que a senhora atuava como parteira? Não, eu não sei, amuletos estranhos ou o que quer que as feiticeiras usem?

— Chapeuzinho, você está em pânico, e quero que se acalme. — A voz da Vovó era firme. — A única coisa que encontrarão aqui é uma velhinha doce e deselegante que gosta da própria companhia. É com você que estou preocupada, meu amor.

— Eu nunca quis fazer inimigos. Sabine me odiou a vida inteira. E não sei o porquê.

— Eu poderia arriscar um palpite. E não é porque vocês duas sejam muito diferentes.

— O que quer dizer?

— Acho que você e Sabine são muito mais parecidas do que Sabine ousa admitir. Mas isso não importa. Chapeuzinho... Aramor sempre foi meu lar. Eu sou feliz aqui, na floresta que amo. Sempre me vi morrendo em Aramor, e sendo sepultada naquele bosque ao lado do riacho. — Ela fechou os olhos por um instante. — Mas agora... Seu amigo Ellis está certo. Aqui é perigoso demais para nós.

O medo tomou conta de Chapeuzinho.

— A senhora está falando sério?

A Vovó assentiu com a cabeça.

— Há algo que preciso explicar para você, Chapeuzinho. Algo que pode ajudá-la a entender quão perigoso isso é.

— O que é? A senhora parece estar falando tão sério.

— E estou. Quando tivermos mais tempo, muito em breve, contarei tudo para você.

A Vovó estava deixando Chapeuzinho um pouco assustada agora.

— E se quem quer que esteja fazendo isso for capturado? — ela perguntou. — Isso significa que poderemos ficar, não é?

— Acho que não, meu amor. Confie em mim quando digo que a vida só vai ficar mais e mais difícil quanto mais você ficar aqui. Eu julguei mal tudo isso. Foi diferente para mim, na primeira vez que eu...

— Na primeira vez que o quê, Vovó?

A Vovó levou um dedo aos lábios. Chapeuzinho esperou, mas só conseguiu ouvir o canto dos pássaros.

— O que foi?

— Vozes.

— Vovó, a senhora está imaginando coisas. Tenho boa audição, e...

A Vovó balançou a cabeça. Perplexa, Chapeuzinho foi até a porta e a entreabriu. A Vovó estava certa – ao lado do riacho, era possível ver um lampejo de cor e movimento. Homens. Lenhadores, pela aparência das coisas, embora ainda estivessem bem distantes.

Então estavam vindo falar com a Vovó. Chapeuzinho desejava ardentemente que a Vovó tivesse dito a verdade quando garantiu que não encontrariam nada. Pelo menos o Lenhador parecia querer ser honesto e não o tipo de homem que acusaria alguém inocente só para agradar aos demais.

Chapeuzinho ficou paralisada. O chalé da Vovó não seria o único lugar que revistariam hoje, certo? Talvez Sabine não tivesse tanta influência sobre o pai quanto gostaria. Mas ainda poderia falar coisas para ele. E Sabine não era tão honesta quanto ele.

Segundos mais tarde, Chapeuzinho saiu em disparada pela porta dos fundos do chalé da Vovó, correndo pelas árvores, mantendo-se abaixada e escondida.

Esperava que não fosse tarde demais.

---

Havia homens do lado de fora de sua casa. Chapeuzinho praguejou, abaixada atrás de um barril do outro lado da rua. Os homens estavam de costas para ela, mas sua mãe gesticulava, do jeito que fazia quando estava agitada. Pelo estado desarrumado de seu vestido, Chapeuzinho adivinhou que a mãe tinha sido arrastada para fora enquanto se arrumava.

O que fazer? Chapeuzinho não podia simplesmente ir até lá e exigir que a deixassem entrar. Eles não confiariam que ela não esconderia alguma coisa, e não acreditariam se lhes dissesse que achava que itens suspeitos tinham sido plantados em seu quarto. Se é que isso tinha acontecido. Chapeuzinho podia estar errada. Esperava que sim. O que fariam se encontrassem alguma coisa? A jogariam na prisão? A afogariam no rio como faziam nos julgamentos das bruxas havia décadas? Algo pior?

Mais dois homens saíram do chalé de Chapeuzinho, de mãos vazias. Trocaram algumas palavras com a mãe dela, inclinaram a cabeça e foram embora rua abaixo. Chapeuzinho saiu de seu esconderijo e correu até a Mãe.

— Eles revistaram a casa?

Sua mãe levou a mão ao peito.

— Grace! Você me assustou.

— Encontraram alguma coisa?

A mãe negou com a cabeça. Parecia assustada.

— Disseram que estavam procurando pelo lobo. Não entendo. Querem fazer algumas perguntas para você. Eu sugeri que fossem até a padaria.

*É claro!* Chapeuzinho saiu correndo antes que a mãe pudesse chamá-la. Como fora tola! Se Sabine ia fazer esse jogo, não iria até a casa de Chapeuzinho, com a mãe dela ali o tempo todo.

Chapeuzinho aumentou a velocidade, escorregando no caminho e desviando de uma carroça no fim da rua. Se cortasse caminho pelas vielas, poderia chegar primeiro na padaria, presumindo que os homens não estivessem apressados. Talvez estivessem. Afinal, era uma busca na vila inteira.

Os portões da padaria estavam abertos. O jardim estava vazio, exceto pelo gato malhado que jogava um rato morto de uma pata para a outra. Chapeuzinho apoiou as mãos nas coxas, tentando recuperar o fôlego. Será que já tinha corrido tanto assim? Ela irrompeu pela porta dos fundos. A senhora Baker ergueu os olhos de onde preparava uma torta.

— Você está atrasada.

Chapeuzinho abriu a porta da despensa. Na prateleira de baixo, perto da farinha de centeio, estava a cesta onde guardava as toucas e aventais de reserva. Chapeuzinho enfiou a mão lá dentro – e pegou uma bolsinha que não reconheceu. Quase perdeu o fôlego ao ver o conteúdo. Ervas secas em pequenos frascos de vidro, amuletos e bugigangas de aparência peculiar e até mesmo um lobo de madeira...

Tudo cheirava a *feitiçaria* – pelo menos era o tipo de coisa que as pessoas em Aramor consideravam como sendo bruxaria. Chapeuzinho ficou um pouco abalada. Era uma coleção e tanto. Ainda que não acreditasse em bruxas, a visão de todas aquelas coisas a assustou um pouco.

Mas assustaria os homens ainda mais. Como Sabine bem sabia.

Chapeuzinho não tinha tempo para refletir no porquê Sabine estaria tão interessada naquelas coisas. Guardou a bolsa embaixo da capa e saiu correndo, esgueirando-se pelo outro lado da padaria e pulando o muro para evitar dar de cara com os homens.

Pela primeira vez, sabia exatamente o que fazer.

## ELLIS

Hoje não era dia de entrega, mas de maneira alguma Ellis passaria o dia no moinho. Ele estava calçando suas botas mais resistentes quando o senhor Miller o interrogou:

— Aonde você vai?

— Aramor. — A resposta de Ellis foi curta.

— E o moinho vai se varrer sozinho?

Ellis olhou feio para o pai.

— Até eu quebrar o braço, Caleb varria tudo. Ele só me deixou fazer isso porque eu estava desesperado para ajudar. Não finja que realmente precisa de mim.

O senhor Miller pareceu surpreso, mas só por um instante.

— Proíbo você de ir até a vila.

— Por quê?

— Não me questione, Ellis. Você está mais seguro aqui. E você não vai discutir. Não gosto dessa sua teimosia recente. Um dos trabalhadores do moinho me disse que você entrou em uma briga ontem. Já falei para você que o melhor é evitar problemas.

— Então eu não deveria defender meus amigos?

— Você não deveria se envolver.

— O que o senhor quer que eu faça, em vez disso? Me esconda no moinho e espere que tudo de mau vá embora, como o senhor faz?

Por fim, Ellis conseguiu a reação que queria. Seu pai se endireitou.

— Não sei por que está sendo deliberadamente rude, mas com certeza você não vai para a vila. Vá para seu quarto e fique lá.

— Não. Não vou. — Ellis podia sentir seu corpo esquentando. Torcendo para não perder a cabeça, ficou parado. Já era mais alto do que o pai, e aquilo lhe dava confiança. — Ouvi tudo o que foi dito na reunião de ontem, e não vou ficar aqui. E, sim, eu escutei a conversa de vocês. Foi o único jeito de descobrir alguma coisa.

A mãe de Ellis entrou. Seu cabelo ainda não estava preso, e ela parecia não ter dormido nada.

— O que está acontecendo?

— Ellis está se recusando a me obedecer — disse o senhor Miller. — Pior, ele está admitindo sua desonestidade. Eu achava que você fosse melhor do que isso, filho.

A senhora Miller esfregou a testa.

— Por favor, não vamos discutir. Ellis, seu pai quer o melhor para você, mesmo que você não veja assim. Faça o que ele diz.

Algo dentro de Ellis estalou.

— Por quê? Nem sei se ele é meu pai.

Seus pais empalideceram. Sua mãe conseguiu falar primeiro:

— O que o faz dizer uma coisa dessas?

— Porque é verdade, não é? Ou a senhora não é minha mãe? — Percebendo que estava quase gritando, Ellis abaixou a voz. Tinha a terrível sensação de estar quase chorando. — Sei que os senhores têm um acordo com Lorde Josiah e Lady Katherine. Sou algum tipo de barganha que os senhores fizeram para... para... não sei, ganhar favores. Por favor, não mintam dizendo que não é verdade porque eu nunca pertenci a este lugar e agora pelo menos sei o motivo. E, se não querem me dizer a verdade, eu irei até a mansão e exigirei respostas lá.

Nem o senhor nem a senhora Miller se mexeram. Ellis olhou feio para eles.

— Tudo bem, então. Eu vou até lá.

E se virou.

— Ellis, espere — pediu seu pai.

Ellis olhou por sobre o ombro. Seus pais – ou, pelo menos, o homem e a mulher que sempre pensara serem seus pais – estavam de mãos dadas. Ambos pareciam tristes.

— Suponho que seja hora — disse o senhor Miller. — Quero dizer, se estiver pronta, Tamasin.

A senhora Miller engoliu em seco.

— A verdade viria à tona em breve. Sente-se, por favor, Ellis. Esta não é uma história curta.

# SABINE

**S**ABINE OBSERVOU DE LONGE OS HOMENS ENTRANDO E SAINDO das casas. Ela teria preferido chegar mais perto, mas não gostava do jeito como as pessoas olhavam para ela. Depois de outra noite quase sem sono, ela se sentia acabada, e, de algum modo, todos os seus vestidos estavam imundos, mas tinha pelo menos arrumado o cabelo. Era óbvio que as notícias do "espetáculo" de Chapeuzinho na estalagem tinham se espalhado. Antes, era capaz de ir aonde quisesse, e ninguém pensava nada. Agora havia sussurros. Olhares. Silêncios.

*É como se achassem que sou uma estranha*, pensou Sabine, e ardeu de raiva. Deixou de lado o pensamento de que era assim que Chapeuzinho devia se sentir.

Já era meio-dia, e não tinha ideia se já tinham revistado a padaria. Mais cedo, tentara sutilmente encorajar seu pai a considerar que deveria ir lá primeiro, mas ele apenas lhe dissera para parar de se meter. De repente, Sabine desejou que sua mãe estivesse ali. A senhora Forrester provavelmente já teria descoberto quem era o lobo, ou pelo menos saberia fazer as perguntas certas para as pessoas certas, ou inventaria um conjunto obscuro de informações que faria tudo se encaixar. Suas habilidades seriam muito mais úteis do que as do Lenhador, que parecia pensar que virar a vila de cabeça para baixo era o jeito certo de conseguir respostas.

— Sabine. Você parece perdida. — A voz pertencia à senhora Baker. Ela trazia uma cesta coberta por uma toalha em um braço. — Fiz tortas de carne para os homens. Ainda estão quentes. Alimentá-los é o mínimo que Amos e eu podemos fazer. Duvido que alguém consiga fazer alguma coisa hoje. Mesmo se tivéssemos clientes. — Ela se aproximou um pouco de Sabine, abaixando a voz. — Quase ninguém entrou na padaria a manhã toda. É como se as pessoas estivessem com medo de comer nosso pão. Se isso continuar...

— Eles já revistaram a padaria, então? — Sabine manteve seu tom de voz leve. — Suponho que não tenham encontrado nada?

— Não. Por que encontrariam? Não temos nada a esconder. — A senhora Baker parecia genuinamente surpresa... e um pouco ofendida. Sabine sentiu uma pontada de culpa. A mãe da Martha era uma boa mulher, que fazia o possível para ser gentil com Sabine. Ela não merecia passar por mais dificuldades. Será que os Baker seriam arruinados por isso, tendo a reputação manchada por empregarem Chapeuzinho?

— Onde está Chapeuzinho? — Sabine perguntou. — Estou surpresa que não esteja ajudando a senhora.

— Não sei. Ela entrou e então saiu correndo de novo. Isso foi há horas. Ela ainda não voltou. — Sabine franziu o cenho, imediatamente desconfiada. A senhora Baker prosseguiu: — Vamos ter de mandá-la embora. Meu marido acha que sou uma tola por tê-la mantido no emprego. Provavelmente sou. Talvez seja mais seguro manter a padaria só entre a família.

— Humm. — Sabine tinha parado de escutar. Seus olhos estavam no beco que saía da praça e levava à parte da vila onde sua família morava. Suas irmãs tinham acabado de sair, com os mais novos a tiracolo. Meio-dia era um horário estranho para uma excursão. Normalmente, estariam comendo agora. Sua mãe sempre fizera questão de que as coisas fossem realizadas em horários específicos, e as filhas tinham herdado essa mania.

— Com licença — Sabine disse para a mãe da Martha, e atravessou a praça. Sua irmã mais velha lhe lançou um olhar maldoso.

— Onde estava mais cedo? Poderíamos ter contado com sua ajuda. Ou estava fingindo ser um dos homens de novo esta manhã?

Sabine ignorou a provocação.

— Por que não estão em casa?

— Muito barulho. Suponho que tenham que revistar todos os lugares, mas fiquei surpresa por se incomodarem conosco. Nosso pai com certeza está ansioso para que sua família seja descartada logo, para não perder o respeito... Sabine?

Mas Sabine já tinha se afastado, correndo pelo beco de onde suas irmãs vieram. *Estou me preocupando sem necessidade*, disse para si mesma. Não havia nada na casa de seus pais para ser encontrado. Sabine quase não guardava nada lá ultimamente. A vistoria era uma formalidade, nada mais. Quando todos os homens ouvissem o que seus companheiros encontraram na padaria, eles nem se incomodariam em terminar a busca. Teriam encontrado a bruxa, e Sabine teria tempo para descobrir o que fazer a seguir...

Ela dobrou a esquina e parou de supetão. Seu pai estava parado do lado de fora da casa, com mais outros dois homens. Em sua mão, estava algo que ela reconheceu.

A bolsa que tinha plantado para Chapeuzinho.

O Lenhador ergueu os olhos. Seus olhares se encontraram. Ele ergueu a bolsa.

— Sabine. O que é isso?

Sabine se sentou de um dos lados da mesa na casa da guarda. Do outro lado, estavam seu pai e dois guardas. Era um aposento pequeno, apertado e escuro, com uma janela inclinada que parecia emperrada. Um cheiro podre subia até eles.

Tudo estava colocado sobre a mesa. As ervas que ela misturara com cuidado a partir dos desenhos que copiara dos pergaminhos roubados de Lady Katherine para se lembrar para que serviam. Os amuletos, claramente muito usados. E, o pior de tudo, seu lobo, deitado de lado.

O conjunto parecia tão sinistro. Se seu pai havia reconhecido o brinquedo que ele mesmo esculpira, estava guardando a informação para si. É provável que já tivesse esquecido. As coisas importantes para ela não tinham o mesmo efeito nele, pelo jeito.

Aquilo doía. Mas Sabine não podia pensar naquilo agora.

— Nada disso é meu.

— Estavam no quarto que costumava ser seu.

— Não quer dizer que me pertençam. Os gêmeos dormem lá agora.

— Os gêmeos têm sete anos. E você está dizendo que... essas coisas são deles?

— Não. — Sabine não era cruel o bastante para jogar seu irmãozinho e sua irmãzinha no meio disso. Não sentia lealdade em relação às irmãs mais velhas, mas seu pai jamais acreditaria que fossem responsáveis por algo dessa natureza. — Onde vocês encontraram essas coisas?

— Escondidas sob uma tábua do assoalho.

— Qualquer um poderia ter colocado isso lá. Fica óbvio que o assoalho está solto no momento em que alguém pisa nele.

O Lenhador não parecia convencido. Nem os dois guardas sentados ao lado dele. Sabine se inclinou para a frente, esperando demostrar a mistura certa de indignação e perplexidade.

— Pai, o senhor não acredita nisso, acredita? Não sou uma bruxa. Essas coisas não são minhas.

— Então de quem são?

— De Chapeuzinho, é claro! Já falei para o senhor que temos uma rivalidade. Ela quer que o senhor acredite que eu sou culpada porque está com medo de que o senhor vá atrás dela. Todo mundo sabe como ela é estranha. Mesmo quando criança, nunca ia nadar conosco no rio e gritava se alguém jogasse água nela. As bruxas não têm medo de água? E se o senhor tivesse ido... — Ela se conteve. Não ficaria muito bem dizer que, se eles tivessem ido mais cedo na padaria, Chapeuzinho estaria sentada ali, em vez dela! Sabine não tinha ideia de como Chapeuzinho havia descoberto o que fizera, mas isso não podia ser obra de mais ninguém.

Sabine respirou fundo uma vez, e então outra.

— Pai, isso é um mal-entendido. O senhor me conhece. Não tenho motivo para querer machucar ou assustar as pessoas. Martha é minha melhor amiga. E a mamãe...

— Não posso ignorar isso porque você é minha filha, Sabine. — O Lenhador parecia doentiamente sensato. — Todos temos que encarar as consequências dos nossos atos. Você entende por que eu tive que permitir que suas posses fossem revistadas. Não há motivo para acreditar que haja algo errado com Chapeuzinho. Não havia nada na casa dela.

— Nem na padaria? — Sabine não conseguiu se conter.

— Nem na padaria. E, meu amor... — Seu tom de voz se aprofundou. — Em sã consciência, há outras coisas que tampouco posso ignorar.

— O quê? — exclamou Sabine.

— Seu interesse nas vítimas e em seus ferimentos é impróprio para uma garota. O conhecimento que ouvi dizer que você tem sobre as doenças e o corpo, muito além do que seria normal para uma menina da sua idade. Sua vontade de se envolver em uma cirurgia cheia de sangue...

— Porque eu quero saber mais sobre cura! — gritou Sabine. — O doutor Ambrose me pediu para ajudá-lo e eu o ajudei.

— Não é apropriado para uma garota — seu pai repetiu. — Quando vi você parada ali, com o vestido encharcado de sangue, fiquei chocado.

— Então o senhor tem uma visão limitada — retrucou Sabine. Imediatamente soube que aquilo fora um erro. Os guardas recuaram, como se, ao se defender, estivesse provando como era pouco feminina e, portanto, antinatural.

*Preciso parar de falar*, Sabine percebeu. *Preciso... pensar e descobrir o que posso fazer ou dizer para me salvar.*

Mas ela precisava tentar uma última vez.

— O senhor realmente acredita que eu sou a agressora. Que convoquei um lobo fantasma e machuquei as pessoas de propósito.

— Temos que considerar isso.

— O senhor vai continuar com as buscas? Porque a pessoa realmente responsável está lá fora.

— Não vou discutir isso.

— Então o que acontece agora? — Os olhos dela estavam úmidos. E, desta vez, não eram lágrimas de crocodilo.

Um dos guardas falou:

— Não temos outra alternativa senão mantê-la presa até terminarmos de conduzir novas investigações.

— O quê? — Sabine arregalou os olhos. — Não podem estar falando sério.

Seu pai se ergueu em toda sua altura. Gentilmente, quase com pesar, ele disse:

— Estão todos confiando em mim para esclarecer isso, Sabby. Eu estaria prestando um desserviço para Aramor se não fosse cuidadoso. Se não fez nada de errado, você não tem com o que se preocupar.

— O senhor espera que eu acredite nisso? — sussurrou Sabine. — Mesmo se o senhor encontrar quem realmente é o responsável, sempre vão pairar dúvidas sobre mim.

— Devo cumprir meu dever. Para com sua mãe. E para com meus amigos mortos.

— O senhor nem gostava dela! — Ele não conseguia ver como tudo aquilo estava distorcido? — Pai, não sei o que está acontecendo ou quem está atacando as pessoas, mas...

Seu pai saiu da sala. Sabine o olhou boquiaberta. Um guarda segurou seu braço. Ela o afastou.

— Como ousa me tocar como se eu tivesse feito algo errado. Pai!

Ela gritou e gritou. Não se importava em manter a dignidade. O guarda a observou. Então, quando finalmente desistiu, ele falou:

— Você vem comigo?

※※※

A cela não era tão sombria quanto temia, mas era escura e encardida, mais parecida com um lugar em que seria mantido um animal do que um humano. Sabine segurou a cabeça entre as mãos e chorou.

Como as coisas tinham chegado naquele ponto?

A ficha estava começando a cair. Mesmo se fosse solta, a vida como conhecia até então estava acabada. Nunca mais seria capaz de fazer seus experimentos com ervas, ou de visitar a floresta, ou, de algum modo, de persuadir Ambrose a ensiná-la o que ele sabia. Provavelmente seria demitida da mansão e mandada para casa, para suas irmãs indiferentes e para o pai que ela não compreendia mais, com a expectativa de um emprego humilde e entediante antes de se casar com alguém adequado. Para outros, talvez isso pudesse representar felicidade. Não para Sabine. *Se algum dia eu tiver a sorte de um menino olhar para mim*, ela pensou. Ninguém quer uma garota considerada estranha.

E ela era estranha. Sabine chorou com mais força. *Eu escondo, mas eu sou, eu sei que sou*, ela pensou. *Sou como Chapeuzinho, não como Martha e as outras garotas que desprezo porque procuram uma vida comum. Por que eu sou assim? Por que sempre quero mais?*

Mesmo se houvesse outro ataque naquela noite, aquilo não provaria sua inocência. Se as pessoas acreditassem que tinha conjurado um lobo fantasma quatro vezes, acreditariam que seria capaz de fazê-lo novamente de dentro de uma cela, mesmo sem os amuletos. Na verdade, considerariam aquilo prova de sua culpa.

E o verdadeiro culpado sairia livre. Mais pessoas seriam feridas. E Sabine não queria aquilo.

Seu pai tinha que acordar e perceber que estava embriagado pelo poder e que fazia coisas das quais se arrependeria depois. Ele tinha que acordar. Era uma esperança frágil, mas Sabine se agarrou a ela.

Talvez seus amigos pudessem ajudá-la. Ela nunca fora a pessoa mais gentil, mas todos gostavam dela, não gostavam? Martha não ia querer que Sabine fosse acusada. Martha não gostava de Chapeuzinho tanto quanto Sabine. Mas percebeu o que Sabine tentara fazer, e...

No que estava pensando? Martha não saia do quarto havia dias. Não estava em posição de lutar por Sabine. Mais do que isso, Martha era uma ameaça. Fora ela quem gritara a respeito de lobos fantasmas. Se seu pai interrogasse Martha, ela sucumbiria. Tudo o que dissesse apenas confirmaria as suspeitas deles – em especial a verdade sobre a noite na qual fora atacada.

Era tudo tão injusto. Talvez se os habitantes da vila tivessem a mente um pouquinho mais aberta, Sabine não teria se sentido atraída pelo perigo da floresta. Talvez fosse uma pessoa melhor, mais gentil, que não machucaria os outros por ter medo de si mesma, e não precisasse mentir. Talvez até pudesse usar sua inteligência para algo digno.

*Talvez*, claro, não servia de nada agora. Nem ficar zangada ou se sentir arrependida. E ela estava arrependida – profunda, amargamente arrependida –, e não só porque tinha sigo pega.

Sabine se recostou na parede, fechou os olhos e tentou não pensar em nada.

# CHAPEUZINHO

Chapeuzinho observara de longe enquanto Sabine era levada do chalé até a casa da guarda. *Sabine parece desafiadora*, Chapeuzinho pensou, *mas também assustada*. Seria difícil mentir e sair dessa na base do grito.

Por dentro, Chapeuzinho se sentia estranha. Pela primeira vez conseguira o que queria. Sabine merecia aquilo. Se as posições fossem contrárias, Sabine estaria se vangloriando. Então por que Chapeuzinho não se sentia assim? Será que era porque continuava pensando no que a Vovó dissera – que as duas eram mais parecidas do que diferentes?

*Tudo o que eu sempre quis foi ser deixada em paz*, pensou Chapeuzinho. Dançar na floresta, colher flores bonitas das quais não se sabe o nome e sentir o cheiro do orvalho nas folhas.

Quem era o lobo? Nenhum dos nomes que ela e Ellis levantaram na noite anterior fazia realmente algum sentido. Ela supunha poder ver o que Lorde Josiah ganharia, mas, da mesma forma, não conseguia imaginar sua senhoria se escondendo nas sombras e atacando as pessoas.

O estômago de Chapeuzinho roncou. A longa e tensa manhã andando de um lado para o outro na vila, esperando que as coisas acontecessem, a esgotara. Talvez, depois de comer, pudesse se encontrar com Ellis. Parecia estranho que tanta coisa pudesse ter acontecido sem que falasse com ele. Tinha esperanças de já tê-lo encontrado até aquele momento. Na noite anterior, pareciam próximos. O que ele dissera sobre ir embora de Aramor e sobre a casinha... Ela o provocara para esconder seu constrangimento, mas seu coração acelerou um pouco também. Ele realmente parecia querê-la em segurança. Não se importava com todas as coisas estranhas sobre ela, ao contrário do que Chapeuzinho presumia na época em que o observava flertando com Martha. Tampouco achava que ele se esqueceria dela depois que tudo isso acabasse.

Caminhar até o moinho poderia ajudar a acalmá-la, supondo que Ellis estivesse lá. A necessidade de contar para alguém sobre o truque que Sabine quase conseguira fazer a comia por dentro.

Então Chapeuzinho se lembrou. *A padaria!* Como havia se esquecido do emprego que não podia se dar ao luxo de perder? Pela segunda vez naquele dia, Chapeuzinho saiu em disparada. O senhor e a senhora Baker estavam na cozinha, conversando em voz baixa. O forno estava aceso e o aroma das tortas de carne a deixou com água na boca. Mas, antes que Chapeuzinho pudesse falar, o senhor Baker disse:

— Você está demitida.

O pavor tomou conta de Chapeuzinho.

— Por favor, não. Vou compensar o tempo que não estive aqui hoje, ou vocês podem não me pagar. Eu sinto muito. Com tudo o que está acontecendo, eu...

— Não quero ouvir. Vá embora. — O senhor Baker se virou de costas.

A senhora Baker pigarreou.

— Cometemos um erro em mantê-la aqui depois que Martha foi ferida. Não podemos manter alguém em quem não confiamos completamente.

— Mas eu preciso desse emprego! Minha mãe e a Vovó...

— São sua responsabilidade, não nossa. Você terá de encontrar outro trabalho, Chapeuzinho. Sinto muito.

Chapeuzinho se sentiu tonta. Ela não conseguia pensar em nenhum outro lugar onde pudesse trabalhar. Já era de conhecimento de toda a vila que ela era descuidada e pouco confiável, e os empregos eram escassos no inverno.

— Por favor. — A voz dela tremeu. — Senhora Baker, a senhora sempre disse que deve à minha avó...

— Você está demitida! — retrucou o senhor Baker. — Pare de tentar apelar para o coração mole da minha esposa. Agora, pegue suas coisas e vá embora.

Com um nó na garganta, Chapeuzinho fez o que lhe foi ordenado. Ao sair, ficou parada no jardim, provavelmente olhando pela última vez para as dependências desarrumadas. O gato malhado saltou do telhado do galpão e se esfregou em suas pernas, miando. Será que alguém o alimentaria agora que Chapeuzinho ia embora?

*Minha mãe não vai conseguir olhar nunca mais para mim*, pensou Chapeuzinho. *Eu a decepcionei. Manter esse emprego era a única coisa que ela precisava que eu fizesse. E eu fracassei.*

Ela saiu andando. Pela primeira vez, não para a floresta, mas para o sul, na direção do rio onde ela e Ellis passaram aquele momento maravilhoso no gelo, que quase parecia um sonho. Ela não se importava para onde estava indo. Só queria se distanciar de Aramor.

Que tipo de futuro poderia esperar agora?

# ELLIS

**D**OROTHY NÃO ERA SELADA E MONTADA HAVIA ANOS E, EM cada momento do galope até a mansão, Ellis tinha a impressão de que ela estava demonstrando quão infeliz estava a este respeito. Com muita persuasão, finalmente chegou nos portões da mansão, desmontando-a e guiando-a pelo caminho. Talvez pela primeira vez, prestou atenção em tudo o que estava diante dele – prestou atenção de verdade. Os jardins bem cuidados, com pequenos canteiros de ervas, o labirinto de sebes que todos na vila concordavam ser fútil, o dossel de videiras sob o qual, no verão, devia ser agradável caminhar. E depois de tudo aquilo, a mansão, de longe a maior construção que Ellis já vira, com arcos decorativos, janelas altas e batentes de carvalho.

Não parecia um lugar onde devesse estar. Alguns metros adiante, Ellis perdeu a coragem e fez a curva em direção ao caminho que levava à entrada dos criados.

Ele se sentira nauseado ao deixar o moinho e se sentia ainda mais nauseado agora, a conversa com os pais dando voltas em sua mente.

*Isso é uma má ideia*, pensou Ellis. *Eu deveria estar na vila. Pode estar acontecendo qualquer coisa, e não saberei. Chapeuzinho pode precisar de mim.*

Mas, em vez disso, ali estava ele, prestes a confrontar quem realmente era. A entrada dos criados ficava bem ao lado do estábulo, e Ellis encontrou um cavalariço um tanto confuso para levar Dorothy. Ele estava se preparando para entrar, quando um grande cão veio em sua direção, latindo animado. Surpreendido pelo barulho repentino, Ellis recuou, batendo a porta do estábulo.

— Junto! — A voz de Lady Katherine soou dura e autoritária. Imediatamente os cães se acalmaram. Sua senhoria caminhou em sua direção, as sobrancelhas erguidas. O casaco e as botas indicavam que estava vestida para cavalgar. Ellis abriu a boca e, de repente, não soube o que queria dizer. A expressão de Katherine mudou para demonstrar compreensão.

— Eles contaram para você — disse ela. — Entre. Josiah não está. Mas acho melhor conversarmos a sós.

---

O aposento para onde Katherine o levou era ricamente acarpetado, com gloriosas tapeçarias penduradas nas paredes de painéis escuros que bloqueavam as correntes de ar. A lareira acesa logo deixou Ellis com calor, e, mesmo assim, ele não se sentiu confortável o bastante para tirar seu gibão. Katherine se sentou na beirada de uma cadeira estofada, gesticulando para que ele se sentasse.

— Pobre rapaz — disse ela. — Foi uma total surpresa?

Ele, então, conseguiu falar:

— Eu tinha entendido errado. Eu pensei…

— Que eu era sua mãe? — Ela deu um sorriso triste. — É uma suposição bastante natural. Somos um pouco parecidos. Mais do que você e Josiah, na verdade. Não teria sido difícil fingir que você era meu filho. — Uma pausa. Ela cruzou as mãos no colo. — Eu teria gostado disso, caso esteja se perguntando. Sempre desejei ter filhos. Esta é uma casa solitária. Os cães são companhias maravilhosas, mas não é a mesma coisa.

As bochechas de Ellis coraram. Ele não sabia se conseguiria ter essa conversa. Já fora ruim o bastante com os pais. Ou melhor, com sua mãe e com o homem que acabou não sendo seu pai.

A senhora Miller conduzira a maior parte da conversa. Ela descreveu a si mesma como uma jovem recém-casada e animada em trabalhar em uma casa tão grande quanto a mansão. Sua intenção fora trabalhar ali até que o senhor Miller herdasse o moinho do tio. O que não esperava era que sua boa aparência chamasse a atenção de Lorde Josiah. No começo, os Miller se divertiram com a atenção do lorde. Ambos conseguiam ver como seria fácil transformar isso em uma vantagem para eles. Bugigangas bonitas e presentes elegantes poderiam ser vendidos. Não demoraria muito para que conseguissem comprar a nova roda-d'água da qual o moinho tanto precisava, assim como coisas do dia a dia, como roupas e botas novas.

— Na época parecia valer a pena — justificara a senhora Miller. Ela não olhou para Ellis. — Você tem sorte. Nunca soube o que é ser pobre, passar fome, com sapatos furados e roupas que foram remendadas várias e várias vezes.

Então a senhora Miller ficou grávida, e não havia dúvidas de quem era o pai do bebê. De certa forma, para surpresa dos Miller, Lorde Josiah parecia entusiasmado em sustentar o bebê, em especial quando soube que era um menino. Ellis não conseguia imaginar aquilo, mas tampouco podia imaginar um homem aparentemente tão sem graça quanto Lorde Josiah sendo tomado por uma paixão por sua mãe.

— Um homem como ele sofre pressão para ter um herdeiro — dissera a senhora Miller. — Ele e Lady Katherine tinham perdido vários bebês, e ele não tinha mais nenhum familiar. Um filho ilegítimo é melhor do que nada.

Houve uma conversa sobre entregar Ellis para Josiah e Katherine, a fim de fazê-lo se passar por filho do casal. Mas o senhor Miller vira maior potencial em criar Ellis eles mesmos, em troca de favores de Josiah.

Ellis ficou zangado nesse momento, acusando o senhor Miller de ser mercenário. O senhor Miller não negou.

— Sua mãe também vê isso como uma traição, mas tínhamos de sobreviver — ele murmurou. Suas palavras eram quase idênticas às que a Vovó usara, e a senhora Miller antes dela. — Graças a essa escolha, todos tivemos vidas confortáveis. Isso não teria acontecido se tivéssemos aberto mão de você. Lorde Josiah não nos teria dado um único centavo.

— Mas sempre concordamos que você iria viver com Josiah quando fizesse quinze anos — contou a senhora Miller. — Você terá uma vida melhor com ele do que jamais sonharia aqui. Já sabe ler e escrever e é tão educado quanto possível sem que isso levante suspeitas. Lorde Josiah tem várias outras propriedades e Lady Katherine também. Você disse antes que gostaria de viajar.

— E isso melhora o fato de terem me usado como ferramenta de barganha?

— Nunca o vi dessa maneira. — Sua mãe parecia magoada. — Nós amamos você, Ellis.

— Nós dois — acrescentou o senhor Miller, um tanto rabugento, e Ellis não teve certeza se acreditava nele.

— Ellis?

Ele voltou a si. Katherine se ajoelhara diante dele, segurando suas mãos. Envergonhado de sua pele áspera, Ellis as afastou.

— Seu marido está interessado em me conhecer? Ele não foi amigável quando foi ao moinho, alguns dias atrás.

Katherine suspirou.

— Josiah se tornou um tanto solitário nos últimos anos. Com o tempo, ele mostrará interesse.

— Minha mãe disse que era a senhora quem nos mandava presentes e que insistiu para que eu tivesse um tutor.

— Eu devia ter feito mais. Como ter um relacionamento mais próximo com você. Mas eu não estava em posição de insistir.

A náusea de Ellis retornou. Certamente, aquilo era algum tipo de sonho e logo despertaria. A voz dele parecia grossa:

— Onde supostamente devo dormir esta noite? No moinho? Lá não parece minha casa, não mais. Eu nem sequer quero falar com... eles. Ou devo morar aqui agora? Ninguém me diz nada. Esta é minha vida!

— Você pode fazer o que quiser. Não podemos controlar você, e sem dúvida não quero tentar. Há uma terceira opção. Uma que lhe dará tempo e espaço para que isso seja absorvido. — Ela se levantou. — Tenho um pouco do meu próprio dinheiro separado para você. Dinheiro suficiente para tentar a sorte por um tempo, bem longe de todos. Você pode pegá-lo hoje, se quiser.

Deixar Aramor? Ainda no dia anterior, Ellis se imaginara fazendo exatamente aquilo. Mas isso fora bem antes de seu mundo virar de cabeça para baixo – de novo.

— Por que a senhora faria isso por mim?

— Porque você é o mais próximo que terei de um filho. Não me ressinto de sua mãe e Josiah, mas me ressinto das decisões que eles tomaram sobre como você seria criado. Acho que você já tem idade suficiente para tomar suas próprias decisões agora.

Ellis se sentia com cinco anos de idade, não com quase quinze. Mesmo assim, a vontade de deixar tudo aquilo para trás, pelo menos por um tempo, era forte. Ele não foi feito para ser o herdeiro de um grande lorde. Mas tampouco se sentia o filho de um moleiro. Isso significaria perdoar os pais e fingir que nada daquilo tinha acontecido. Será que conseguiria?

Ele poderia partir. Deixar Aramor de verdade. Esquecer o lobo, os amigos que o odiavam, tudo. Chapeuzinho poderia ir com ele, talvez a Vovó também.

Ellis olhou para Katherine. Ela sorria de nervoso, como se fosse um animal prestes a morder.

— Eu só pediria uma coisa — disse ela. — Por favor, me mande notícias dizendo que está em segurança.

Pensar que Katherine – alguém tão diferente dele – pudesse se preocupar com ele... Ellis desejou tê-la conhecido melhor, ter podido cavalgar com ela, jogar xadrez ou o que quer que Katherine faria se tivesse um filho. Ela atravessou o aposento e abriu um armário. Tirou um grande saco de moedas. Ellis negou com a cabeça.

— Não posso aceitar isso.

Katherine jogou o saco para ele. Por instinto, Ellis o pegou.

— Você já aceitou.

Desta vez, havia algo de travesso no sorriso dela, e aquilo imediatamente a fez parecer mais jovem. Ellis surpreendeu a si mesmo ao abraçá-la. Um abraço desajeitado, com um braço só, que não parecia direito, mas, pelo jeito como o abraçou de volta, ficou evidente que pareceu certo para ela.

Ellis deixou a mansão carregado de ouro, mas se sentindo mais leve. *Deixar Aramor*. Ele mal podia acreditar. Simplesmente partir não era algo que estivesse preparado para fazer – se fosse mesmo fazer isso, precisaria de roupas e suprimentos, sem mencionar se despedir de Caleb e de seus irmãozinhos. Dorothy tampouco era algo que pudesse levar.

Mas, antes de fazer qualquer coisa, era hora de encarar a vila.

De imediato, Ellis percebeu que aquele não era um dia normal. As ruas estavam cheias, e as lojas estavam abertas, porém vazias. Ao avistar a mulher do açougueiro, Ellis saltou de Dorothy.

— O que está acontecendo?

Ele se surpreendeu quando soube de Sabine.

— Ela está realmente na casa da guarda? O pai dela deixou que isso acontecesse?

— Se conjurou o lobo, ela não é mais filha dele. — A mulher do açougueiro fez o sinal do mal. Ellis se perguntou se a mulher sabia como aquilo parecia loucura. Será que acreditava mesmo que algumas ervas e um brinquedo de madeira poderiam dar aquele tipo de poder para uma garota de catorze anos?

Em um dia normal, Chapeuzinho estaria na padaria durante a tarde, então primeiro Ellis foi até lá. A batida na porta dos fundos ficou sem resposta, e, quando deu a volta, viu que o estabelecimento estava fechado. Ou Chapeuzinho tinha sido demitida ou não fora trabalhar. A sensação de vaga inquietude que o acompanhava desde que chegara na vila se aprofundou. Levando Dorothy pelas rédeas, foi até a casa de Chapeuzinho. Lá, encontrou a mãe dela, do lado de fora, sendo consolada pelo alfaiate. Quando o viu, ela parou.

— Está procurando por Grace?

Sempre que ouvia o nome verdadeiro de Chapeuzinho, ficava atordoado. Ellis assentiu com a cabeça. A mãe dela se aproximou.

— Estou preocupada com ela.

— Ela foi acusada de alguma coisa?

— Não. Mas nossa casa foi revistada. Duas vezes. E aqueles garotos estão aqui já faz mais de uma hora.

Do outro lado da rua, recostados na parede da casa de alguém, estavam Bart e seus amigos. Ao ver Ellis olhando, Bart enfiou no solo a faca com a qual estava brincando.

Ellis sabia que o estavam provocando. Mesmo assim, não parecia uma ameaça vazia. Ele se virou de costas, sentindo o peso dos olhares deles.

— Quando foi a última vez que a senhora viu Chapeuzinho?

— Há uns dez minutos, nos fundos da casa. Não acho que os garotos a viram. Ela parecia... estranha. Disse que passou um tempo caminhando e pensando. E então partiu. Não sei para onde.

Ellis olhou para cima. A luz já estava diminuindo. Logo estaria escuro.

— Ela falou algo sobre ir para a casa da avó?

— Ela já viu a Vovó hoje. Normalmente, é o primeiro lugar no qual eu pensaria. — E a mãe de Chapeuzinho começou a chorar. O alfaiate colocou os braços ao redor dela, acariciando seu cabelo e murmurando seu nome. Era visível que a mãe de Chapeuzinho se importava com ela mais do que a filha imaginava. Quando Ellis perguntou se achava que Chapeuzinho estava em perigo, a resposta foi um encolher de ombros.

Não havia mais nada a ser feito ali.

— Vou encontrá-la e garantir que fique em segurança — disse Ellis. — Isso eu prometo.

— Obrigada. — A mãe da Chapeuzinho estava soluçando com mais força agora. Ellis a deixou com o alfaiate. Bart e os garotos tinham desaparecido, mas Dorothy andava de um lado para o outro, carrancuda. Ellis acariciou seu focinho, pensando.

---

Levou mais de uma hora para vasculhar a vila. Graças à entrega de farinha, Ellis conhecia as ruas e os becos como a palma de sua mão. Todo mundo desapareceu depois que o toque de recolher começou, então Ellis teve que ir de casa em casa, batendo nas portas, escondendo-se sempre que um guarda se aproximava. Ninguém com quem falou vira Chapeuzinho. Era possível que ela estivesse em movimento, ou que eles simplesmente tivessem se desencontrado, mas Ellis tinha uma certeza cada vez maior de que Chapeuzinho não estava mais na vila. Talvez tivesse ido ver a Vovó, no fim das contas. Dorothy se arrastava agora, e ele estava ponderando se era melhor levá-la de volta ao moinho ou continuar, quando ouviu vozes. Estavam vindo da fonte – e ele as reconheceu.

— ... colocando a culpa de tudo em Sabine. — Então era onde Bart e sua gangue tinham se escondido. Ellis ficou surpreso que os guardas ainda não os tivessem mandado embora: eles estavam sendo pouco cuidadosos ao desafiar o toque de recolher. — Está errado. É uma mentira desprezível. Eles ficaram tão envolvidos com ela que estão deixando passar o que está bem debaixo do nariz. Quão claro mais precisa ficar? Ela é velha, é estranha e nem sequer gosta de pessoas!

*Vovó*. Ellis se aproximou o máximo que pôde sem se revelar, esfregando a lateral de Dorothy e esperando que ela não os entregasse.

Bart ainda estava falando:

— Eu não acredito que o lobo venha da vila. Acho que é o que querem que acreditemos, para nos manter assustados.

Um dos outros chutou uma pilha de neve.

— Na caçada, éramos homens. Agora somos garotos. Esperam que fiquemos em casa e os deixemos cuidar de tudo.

— Talvez nós mesmos devêssemos assumir o controle — Bart disse, lentamente. — Poderíamos fazer uma visita à velha. Ver o que ela confessa sob um pouco de pressão.

Ellis praguejou, puxando Dorothy e desaparecendo pelo caminho por onde viera. Esqueça achar Chapeuzinho. Vovó precisava de ajuda – com urgência. Se ele se apressasse, realmente se apressasse, chegaria no chalé dela bem antes dos garotos. Ele achava que se lembrava do caminho.

Mas ele não podia fazer isso a cavalo. Dorothy precisava descansar. Mas onde? Não dava tempo de levá-la de volta ao moinho.

Então Ellis viu Stephen correndo em sua direção, de cabeça baixa.

— Ei! — ele chamou.

Stephen ergueu o olhar. Parou um instante onde estava, então deu meia-volta e recomeçou a correr. Ellis pegou um punhado de neve de cima de um barril e fez uma bola. Ela explodiu na nuca de Stephen. Ele gritou e parou, e Ellis o alcançou.

— Preciso de um favor.

Stephen não o encarou.

— Eu não deveria mais falar com você. Tenho que ir para casa. Eu nem deveria estar na rua.

Ellis empurrou as rédeas de Dorothy nas mãos de Stephen.

— Preciso que cuide de Dorothy. Chame isso de último ato de amizade. Não pedirei mais nada e nunca mais falarei com você, se é o que você quer.

— Ellis, não é isso — murmurou Stephen. — Eu nunca quis cortar laços, mas era você ou eu...

— Não me importa. Preciso fazer algo, e tem de ser agora. Você fica com ela?

Seu antigo amigo pegou as rédeas com cautela. Antigamente, Stephen teria se oferecido para ajudar, mas Ellis não se surpreendeu por isso não acontecer. Apenas mais uma pessoa que não era quem Ellis achava que fosse.

— Você, descanse — ele sussurrou na orelha de Dorothy. E saiu correndo em direção à floresta.

# CHAPEUZINHO

Ela estava consciente de tudo. Do ruído suave da brisa. Dos flocos de neve flutuando preguiçosamente. Do movimento leve dos camundongos e de outros pequenos animais. Algo que cheirava a carne podre cortando o ar fresco. A escuridão que a envolvia era impenetrável. Chapeuzinho já andara pela floresta no escuro várias vezes. Sabia o caminho para a casa da Vovó até dormindo. Mesmo assim, hoje se sentia sufocada, até presa.

*Eu deveria ter vindo mais cedo*, pensou Chapeuzinho. *Por que perdi todo aquele tempo vagando perto do rio?*

Chapeuzinho tropeçou em algo sólido e caiu. Alguma coisa afiada cravou em sua canela. Os pés de Chapeuzinho viraram quando ela tentou se livrar do que a prendia. Então, de repente, estava rolando encosta abaixo, com pedras machucando a lateral de seu corpo e galhos prendendo-se em seus cabelos. Ela parou lá embaixo e se sentou, sem fôlego, por um instante, respirando com dificuldade.

Então veio. Ali perto. Um uivo baixo e inconfundível.

Chapeuzinho ficou em pé imediatamente, correndo pela mata alta e pelos arbustos, pulando troncos caídos. Ela lutou para chegar até um terreno mais alto. O chão sob seus pés se tornou mais suave, e Chapeuzinho soube que havia encontrado a trilha que sua mãe sempre implorara que seguisse. *Como se o lobo se importasse com essas coisas!* Assim que o pensamento cruzou sua mente, o uivo soou de novo – desta vez, mais perto.

Chapeuzinho se virou, esperando que um monstro imenso se lançasse dos arbustos e pulasse sobre ela. Sua capa ficou presa em um galho e rasgou. Chapeuzinho a puxou e correu como nunca correra antes. O chalé da Vovó a pegou de surpresa e, com um arranque final de velocidade, Chapeuzinho chegou na porta e quase caiu lá dentro. Fechou a porta com um chute.

Chapeuzinho ficou no chão por um momento, desorientada e tentando recuperar o fôlego. Nunca havia sentido que a floresta era sua inimiga. Estava enlouquecendo. Ou talvez finalmente estivesse vendo as coisas do mesmo jeito que todo mundo.

Ela se levantou, ignorando a pontada na lateral do corpo. A palma de sua mão estava molhada, mas Chapeuzinho não sabia dizer onde estava sangrando ou mesmo se o machucado era grave. Deu alguns passos para a frente, e quase escorregou. Uma poça. O que uma poça estava fazendo no chão da Vovó? Neve derretida, provavelmente. A Vovó devia ter saído e voltado fazia pouco tempo. Havia uma luz fraca no vão sob a cortina que separava o quarto da sala.

— Vovó? — chamou Chapeuzinho. — Sou eu. A senhora está bem?

Nenhuma resposta. Será que a Vovó tinha dormido? Seus olhos estavam se acostumando com a escuridão, e Chapeuzinho puxou a cortina. A luz vinha de uma vela no parapeito da janela. A Vovó estava deitada sob a colcha, quase escondida, exceto pela touca de dormir. Chapeuzinho estava prestes a chamá-la de novo quando viu outra poça. Só que esta ela conseguiu distinguir. E era escura. Ela mergulhou o dedo e o cheirou.

Sangue.

Então a umidade em sua mão não era de um machucado.

E nem a poça na qual quase escorregara era de neve derretida.

Havia mais alguma coisa no chão, uma trilha que levava à cama da Vovó. Chumaços de pelo. Pelo escuro. O cheiro no quarto também estava diferente. Mais... terroso. O banco ao lado da cama da Vovó estava virado. Suas botas estavam caídas de lado, em cantos opostos do quarto. E será que a cama estava em um ângulo estranho?

A Vovó se mexeu e grunhiu. Chapeuzinho voltou a si.

— Vovó! Está machucada? — Em um instante, estava ao lado da cama. Vovó fez um barulho parecido com um rosnado e se virou. Ela murmurou alguma coisa. Chapeuzinho não conseguiu entender as palavras, mas a voz da Vovó... estava grave. Grave demais. Os olhos da Vovó espiavam por sob a colcha, grandes, brilhando à meia-luz. Grandes demais. Ela se mexeu novamente. Suas mãos se moveram embaixo da colcha, mas não pareciam as mãos da Vovó. Compridas demais. Então a Vovó se moveu, e a colcha escorregou, expondo bochechas que não eram de pele, mas de pelo, e o sorriso da Vovó era formado por dentes, apenas dentes.

# ELLIS

Um grito atravessou o ar. Ellis ficou paralisado. *Chapeuzinho*. Ele saiu correndo. Não tinha planos e não tinha armas. E não estava perto. O grito viera de longe, das profundezas da floresta. Ele rezou para que não fosse tarde demais.

A tocha que pegara na casa de Stephen mostrou o caminho. Seu peito arfava. A ponta de seus dedos estava congelada. Ele estava com mais medo do que jamais estivera antes, mas também mais determinado.

*Chapeuzinho*, pensou. *Chapeuzinho, Chapeuzinho, Chapeuzinho*.

Ele chegou no chalé da Vovó. Será que o grito tinha vindo dali? Ellis entrou correndo pela porta aberta, gritando o nome de Chapeuzinho e da Vovó. Imediatamente viu sangue e pelos. No quarto, tudo estava ainda pior. Sinais de luta por todo lado.

A cama estava vazia. E sobre ela estava a capa de Chapeuzinho. Quase rasgada ao meio.

— Chapeuzinho! Vovó! Onde vocês estão?

Ninguém respondeu. Elas tinham fugido – *era por isso que a porta estava aberta?* Ellis procurou algo para se armar, e então decidiu que não fazia diferença. O que quer que estivesse ali – lobo, fantasma ou agressor humano – o deixaria no chão antes que ele tivesse a chance de atacar.

Ele saiu do chalé e seguiu por entre as árvores, abandonando a trilha.

— Chapeuzinho! Vovó!

Um uivo foi sua resposta. Ellis praguejou. Aquilo não era humano. Havia realmente um lobo!

E não demoraria para que viesse atrás dele...

Ellis abriu a boca para gritar por Chapeuzinho e pela Vovó de novo. Então sentiu... uma presença. Olhou adiante, para o riacho diante de si, refletindo a lua cheia. Então, lentamente, ele se virou.

A menos de três metros de distância, estava o velho lobo. Ele sangrava, e alguns chumaços de pelo faltavam na lateral de seu corpo. De perto, os olhos avermelhados eram mais castanhos e enormes. Maiores ainda eram as mandíbulas afiadas e famintas.

Seus olhares se encontraram. Ellis sabia que, mesmo ferido, o lobo era mais forte do que ele. *Sinto muito, Chapeuzinho*, ele pensou. Esperou pelo ataque. Mas o lobo ficou parado. Então, deliberadamente, olhou para trás.

Um segundo lobo se esgueirou por entre as árvores. Em um instante, Ellis percebeu que este era jovem, em forma e poderoso. O pelo era grosso e escuro como a meia-noite. Mas seus olhos não eram vermelhos.

Eram de um castanho profundo, salpicados de ouro.

Os olhos de Chapeuzinho.

# CHAPEUZINHO

A FLORESTA ERA BARULHENTA. E TINHA CHEIROS MUITO fortes. Nada tinha cor, mas Chapeuzinho já não precisava mais de cor para se guiar. Era puro instinto. Chapeuzinho, a garota, estava distante, alguém que sentia, mas não podia tocar. Ela saltou depois da Vovó-loba, em seu corpo novo e ágil. Um cheiro a atraiu. Presa. Ela jogou a cabeça para trás e uivou.

Vovó parou diante dela. Suas orelhas – uma delas mordida quase ao meio – se retraíram. A fome de Chapeuzinho ardia, um magnetismo ao qual não podia resistir. Sua presa não escaparia desta vez. Não com a Vovó-loba ferida e fraca. Ela caçaria a presa e enfiaria os dentes em sua carne, e ela e a Vovó se banqueteariam.

Então ela viu. A presa era maior do que a última que capturara. Um garoto humano, segurando fogo. Chapeuzinho rosnou, e teria saltado, mas a Vovó a deteve com um grunhido de advertência.

*Não.* A voz dela ecoou na cabeça de Chapeuzinho.

*Estou com fome*, Chapeuzinho respondeu. *A senhora está com fome. Deixe-me matá-lo.*

*Não.*

O garoto humano estava imóvel. Ele deveria sair correndo, se quisesse viver. Garoto humano estúpido.

*Devo matá-lo!*

*Não.*

O garoto se agachou no chão. Colocou a tocha na grama, e estendeu a mão trêmula.

— Chapeuzinho?

A palavra foi como uma flecha direto em seu coração. Ela conhecia aquela palavra. Significava alguma coisa. O garoto humano queria dizer algo. Havia uma atração dentro dela, um sentimento caloroso de pertencimento...

— É você. — A voz do menino tremeu. — Chapeuzinho. Você é um... Esta é a Vovó? Vocês duas são...

Lembranças. Ela estava do lado de fora de uma construção que, de algum modo, sabia se chamar moinho. Havia galinhas. Ela já tinha devorado algumas antes. Levara várias consigo para a floresta, para a Vovó. Elas não tinham saciado sua fome, mas eram presas fáceis, por isso havia retornado. Então o garoto humano apareceu. Aquele garoto humano. *Presa.* Ela atacara para matar, jogando-o contra a parede. Suas mandíbulas se abriram, prestes a dar o golpe fatal...

Então uma voz gritara em sua mente. Não a da Vovó-loba, mas a da Chapeuzinho-menina.

*Não. Não posso machucá-lo. Não vou machucá-lo. Ellis.*

Sua fome era imensa. Cada fibra de seu ser gritava para que devorasse o garoto humano inconsciente. Mas Chapeuzinho-menina venceu Chapeuzinho-loba. Em vez disso, pegou as galinhas e fugiu.

Na vez seguinte, encontrara as garotas, aquelas estúpidas estavam na beira da floresta. Ela as observara de um arbusto, decidindo qual seria a presa mais fácil. Uma estava mais próxima; a outra estava sentada em uma engenhoca puxada por um cavalo. Algo que não soube definir a avisou para não ir atrás da garota em pé. Então pulou sobre a outra. Ela a teria matado se a garota em pé não tivesse corrido em sua direção, segurando algum tipo de arma.

Na sequência viera o homem. Não fora difícil caçá-lo porque estava fazendo barulho demais. Mas outros homens estavam por perto, obrigando-a a fugir de novo. A essa altura, estava se sentindo fraca de tão faminta. Vovó-loba estava ainda mais fraca, totalmente incapaz de caçar.

Então, na quarta vez, quando a presa apareceu, ela não falhou. A mulher fora despachada depressa. Ela e a Vovó-loba se alimentaram bem naquela noite.

O garoto disse aquela palavra de novo:

— Chapeuzinho.

A loba em Chapeuzinho desapareceu. Sua mente era mais uma vez humana, dentro de um corpo de quatro patas. Ela queria dizer o nome de Ellis, mas tudo o que saiu foi um uivo. Ellis se encolheu e saltou para trás.

A voz de Vovó falou em sua mente:

*Chapeuzinho, você está se saindo bem. Sei que pode se controlar. Lembre-se do que lhe ensinei.*

Tudo voltou à mente de Chapeuzinho – as noites em que fora loba, Vovó lhe ensinando a caçar e a se mover em silêncio. Chapeuzinho ficara assustada na primeira vez em que se transformou, mas a Vovó-loba havia lhe explicado tudo.

*Levará algum tempo até você se lembrar de quem é e do que pode fazer. Aconteceu o mesmo comigo, quando minha avó me instruiu sobre como ser loba. Você pode se lembrar de fragmentos, mas vai acreditar que são sonhos ou vai acordar sentindo-se estranhamente cansada. Assim que seu ser lobo desperta, leva tempo para se ajustar completamente...*

*Não quero atacar pessoas!*, Chapeuzinho soluçara. *Não quero ser um monstro!*

*Você não é um monstro, Chapeuzinho. É quem você é, e quem eu sou, e é tão natural quanto respirar. Por muito tempo fui capaz de me alimentar da floresta, mas isso não é mais possível. Se você e eu não encontrarmos novas presas, não poderemos sobreviver.*

Todas as vezes que Chapeuzinho imaginara os ataques, não era sua imaginação; eram memórias. Todas aquelas vezes que acordara arranhada e dolorida, não era um sono irregular; era de saltar pela floresta entre espinheiros pontiagudos.

*Sou o lobo*, pensou Chapeuzinho. *Não é um fantasma. Não é um humano vingativo. Sou eu.*

# ELLIS

Chapeuzinho – e era Chapeuzinho, ele sabia com total certeza – caminhava como se sentisse dor. O outro lobo – a Vovó – ficou parado, observando.

Os joelhos de Ellis tremiam. Seu coração nunca batera tão rápido.

— Vocês são... lobisomens. Vocês duas são lobisomens.

Será que eram mesmo? A lua estava cheia esta noite, mas não nas noites dos outros ataques. Porém, não havia tempo para descobrir aquilo agora. Ele olhou para Vovó.

— A senhora era o lobo cinco anos atrás?

Vovó mostrou os dentes. Ellis respirou fundo mais uma vez.

— Vocês se transformam quando escurece. Chapeuzinho estava... usando o aposento na antiga taverna para... se transformar de volta? — ele adivinhou. — E você não tem lembranças disso? Proteger a Vovó na noite da caçada foi instinto, não foi? Você sentiu que era ela. Sei que não pode me responder, mas... vocês conseguem entender, não conseguem?

Vovó inclinou a cabeça. Chapeuzinho tremia e andava em círculos, inquieta. Talvez não conseguisse se controlar direito se a transformação fosse recente?

Sua mente avançou depressa.

— Você vai atacar de novo. Não pode evitar. Um dia vão pegar você. Vão descobrir o que realmente é. — Sua respiração formava uma névoa diante dele. — E então...

Chapeuzinho choramingou. Vovó inclinou a cabeça, querendo dizer que sabia dos riscos, e por que ele achava que ela tinha saído da vila e ido morar na floresta? A mente de Ellis ainda estava gritando *fuja*, não que fosse muito longe com as pernas trêmulas. Os lobos ainda não o tinham atacado. Mas deviam querer fazer isso. Ele ainda não estava em segurança.

No entanto...

— Você podia ter me matado naquela noite, Chapeuzinho. Mesmo assim, optou por não fazer isso... estou certo? — Ela choramingou novamente. Ele tentou imaginar Chapeuzinho-menina diante de si, em sua capa esvoaçante. — Não quero que nada de mal aconteça com você também. Acho que você sabe que significa muito para mim. Tudo o que eu falei ontem sobre um pequeno chalé e fugir daqui não era inteiramente brincadeira. Mas você precisa ir embora mais do que eu. Vocês duas. — Ele tirou do quadril a bolsa de ouro que ganhara de Lady Katherine. Ela ficara batendo em sua coxa durante toda a corrida até o chalé da Vovó e ele quase a jogara fora. Agora estava feliz por não ter feito isso.

— Quero que fiquem com isso. — A voz dele tremeu ainda mais enquanto balançava a bolsa diante dos lobos. — Como consegui isso é uma longa história, mas tem muito dinheiro aí dentro. O suficiente para escaparem e guardarem o segredo de vocês.

Chapeuzinho choramingou. Ellis queria tanto que ela pudesse falar. Ela se moveu em um círculo e diminuiu o espaço entre eles. Ellis prendeu a respiração, mal conseguindo se conter para não recuar.

Chapeuzinho esfregou a cabeça na lateral do corpo dele. Lágrimas inesperadas encheram os olhos do garoto. Com muito cuidado, ele colocou a mão no pescoço de Chapeuzinho.

— Estou falando sério. Sua vida vale mais para mim do que dinheiro.

Chapeuzinho não se mexeu. Ellis colocou a bolsa no chão e a chutou para longe de si.

— Vá em frente. Se você não pegar, eu a deixarei aqui.

Vovó se aproximou e pegou a bolsa com a boca. Deu uma batidinha na neta com a cabeça. Ellis olhou para Chapeuzinho.

— Adeus, então. Tenha uma boa vida, Chapeuzinho.

Ela olhou para ele. Talvez fosse imaginação de Ellis – *será que lobos podiam chorar?* –, mas os olhos dela pareciam úmidos.

— Não se preocupe com sua mãe. Eu vou... não sei o que direi, mas vou dar um jeito nisso. Ela ama você mais do que você pensa. Algum dia a encontrarei. Vou consertar sua capa, e levá-la comigo. Você não seria você sem ela. — Ele tentou sorrir. — Chapeuzinho Vermelho.

Ela pressionou o rosto contra ele de novo. Então suas orelhas se contraíram. Vovó também estava alerta, a cabeça virada na direção da trilha.

— São os garotos? — Ellis sussurrou. — É por isso que vim até aqui, para avisar a senhora. Eles estão zangados e... não importa. Vão. Agora. E rápido.

Chapeuzinho ficou onde estava. E então saiu correndo, com a Vovó ao seu lado, desaparecendo na noite. As pernas de Ellis cederam, e ele afundou na neve, ao lado da luz da sua tocha que já se apagava.

Tudo em sua cabeça estava desordenado. Mas, independentemente do que fosse acontecer, uma coisa ele sabia: o segredo da Chapeuzinho e da Vovó estava em segurança.

E, agora, Aramor também.

# SABINE

Ela não sabia há quanto tempo estava sentada abraçando os joelhos contra o peito, o rosto pressionado no vestido que agora cheirava a mofo. Uma noite havia se passado – uma noite bastante desconfortável, com Sabine enrolada em um colchão de palha duro, tentando se distrair de quão gelada e miserável se sentia contando até adormecer. Agora já devia ser a tarde do dia seguinte, embora fosse difícil dizer sem luz natural.

Comida fora providenciada, mas, para além disso, Sabine sentia como se tivesse sido esquecida. Ansiava por saber o que estava acontecendo.

Era muito mais tarde – talvez final do dia – quando ouviu barulho de chaves do lado de fora. Um guarda a levou até o aposento onde fora interrogada na manhã passada. Seu pai estava parado ao lado da janela, mas não parecia tão ruidoso quanto no dia anterior.

Sabine logo viu o porquê. Lorde Josiah estava sentado à mesa.

— Sente-se — ele a instruiu.

Sabine olhou para ele. Havia tantas coisas que estava tentada a gritar – que um homem como ele jamais entenderia o que era ser uma garota como ela, e que talvez, se ele tivesse sido um governante mais atencioso, ninguém o odiaria tanto. Em vez disso, fez o que ele dissera, mantendo a cabeça baixa.

Lorde Josiah a interrogou por alguns minutos, todas as mesmas coisas que lhe tinham sido questionadas pelo pai e pelos guardas. O Lenhador só falou quando ele terminou.

— Chapeuzinho foi vista entrando em nossa casa ontem, um pouco antes da vistoria.

Sabine aguardou.

— Você diz que não gostam uma da outra. Você acha que essa rixa seria o bastante para ela plantar aquelas coisas para você?

Sabine ergueu a cabeça. Agora ele acreditava nela? Ou era algum tipo de truque? Ela permaneceu em silêncio. Talvez houvesse um jeito de se livrar daquilo sem ter que culpar outras pessoas. Ela não queria ter que mentir ainda mais.

Lorde Josiah emitiu um ruído de impaciência.

— A avó dessa garota foi morta pelo lobo. Pelo e sangue foram encontrados no chalé.

O primeiro pensamento de Sabine foi quão devastada Chapeuzinho devia estar. Ela adorava a avó. *Eu ameacei essa mulher*, foi o segundo pensamento dela. Nem por um instante tinha imaginado que algo de mau pudesse acontecer.

— O que Chapeuzinho diz? — ela perguntou em voz baixa.

— Chapeuzinho foi embora da vila — disse seu pai. — Ninguém a viu desde ontem à tarde. Ou isso, ou ela também foi atacada. Mandamos um grupo de busca até a floresta, mas não há sinal dela.

— Por que ela fugiria? — Lorde Josiah girou o grande anel de ouro que tinha no indicador redondo. — A mãe dela não tem ideia. E ninguém mais a conhece de verdade, então temos poucas informações sobre seus motivos.

Sabine, então, conseguiu falar:

— Vocês poderiam tentar falar com Ellis. Eles eram amigos.

Sua senhoria ergueu as sobrancelhas.

— Ellis?

— O filho do moleiro. Ele foi a primeira pessoa atacada...

— Sei quem é Ellis Miller, obrigado — Josiah retrucou, e Sabine se perguntou se estava deixando passar alguma coisa.

A porta se abriu, e o capitão da guarda se juntou a eles. O interrogatório seguiu. Sabine percebeu que os homens tinham dúvidas sobre ela. Agora pareciam suspeitar que Chapeuzinho tinha fugido da vila depois de plantar os amuletos e as ervas no quarto de Sabine para ganhar tempo. Embora o coração de Sabine desse pulos com a perspectiva de se safar, não pôde deixar de pensar como era lamentável que estivessem dispostos a acreditar em tal absurdo, só porque Chapeuzinho se encaixava na ideia do tipo de pessoa que faria coisas loucas e inexplicáveis. Talvez seu cérebro tivesse apodrecido após um dia na cela, mas aquilo deixou Sabine... zangada.

Lá fora, houve uma súbita comoção. Uma voz feminina, enfurecida e autoritária, e uma masculina, mais baixa. Lorde Josiah parou de falar em meio a uma frase. A porta se abriu. Um guarda de aparência perturbada apareceu.

— Lorde Josiah, Lady Katherine está aqui com o doutor Ambrose, e, peço desculpas, bastante irritada, pedindo para vê-lo...

— Acredito que a palavra que eu usei foi *exijo* — retrucou Lady Katherine. Lorde Josiah torceu o nariz, como se não tivesse muita certeza de como lidar com a esposa nesse estado de espírito. Sabine esperava que ele dissesse para o guarda que estava ocupado, mas, em vez disso, ele se levantou.

— Voltamos a nos reunir outra hora.

Sabine vislumbrou Lady Katherine quando Lorde Josiah saiu da sala. Ela estava de pé, com os braços cruzados, repentinamente imponente, o tipo de pessoa a quem os demais davam ouvidos. Ela fez um pequeno aceno de cabeça para Sabine antes que a porta se fechasse.

O guarda que escoltou Sabine de volta para a cela era mais cortês do que o do dia anterior. Sabine se acomodou no colchão e pensou sobre a última hora. Não podia se permitir ter muita esperança. Mas, se por algum milagre, tivesse permissão de sair dali, Sabine estava determinada a viver uma vida melhor.

O que *melhor* queria dizer ainda era algo que precisava decidir, mas havia outra longa noite pela frente para pensar nisso. Uma segunda chance – se tivesse uma – merecia ser aproveitada adequadamente. Mesmo se lhe tivesse sido dada sem querer pela garota que passara anos odiando.

# EPÍLOGO

### TRÊS ANOS DEPOIS

O RIO CORRIA GENTILMENTE PELO LEITO DE AREIA SUAVE, LÍMpido o bastante para que Chapeuzinho visse os dedos de seus pés. Ela os enfiou na areia, observando-os desaparecer.

— Eu poderia fazer isso o dia todo — ela suspirou. O céu sobre ela era claro e sem nuvens, o sol do início do verão aquecendo seus ombros. Prados exuberantes se estendiam até onde sua vista alcançava, a maioria deles cheios de milhos dourados. Os únicos sons eram o canto dos passarinhos e o *cri-cri-cri* dos grilos.

No antigo chalé, a Vovó estaria sentada em sua cadeira de vime, olhando para a floresta que margeava a pequena horta. Ultimamente, passava grande parte do tempo observando as árvores, embora quase nunca sozinha – em Lulmor, havia várias pessoas de idade que faziam companhia umas às outras. *Demorou três anos, mas eu e a Vovó enfim fomos aceitas*, pensou Chapeuzinho. Elas sempre foram bem-vindas, mas pertencer era diferente. Chapeuzinho gostava daquilo. Ninguém sabia exatamente de onde vieram e nem sequer se importavam com isso. E Chapeuzinho começara a gostar do trabalho que fazia na fazenda. O fazendeiro, no início, ficara cético em empregar uma garota, mesmo que fosse tão alta e forte, mas Chapeuzinho o convencera com seu talento com os animais e seu amor pelas atividades ao ar livre, mesmo quando o tempo estava ruim. Os invernos rigorosos de Aramor com as manhãs escuras e frias pareciam brincadeira de criança agora.

*Sim, Lulmor é um bom lugar para mim e para Vovó*, pensou Chapeuzinho. Em especial a floresta imensa e quase selvagem, que poucas pessoas da vila se incomodavam em explorar ou mesmo em entrar, exceto para pegar troncos de árvores caídas ou, às vezes, colher pequenos frutos. À noite, o lugar era cheio de vida, e caçar era fácil. Nem Chapeuzinho nem a Vovó precisavam procurar presas humanas.

Sua mente vagou até Aramor. As lembranças da fuga da vila, ou mesmo de como tudo acontecera, eram irregulares. Em um instante, estava entrando no quarto da Vovó, quase cega de medo. No outro, estava acordando em um celeiro vazio e desconhecido, incapaz de se lembrar de muito mais do que correr, correr, correr. Vovó a abraçara.

— Chapeuzinho, meu amor, posso explicar tudo. Eu não quis falar sobre isso até você ter mais controle sobre si mesma e conseguir se lembrar, mas os acontecimentos me obrigam.

*Lobisomem*. Chapeuzinho sorriu, observando a água rodopiar ao redor de seu tornozelo. Uma palavra tão assustadora no início, muito parecida com *bruxa*. Suas transformações não eram estritamente ligadas à lua e suas fases, mas não havia outro nome para o que ela e a Vovó eram, então lobisomem tinha que servir.

Fora difícil se ajustar. Pelo que pareceu um longo tempo, ficara zangada e ressentida. Compreender tudo aquilo fora um verdadeiro desafio – mesmo as pequenas coisas, como ouvir que a Vovó com frequência seguia Chapeuzinho em suas caminhadas noturnas pela floresta em forma de loba, preocupada com a segurança da neta.

Mas, agora, ser loba era tão parte dela quanto sovar massa ou modelar tortas fora no passado. Muito mais, porque era algo natural. Quem ela era. E, agora que podia caçar sem machucar humanos e controlar a si mesma, quase gostava de tudo aquilo. Havia algo muito libertador em saltar por entre árvores, os sentidos aguçados formigando, importando-se apenas com o momento. A Vovó raramente se juntava a ela. Ficara cautelosa depois de ser atacada pelo que devia ser o último lobo cinzento, naquela última noite em Aramor, então Chapeuzinho caçava para ela também.

Uma voz a chamou:

— Grace?

Chapeuzinho se virou e viu Agnes, uma garota alguns anos mais velha, que trabalhava na leiteria.

— Vamos remar! — convidou. — A água está tão quente.

— Eu adoraria, mas vou me encontrar com John para uma caminhada.

— Uma caminhada? — Chapeuzinho ergueu a sobrancelha, gostando de ver Agnes enrubescer. Antigamente, jamais se imaginaria brincando com uma amiga dessa maneira.

— Sim, uma caminhada — retrucou Agnes. — Esqueça isso. Alguém está perguntando por você por aí, e eu achei que deveria saber.

Imediatamente Chapeuzinho ficou alerta.

— Que tipo de pessoa?

— Algum nobre. Muito bem-vestido. O cavalo é igualmente elegante. Perguntou por sua avó também. Ele sabe seu nome, mas disse que você é conhecida como Chapeuzinho.

Chapeuzinho enfiou os pés nas botas, pegando o chapéu e o avental da margem do rio. O pânico tomou conta dela. O estranho só podia vir de Aramor. Mas por que estaria procurando por ela? E quem poderia ser? O único homem no qual podia pensar que seria descrito como nobre era Lorde Josiah, e com certeza não era ele. Talvez o que Agnes considerava bem-vestido não fosse igual ao que ela própria consideraria. Os moradores de Lulmor eram pessoas simples.

— Obrigada, Agnes.

Agnes a seguiu enquanto subia a colina apressada.

— Você quer que nos livremos dele? Ninguém falou nada para ele. Se precisar de proteção, avise. Somos todos seus amigos aqui, Grace.

— Vou dar uma olhada nele primeiro — respondeu Chapeuzinho.

Agnes comentou que o homem misterioso alugara um quarto na estalagem, então, enfiando o chapéu de palha na cabeça o máximo que podia, Chapeuzinho foi até lá. Estava surpresa com quão nervosa se sentia, embora soubesse que o mais provável era que o homem não a reconhecesse. Ela logo o avistou – o estalajadeiro colocava bancos do lado de fora, e várias pessoas se sentavam para comer e beber sob a luz do sol. Agnes não exagerara quando falara que ele parecia elegante – irritantemente elegante para um lugar como aquele. O chapéu escondia o rosto dele.

*Coragem*, disse para si mesma. O estranho nem sequer levantou os olhos quando ela se aproximou. Ela lhe deu um olhar furtivo ao se aproximar. Ele era mais jovem do que imaginara pela descrição de Agnes. Muito mais jovem. Da sua idade, talvez. As mãos dele chamaram sua atenção. Elas não combinavam com suas roupas. Mãos de trabalhador. Polegares largos e achatados...

Chapeuzinho sentiu um aperto no peito.

— Ellis?

O jovem ergueu os olhos. Era ele, mais velho, mas, fora isso, o mesmo de antes. Ele se levantou, encarando-a como se não conseguisse acreditar em seus olhos.

— Chapeuzinho?

— As pessoas aqui me conhecem como Grace.

Eles olharam um para o outro por mais alguns instantes. Em seguida, estavam se abraçando, e a estranheza desapareceu. Chapeuzinho se afastou, rindo.

— Não imaginei que fosse vê-lo de novo.

— Não é fácil encontrar alguém quando a única pista que se tem sobre seu paradeiro é que, provavelmente, essa pessoa vive perto de uma floresta — Ellis sorriu. — Não acredito que esteja realmente aqui. Sabe quanto tempo estou procurando?

— Por favor, não diga três anos.

— Não exatamente, e não o tempo todo, mas eu não ia parar até encontrar você. Estou com sua capa. Prometi devolvê-la.

— Deixei Chapeuzinho Vermelho em Aramor. Ela parece um conto de fadas agora. Mas obrigada. — Chapeuzinho percebeu que os outros clientes os observavam com grande curiosidade. — Vamos dar uma volta.

Ela o levou até o rio. Não conseguia acreditar quão importante ele parecia! Chapeuzinho estava bem consciente de seu vestido simples, não completamente limpo, de sua pele bronzeada e cheia de sardas.

— Você parece familiar e desconhecido ao mesmo tempo — comentou ela. — Eu nunca o teria reconhecido. Sobretudo sem a tipoia!

Ellis tirou o chapéu. Seu cabelo ficou em pé, e aquilo a fez se sentir um pouco melhor.

— Provavelmente serei o lorde de Aramor algum dia. — Ele parecia envergonhado. — Roupas elegantes são algo com o qual ainda preciso me acostumar. É uma longa história — disse ele, diante da exclamação de Chapeuzinho. — Foi difícil no início. Eu estava muito zangado com todo mundo. As coisas estão melhores agora. Perdoei meus pais. Os Miller, quero dizer. Eles me criaram. Eles se importam. E meus irmãos ainda são meus irmãos. Não posso virar as costas para eles. Meu pai... estou falando de Lorde Josiah... eu não o vejo muito, mas Katherine é como uma mãe para mim. Ela se envolveu muito mais com o governo. As pessoas reclamam que não é o lugar dela, mas acho que por dentro estão aliviadas que Aramor não seja mais negligenciada. — Ele olhou de lado para ela. — Eles acreditam que você é responsável pelo que aconteceu. Não a verdade, mas estão convencidos de que você é algum tipo de bruxa e que o lobo era um fantasma. As coisas que Sabine disse, seu desaparecimento e o fim abrupto dos ataques...

— Eu *fui* responsável. — Chapeuzinho abaixou os olhos. — O que fiz é algo que sempre vou lamentar. Mesmo que não pudesse me controlar. — Ela ergueu os olhos de novo. — Como está minha mãe?

— Muito bem. Está casada com o alfaiate agora. Sabe que estive procurando por você, e lhe manda seu amor.

— E quanto à Sabine?

Ellis hesitou.

— Sabine é... Sabine. Mas não vim falar sobre ela.

Eles pararam de caminhar. Ellis respirou fundo, apreciando a vista.

— Você é feliz aqui?

— Sou. E a Vovó também. — Ela cruzou os braços diante do corpo, tímida de repente. — Vovó diz que devemos isso a você.

Então, obrigada. Eu não me lembro daquela noite. Ellis, eu sinto muito por ter atacado você.

— Você poderia ter me matado, Chapeuzinho, mas não matou. É o que mais importa. Meu braço está bom agora.

— Mesmo assim, sinto muito.

— Eu não vim em busca de um pedido de desculpas.

— Então por que veio?

— Porque penso em você o tempo todo — disse Ellis, com suavidade.

— Eu costumava pensar em você o tempo todo também — Chapeuzinho desabafou. — Antes de nos conhecermos, quando você só tinha olhos para Martha. Eu achava você tão bonito. Mas nunca imaginei que você fosse falar comigo. Eu não sei por que estou dizendo isso agora. Acho que estou nervosa.

Ele segurou as mãos dela de leve, deixando-a saber que poderia se soltar se quisesse. Chapeuzinho não queria. Seu coração batia acelerado. Só que desta vez gostava da sensação.

Ellis se inclinou para a frente. Chapeuzinho também. Os narizes se encostaram. Por um instante, ambos ficaram onde estavam, olhando um para o outro. Então seus lábios se encontraram. O beijo foi doce e carinhoso, e fez Chapeuzinho se sentir leve por dentro.

— Você não perde o interesse por saber que está beijando um lobisomem? — ela perguntou, quando eles se afastaram.

—Tudo o que eu estava pensando era em beijar *você*. — O sorriso dele era tímido. — Me conte sobre os últimos três anos. Temos muito o que colocar em dia.

— ... e, daquele dia em diante, o lobo desapareceu e nunca mais foi visto. Aramor viveu feliz para sempre.

Os olhos da criança febril estavam fechados. Em algum momento durante a história – que acabara sendo muito mais comprida do que a médica pretendera –, ele adormecera. *Ótimo*. A médica se levantou, endireitando o vestido. Sentia-se cansada, depois de ficar em pé desde o raiar do dia, mas era o tipo certo de cansaço. Ela desceu e trocou algumas palavras com os pais da criança, assegurando-lhes de que a febre deveria baixar pela manhã.

— Se não baixar, eu volto. Aqui está uma poção de cura. Vai ajudá-lo a se sentir melhor.

Os pais lhe agradeceram muito. Ela foi acompanhada até o lado de fora pela irmã da criança, uma garota desengonçada de cerca de doze anos.

— Nunca ouvi falar de uma médica mulher antes — comentou ela.

— Médica mulher em treinamento, para ser exata — disse Sabine, com veemência. — E seu irmão nunca ouvira falar do lobo de Aramor. Eu era obcecada por ele quanto tinha sua idade.

— Por quê?

Ela fez uma pausa ao lado de seu cavalo.

— Suponho que seja porque eu era estranha, e me atraía por outras coisas estranhas.

— Você ainda é estranha?

— A maioria das pessoas acha que uma médica mulher é estranha. — A garota ainda parecia atenta, então Sabine acrescentou: — Eu tive sorte. Uma dama muito admirável me ajudou quando eu estava no fundo do poço, e o médico dela concordou em me deixar ser sua aprendiz. Ele sempre teve uma quedinha por mim.

— E sua família deixou?

— Não exatamente. Essa é outra longa história, mas vamos dizer que não tenho mais muito a ver com eles.

A garota digeriu aquilo.

— É um tipo de mágica, não é? Curar pessoas?

Sabine sentiu os cantos de sua boca subirem.

— Pode-se dizer que sim.

A garota lhe deu um sorriso repentino, e então correu para dentro. Sabine montou em seu cavalo e trotou em direção a Aramor, sem muita pressa em fazer os oito quilômetros. Seu caminho a levou até a beira da floresta. Não entrara lá desde os acontecimentos de três anos atrás, mas com frequência passava por perto. Era como se devesse isso a todos, inclusive a si mesma.

Seu paciente de hoje via o lobo como uma lenda, não como algo que fora real. Às vezes parecia assim para Sabine também. Seu pai continuara convencido de que o lobo era algum habitante da vila e com frequência fazia tentativas de descobrir quem era, mas cada vez menos pessoas acreditavam naquilo agora. Os sussurros de feitiçaria em torno de Sabine nunca morreriam, mas Chapeuzinho levara o pior consigo.

Sabine não acreditava que os ataques tinham sido obra de mágica, nem acreditava que Chapeuzinho fosse culpada, mas estava ocupada demais para ir atrás da verdade. Suspeitava que Ellis sabia. Havia algo na maneira como ele dizia a palavra *lobo* que traía isso, nas poucas ocasiões em que conversavam.

Ela suspeitava que, o que quer que fosse, Chapeuzinho também sabia.

Sabine pensava em Chapeuzinho com frequência. Perguntava-se o que estaria fazendo, se estava viva, o que Chapeuzinho faria com ela agora, e se conseguiriam se dar bem. Provavelmente, não.

Sabine não havia mudado completamente, embora estar ocupada e ser desafiada fizessem uma imensa diferença em como se sentia sobre Aramor e sobre si mesma.

*Talvez*, Sabine pensou, *também contarei sobre o lobo para a próxima criança que for minha paciente.* Aqueles acontecimentos fizeram dela quem ela era, no fim das contas. Talvez o garoto de hoje contasse a história para seus filhos, e depois para os filhos deles. Aquilo merecia ser lembrado, mesmo que o final permanecesse um mistério. A lenda do lobo mau – e de Chapeuzinho Vermelho.

# AGRADECIMENTOS

Há várias pessoas a quem gostaria de agradecer pela ajuda com este livro, e pelo apoio que me deram para que chegasse até ele.

Primeiro, um enorme agradecimento à minha agente, Lydia Silver, pelo apoio e encorajamento inestimáveis, e sua flexibilidade em procurar oportunidades para mim. Um agradecimento não menos gigante para minhas editoras, Yasmin Morrissey, que confiou em mim para dar vida à Chapeuzinho, e por tudo no começo deste projeto, e também para Ruth Bennett, por pegar o bastão. Agradeço também a todos do Scholastic, cujo trabalho árduo levou este livro até as prateleiras: Liam Drane, pela capa tão envolvente, Pete Matthews pela revisão precisa, e a todos cujas contribuições virão depois que eu escrever isto. Obrigada!

Por fim, agradeço a todos que podem não ter contribuído diretamente para o livro, mas cujo apoio à minha escrita ao longo dos anos e amizade significaram muito para mim. Sei que não consigo pensar em outra coisa enquanto escrevo, e que isso pode rapidamente ficar muito chato, então obrigada por me aguentarem! Sem uma ordem em particular: meus companheiros no Next Circle, por dividirem seu conhecimento e por todas as conversas cotidianas que garantiram minha sanidade; Grace, por toda conversa sobre escrita e pelos desabafos ocasionais; Kalettes, Nina e Melanie, por todas as mensagens no WhatsApp e por comemorarem minhas vitórias comigo. E também à minha família: minha mãe, Sheila, que é minha maior apoiadora, meu pai, David, e meu irmão Luke, por um pouco menos de mão na massa, mas pela não menos apreciada torcida. À minha sogra, Rosemary, por garantir que os pequeninos fossem para creche, sem o que teria sido impossível cumprir meus prazos. Aos ditos pequeninos, por irem para a dita creche. Por fim, ao meu marido, Hugh, por estar presente e me dar espaço para escrever (este livro, pelo menos) com o mínimo de interrupções.

Ser efusiva, infelizmente, não é uma das minhas habilidades, mas eu realmente agradeço por tudo. Obrigada a todos!

# LEIA TAMBÉM

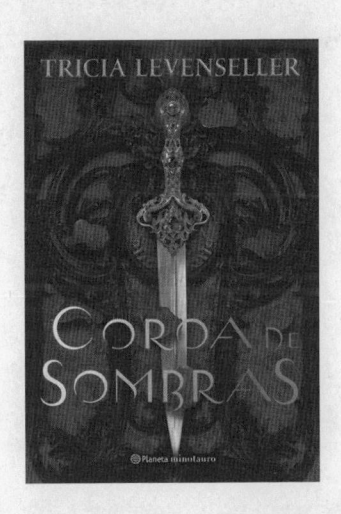

Editora Planeta Brasil | 20 ANOS

**Acreditamos nos livros**

Este livro foi composto em Adobe Caslon Pro e impresso pela Geográfica para a Editora Planeta do Brasil em junho de 2023.